욕망의 배
페스카마

욕망의 배
페스카마

초판 1쇄 발행 2023년 10월 7일

지은이 정성문
발행처 예미
발행인 황부현
편 집 박진희
디자인 김민정

출판등록 2018년 5월 10일(제2018-000084호)

주소 경기도 고양시 일산서구 중앙로 1568 하성프라자 601호
전화 031)917-7279   **팩스** 031)918-3088
전자우편 yemmibooks@naver.com
홈페이지 www.yemmibooks.com

ⓒ정성문, 2023

ISBN 979-11-92907-23-9   03810

욕망의 배
페스카마

정성문 소설집

예미

차례

패밀리 비즈니스

I am F.

내가 태어나던 해에 IMF 사태가 터졌다. 시작부터 고난한 세상이었다. 권총 맞은 국민들은 외채를 갚기 위해 금 모으기 운동을 벌였다. 어머니도 내 백일반지를 모아 국가에 기부했다.

환율이 천정부지로 치솟자 물가가 뛰었으며 금리도 상승했다. 기업들은 은행에서 빌린 돈을 갚지 못하고 쓰러졌으며 빌려준 돈을 받지 못한 은행들도 문을 닫았다. 실직자가 넘쳐나는데도 기업들은 자꾸만 직원들을 거리로 내몰았다. 한마디로 나라 형편이 개판 오 분 전이었다. 아니 그냥 개판이었다. 나라가 개판이면 그 나라의 국민은 뭐란 말인가.

개.

국민들은 도살의 차례를 기다리는 개 같은 처지였다. 위기를 넘기고 넘겨도 죽음의 앞줄은 자꾸만 짧아졌으며 반대로 뒷줄은 늘어갔다.

IMF가 찾아왔을 때 아버지는 은행원이었다. 태어나던 해의 일이라 잘 모르지만, 그때 초급행원이었던 아버지는 다행히 감원 대상이 아니었다. 하지만 어제까지만 해도 함께 밥을 먹던 식구들이 짐을 싸서 힘없이 은행 문을 나서는 모습은 충격과 공포 그 자체였다.

구조조정이니 정리해고니 하는 기업문화가 일상화된 지금은 직장 동료나 옆집 아저씨가 멀쩡히 다니던 직장에서 잘리더라도 절대로 일어날 수 없는 일이라거나 일어나서는 안 되는 일이라고 말할 수가 없다. 남편이나 아버지 또는 아내와 어머니에게 이런 일이 생겨 방구석에서 뒹굴더라도 왜 우리 가족에게 이런 일이, 라고 한탄할 것도 아니다.

실직은 누구에게나 슬며시 다가와서 죽음처럼 덮친다.

아버지가 은행에 취직할 때 만해도 나라는 망해도 망하지 않는다는 직장이 세 곳이었다고 한다. 학교, 병원 그리고 바로 은행이었다. 할아버지 얘기에 따르면 6.25 때도 학업은 그치지 않고 계속되었다고 한다. 정말 대단한 학업열을 가진 국민이 아닌가. 죽느냐 사느냐 하는 판에 가교사에서 돗자리 깔고 앉아서 궤짝을 책상 대용으로 삼아 공부하는 모습을 상상해 보라. 전쟁으로 나라는 결딴났으나 학교는 유지되었으니 절대로 망하지 않을 곳임에 틀림없었다.

다음으로 병원, 아픈 사람이 없는 세상은 없다. 그러니 망하지 않을 곳이었다.

끝으로 은행, 요즘 누가 망하지 않을 직장에 취업했다며 입행한 것을 축하한다면 한참 처진 사람 취급을 받을 것이다. IMF 사태로 인해 여러 은행이 문을 닫았기 때문이다. 하지만 아버지가 입행했을 때 만해도 은행은 돈이 마르지 않는 한 영원히 무너지지 않을 성(城)처럼 견고한 직장이었다고 했다. 은행원은 국가 공무원보다 안정적인 직업이었던 셈이다. 그런데 외환 위기가 닥치고 돈이 말라버리자 은행이 문을 닫은 것이다.

아버지는 돈을 맡긴 은행이 무너지는 것을 본 사람들이 어제까지 멀쩡하게 건너다니던 한강 다리가 출근 시간에 무너졌을 때보다 훨씬 큰 충격을 받았다고 했다. 일반 기업이 흥하고 망하는 것은 늘 보던 일이지만 은행이 망하고 은행원들이 직장을 나오는 것은 한번도 경험해 보지 못한 일찍이 없었던 일이기 때문이다. 근로 환경이나 경제적인 면에서 남들보다 여유 있는 직장 생활을 누리던 은행원들과 가족들의 충격과 슬픔은 더욱 컸다. 그래서 퇴직하는 동료들의 모습을 담은 '눈물의 비디오'라는 것도 찍고 그랬다. IMF 사태 발생 직후에 제작된 그 비디오는 지금도 유튜브에서 쉽게 찾아볼 수 있다.

비디오는 폐점을 앞둔 서울의 한 시중은행 지점 차장의 아침으로부터 시작한다. 정들었던 영업점은 곧 문을 닫고 본인도 은행을 떠날 처지이지만 여느 때와 다름없이 아침 일찍 출근하는 주인공. 직원들의 하루는 인수 지점에 전화를 걸어 고객들의 편의를 부탁하는 것이다. 비디오에 출연하는 대다수의 퇴직 예정자들은 앞길이 먼 30~40대다. 아이들은 어리고 돈 들어갈 일만 남았는데 본인이 잘못한 것 없는 직장에서 짐 싸라 하니 설움이 복받쳐 오르지만 그래도 은행의 회생과 남은 동료들이 잘해주길 바란다.

은행에서 자체 제작했다는 이 비디오의 존재가 알려지자 각계각층에서 비디오 좀 볼 수 없느냐는 요청이 빗발쳤다. 비디오를 요청한 기업 등은 봐라, 회사 망하면 저 꼴 난다는 것을 직원들에게 교육하기 위함이었는지는 몰라도 비디오를 본 국민들은 자기 일이 아닌데도 서러워서 눈물을 펑펑 흘렸다. 그래서 '내일을 준비하며'라는 원제목보다 '눈물의 비디오'로 더 잘 알려졌다. 하지만 이 비디오를 시청한 난 눈물이 흐르질 않았다.

절대로 망하지 않는다던 다른 두 직장, 학교와 병원도 언제부턴가 문을 닫거나 망하는 일이 드물지 않게 일어나자 사람들은 안정적이고 절대로 망하지 않을 새로운 직장을 꼽았다. 그것은 국가였다.

IMF 사태를 가리켜 '국가부도사태'라고도 하는데 부도가 발생하면 그 직장은 망해야 하는데도 국가는 그렇지 않았다. 많으나 적으나 공무원들 봉급은 꼬박꼬박 지급됐다. 식자들은 공무원이 최고의 직업인 나라에는 미래가 없다고 탄식하지만, 나라에는 미래가 있었다. 따라서 공무원에게도 미래가 있었다.

아버지는 술을 잘 마시지 못했지만, 실업 기간이 길어질수록 술이 늘었다. 정확하게 말하면 술이 늘었는지는 모르겠고 술을 마시는 횟수는 늘었다. 오십 대 실업자가 누구랑 그렇게 술을 마시느냐는 어머니의 타박에 아버지는 길거리에 실업자가 널렸다며 실업자가 없으면 술집 주인은 죄다 실업자가 될 것이라고 웃어넘겼다.

역사는 반복된다고 하던가. IMF와 글로벌 금융위기도 무사히 넘겼지만, 코로나를 피하지 못한 아버지는 내가 초복도 중복도 피했는데 여름을 얼마 남기지 않고 그만 말복을 넘기지 못했다며 신세 한탄을 늘어놓곤 했다.

사람들은 코로나가 발생하기 이전부터 은행에 가질 않았다. 은행에 가지 않아도 어지간한 은행 일은 핸드폰만 있으면 다 볼 수 있었다. 세계적인 은행이 되겠다며 한때 경쟁적으로 자산 경쟁을 벌이던 은행들은 '언택트 뱅킹'이 활발해지자 점포를 줄이고 감원을 단행했다. 그래서 아버지는 한 해 전 수억 원의 퇴직금을 받고 집으로 돌아왔다. 이상한 일이었다. 억 소리가 나는 퇴직금을 지급할 여력이 있는 회사가 구조조정이니 뭐니 하면서 직원들을 솎아내다니. IMF 때 망해봐서 또 망할까 봐 미리 대비하는 것이라고 하는데 그러면 해마다 연말이면 나오는 '은행, 사상 최대 수익 시현'이라는 기사는 뭔가? 설마 수백조의 자산을 굴리는 은행이 인건비 몇 푼 줄여서 최대의 수익 시현? 정말 헷갈리는 일이었다.

아버지는 한동안 나무늘보처럼 그저 쉬었다. 국가에서 실업급여도 지급하니 애써 뭘 할 필요도 없었다. 아버지는 적어도 한 달에 한 번은 골프를 치며 건강도 관리하는 듯했다. 주말엔 부킹도 어렵다는데 그래도 주말에 골프클럽을 챙겨나갔다. 직장 가진 사람과 어울려 치면 당연한 일이지만 함께 퇴직해서 놀고 있다는 전 직장 동료들과 어울려도 꼭 주말에 나가는 것이 수상했다. 그뿐만 아니라 아버지는 목욕과 이발 같은 일도 주말에 몰아서 하곤 했다.

'한가할 때 하면 누가 뭐라나?' 언젠가 골프클럽을 챙기는 아버지를 보고 어머니가 묻자, 아버지는 '남들 눈이 있잖아'라며 얼버무렸다.

어느 날, 스터디 카페로 가는 길에서 아버지를 보았다. 붉은빛이 도는 얼굴이었다. 아버지는 낮부터 많이 취해 비틀거렸다. 처음 보는 모습이었다. 아버지가 낮술을 왜 마셨는지 별로 궁금하지도 않았다. 스터디 카페가 있는 건물로 재빠르게 몸을 숨겼다.

매일 만나는 그 녀석이 나를 보고는 반가운지 앞발을 들어 쇼케이스를 긁어댔다. 만난 지 한 달이 지나도록 녀석은 쇼케이스 안에 갇혀 맴돌며 지낸다. 녀석이 풍선처럼 자꾸만 부풀어 올라 어느덧 쇼케이스가 비좁아 보였다.

나는 손바닥을 펴서 유리창에 댔다.

'두드리면 아기들이 놀라요.'

이렇게 쓰인 스티커가 붙어 있는 쇼케이스는 유리창에서 조금 떨어져 있었다. 두 개의 유리 벽 사이로 내 손바닥과 녀석의 앞발이 마주쳤다. 난 녀석을 볼 때마다 그냥 지나치지 못했다. 데려갈까? 언제부턴지 앞발을 들고 반기는 녀석을 만날 때마다 드는 생각이었다.

삐약, 삐약, 종이 상자 안에 가득 담긴 노란 병아리들이 엉거주춤하게 서 있었다.

"이 놈 말이냐?"

병아리 장수가 내가 손가락으로 가리킨 병아리를 신문지로 만든 봉지 안에 넣어 주었다.

"물리기 없기다."

나는 봉지 안의 병아리가 잘 있는지 내내 확인하면서 집에 데려왔다.

마침 집에는 아무도 없었다. 봉지에서 병아리를 꺼내 플라스틱 대야에 넣고 접시에 물을 담아 주었다. 목이 말랐던지 병아리는 작은 부리로 쪼듯이 물을 마셨다.

병아리를 데려오긴 했으나 집에는 병아리의 먹이가 될만한 것이 없어 보였다. 사실은 병아리가 무엇을 먹는지조차 알지 못했다. 쌀을 믹서기에 갈아서 조금 접시에 담아 주었지만, 녀석은 졸기만 했다.

녀석을 두 손으로 감싸고 놀이터로 나갔다. 병아리를 보고 아이들이 몰려들었다.

"한번 날려 보자."

"안 된다니까."

강아지 한 마리가 혀를 내빼고 달려오자 주인이 핸드폰에서 눈을 떼지 못한 채 리드줄에 이끌려 뒤뚱거리며 뛰어왔다. 병아리를 데리고 도로 집에 와서 내 침대 아래에 거처를 마련해주었다.

퇴근한 아버지가 병아리를 보더니 베란다에서 키우자고 했다.

"오늘밤만 데리고 자기다."

다음날 퇴근길에 놀이터에서 모래를 퍼온 아버지는 종이 상자에 깔아주고 전기스탠드를 켜서 따뜻하게 불을 밝혀주었다. 제법 근사한 녀석의 보금자리가 완성되었다. 우리 가족은 녀석을 삐약이라고 불렀다.

"병아리는 따듯해야 탈 없이 잘 자란다. 아빠도 너만 할 때 병아리 사서 키운 적이 있었다."

우리 집의 주요 간식은 치킨이었다. 우리가 사는 세상을 '인류세'(人類世)라고 부른다는 기사를 어디선가 읽은 적이 있다. 과학자들은 인류세의 특징으로 닭 뼈를 든다고 했다. 훗날 인류세의 특징으로 닭 뼈가 무더기로 출토될 거라는 예상에서다. 전 세계에서 한 해에 소비되는 닭이 600억 마리나 된다고 하니 닭 뼈는 인류세를 대표하는 화석이 맞다. 한 해에 600억 마리가 사라진다는 건 600억 마리가 태어난다는 말과 같다. 먼 훗날 인골보다는 닭 뼈가 훨씬 많이 출토될 것이니 지금의 세상은 인류세가 아니라 '계세'(鷄世)라고 불릴지도 모르겠다.

주말이면 치맥을 달고 사는 아버지가 혹시 삐약이가 다 크면 안주로 삼지 않을까 어린 마음에 살짝 염려도 되었지만, 괜한 걱정이었다. 삐약이는 우리 가족의 보살핌을 받아 무럭무럭 자라났다.

"삐약이가 알을 낳으면 후라이 해먹자."

"삐약이는 알을 못 낳아."

"왜?"

"수컷이거든."

어머니는 학교 앞에서 파는 병아리들은 모두 알을 낳을 수 없는 수컷이라고 알려주었다. 왜 학교 앞에서는 수컷만 팔지? 알을 낳을 수 있는 암컷을 팔면 더 좋을 텐데. 그 이유는 더 커서 알게 되었고 아무튼 에디슨 놀이가 불가능함을 알게 되고 나서 삐약이에 대한 흥미가 떨어졌다.

삐약이는 무서운 속도로 급성장했다. 무럭무럭 자라나는 건 사람이나 동물에게 좋은 일이지만 병아리의 경우는 그렇지만도 않았다. 집으로 데려오고 2주 만에 벼슬이 올라오더니 털도 제법 자라 삐약이는 더는 병아리라 부르기 어려운 상태로 변했다. 내가 데려온 것은 닭이 아니라 귀여운 병아리였는데, 징그러워서 손을 댈 수조차 없었다. 삐약이는 곧 상자에 가둬두고 키울 수 없을 만큼 하루하루 자라나 붉은 수탉이 되었다. 그렇다고 베란다를 삐약이의 운동장으로 몽땅 내줄 수도 없는 노릇이었다.

지금도 치킨을 먹을 때면 가끔 우리 집 삐약이를 생각한다. 운 좋게 요절의 고비를 넘기고 병아리 장수에게 팔려 우리 집까지 왔지만, 알을 낳지도 날지도 못하는 녀석은 결국 삼계탕이나 치킨이 되어 누군가의 식탁에 오르고 말았을 것이다.

아버지가 은행을 나오던 무렵 대학을 마쳤으니 아버지의 실직 기간과 나의 취업 준비 기간은 거의 일치한다. 그나마 아버지가 현직에 있는 동안 대학을 마친 게 다행이었다. 은행에서 학자금을 지원해 주었으니 말이다.

불안하다며, 아버지의 퇴직을 몇 해 앞두고 그러니까 내가 대학에 들어갈 즈음부터 대형 마트의 계산원 일을 시작한 어머니는 아버지가 퇴직하기 전에 실직했다. 무인 계산기에게 자리를 내준 것이다.

비정규직 계산원으로 일하던 어머니는 정규직 전환을 요구하며 동료들과 조를 짜서 돌아가며 마트 앞에서 시위를 벌였었다. 어머니는 목공

방에서 얇은 널빤지를 구해와 집에서 동료들과 정성껏 수제 피켓을 만들었다. 어머닌 내 앞에서 마트 앞에 들고 나갈 피켓을 위아래로 흔들어 보였다.

"이걸, 직접 만들었어?"

"어때, 멋지지? 캘리그라피 하는 사람이 있어서 재미 삼아 함께 만들었다."

"뭐하러? 인터넷으로 주문하면 배송까지 해주는데."

"우리 때는 다 직접 만들었어."

"라떼는 꼰대라는 거 몰라."

　- 실직자 양산하는 비정규직 철폐!

"좀 약해 보이는데."

　- 우리는 차별 없는 세상을 원한다!

"또 다른 거 없어?"

"네가 한번 지어 보렴."

"계약 종료는 살인이다!"

"굿, 느낌이 오네."

계약직 노동자들이 매일같이 마트 앞에서 정규직 전환 시위를 벌이자, 마트 측에서는 무인 계산기를 도입했다. 기계는 말이 없고, 시위고 뭐고 조용해졌다. 얼마 뒤 마트에서는 비정규직 제로 경영을 선포했다.

여든이 넘은 할아버지는 이십 년 전 고등학교 교장으로 퇴임했다. 할머니와 여행도 다니며 편히 쉬던 할아버지는 영어 교사 출신이라는 경력을 살려 노인대학에서 할아버지와 할머니를 대상으로 쉬운 영어를 가르치며 소일삼았다. 그런데 코로나로 인해 노인대학이 무기한 휴업에 들어가면서 더는 강단에 서지 못했다.

"코로나 아니더라도 그만두려고 했다. 이제 나이도 있고 하니."

그러면서도 할아버지는 여전히 아침저녁으로 영어 단어 세 개씩 외웠다. 아직도 외울 단어가 남았느냐는 질문에 할아버지는 예전에 외운 단어라도 또 외우는 거지, 라며 잊어버리면 그동안의 세월이 지워지는 것이라고 했다. 할아버지가 붙들고 있는 것은 영어 단어가 아니라 지나간 시간의 흔적일 것이다.

퇴임하기 몇 해 전 할아버지는 고향에 임야를 사두었다. 은퇴 후에 자연인이 되기 위해서가 아니라 자연으로 돌아갈 땅을 마련한 것이다. 생가가 있던 곳에서 멀지 않은 잡목숲이었다. 아버지와 할아버지와 그 위의 할아버지들이 뛰놀던 곳이었다.

"대로에서 그다지 멀지도 않고 높고 험하지 않으며 남향이라 아주 맑은 곳이다."

장손인 내게 이 말을 할 때마다 할아버진 이 땅에서 할 일을 다했다는 듯 흡족한 표정을 짓곤 했다.

자신이 묻힐 자리를 보는 기분은 어떤 것일까. 언젠가 함께 산을 둘러보고 돌아오던 차 안에서 아버지가 묻자 작은아버진, 글쎄요, 분양받은 아파트가 올라가는 것을 보는 기분 같은 거 아닐까요? 라고 대답했다.

오랜 기간 방치하다시피 한 조상 묘를 이장한다는 얘길 듣고 먼 친지로부터 산 귀퉁이의 조각 땅 칠백 평을 구입한 할아버지는 수년 전부터는 취미 생활하듯 틈틈이 고향으로 내려가 직접 자신의 자리를 만들었다. 포클레인을 동원해 잡목을 치고 비탈은 깎아 계단식으로 만들어서 여러 기가 들어갈 수 있게 조성했다. 떼장을 입히고 나서 부모님 그러니까 나의 증조부모 묘를 이장하고 당신의 가묘도 조성했다.

"천년 유택이라 했다."

증조부모 묘를 이장한 날, 제사를 마친 할아버지가 말했다. 자신의 천년왕국을 건설한 셈이다.

밖에서 아버지를 다시 본 건 고용촉진센터에서였다. 함께 취업을 준비하는 친구와 함께 센터에 들렀다가 '워킹 실버' 부스 앞에서 상담 차례를 기다리며 앉아 있는 아버지의 모습을 우연히 본 것이다. 어디서나 볼 수 있는 조금 구부정한 듯한 중년의 뒷모습이었지만, 핏줄이 당겼다고 해야 하나, 난 바로 아버지를 느낄 수 있었다. 대기 번호가 바뀌자 아버지는 아주 천천히 일어나 부스로 걸어갔다. 걸음걸이에서 다시 한번 아버지를 느꼈다. 아니 나를 보았다.

아버지는 상담 창구에서 어떤 일을 제안받았을까. 특별한 자격증도 전문성도 없는 낼모레 예순인 실직 남성이 이 땅에서 할 수 있는 일, 은행원 출신인 아버지에겐 주로 대출중개회사와 보험대리점에서 연락이 오는 것 같았다. 무슨 자금중개회사라든가, 한번은 면접을 보고 온 아버지가 넥타이를 끄르며 어머니에게 말했다.

"자금 지원 컨설팅이라고 하더니 말야, 대출 모집이더라고."

아버지는 은행에서 여신 심사도 영업도 다 해봤다며, 모집인 교육을 이수하더니 오랜만에 어머니가 날이 서게 다려 놓은 셔츠와 양복을 갖춰 입고 출근했다. 명함을 챙겨 손가방을 들고 출근하는 아버지의 뒷모습을 어머니는 흐뭇한 표정으로 바라봤다. 어쩌면 씩씩하게 걸어가는 아버지의 뒷모습에서 어머닌 신혼 초의 젊고 건강한 은행원 남편을 보았는지도 모르겠다. 절대로 망하지 않을 남들 부러워하는 직장을 가진 남편의 모습 말이다. 하지만 입가에 번진 어머니의 미소가 사라지기도 전에 아버지는 회사를 그만두었다.

IMF의 트라우마를 간직한 정부에서 금융기관의 부실화를 우려하여 개인 대출에 제동을 걸자 대출 모집 업체는 사업자 대출로 위장한 개인 대출을 금융기관에 연결해주었는데 이게 탈이 난 것이다. 개인사업자는 누구나 쉽게 낼 수 있으니 눈 가리고 아웅하는 격이었다. 베테랑 은행원 출신답게 노련한 아버진 편법에 손을 대지 않았지만, 그래서 회사로부터 실적 압박을 심하게 받은 것 같았다.

"은행은 시스템으로 움직이는데 여긴 각개전투더라고. 소총 한 자루 가지고 어떻게 인민군과 싸우겠냐고. 뒤에서 포도 팡팡 쏴주고 하늘에서 공중 폭격도 해 줘야 하는 거 아냐."

자신만만하게 영업 전선에 뛰어든 아버지는 아군이 파놓은 함정에 빠지기 전에 가까스로 전장을 탈출했다.

탈영병 신세가 된 아버진 서점에서 스타트업 길라잡이, 온라인 창업의 실제, 프랜차이즈 창업, 소호 창업의 기술, 이렇게 하면 한 달에 천만

원 번다, 왕초보 창업 비법 같은 창업과 관련된 서적을 잔뜩 사 오더니 탐독을 시작했다.

"이젠 백세 시대라 아무래도 내 회사가 있어야 하겠어. 한두 해 계약직으로 다닌들 그다음엔 또 어디로 가겠어."

아버진 재취업에 어려움을 겪는 동료들과 함께 사업을 논의했다.

녀석이 보이질 않는다. 어디로 간 것일까? 그새 주인을 만났나? 그럼 다행인데. 쇼케이스에서는 처음 보는 강아지가 엎드려 자고 있었다. 요즘 핫하다는 말티푸였다.

도대체 펫숍의 강아지들은 쇼케이스가 비좁을 정도로 자라면 어디로 가는 것일까? 암놈은 강아지 공장으로 돌아가서 배란촉진제를 맞아가며 생산을 할 것이다. 그럼 수놈의 운명은 어떻게 되는가?

- 뭐해?

- 강아지 찾고 있어.

- 무슨 강아지? 강아지 키우냐?

- 아니.

- 그럼 뭔 개소리야? 나와, 한잔하자.

기다려 보라던 고용촉진센터에서 별 도움을 받지 못한 친구로부터 다시 '알바' 자리를 구했다며 한잔하자는 문자가 왔다.

"무슨 일이냐?"

"키즈 카페 매니저."

"애들이랑 놀아주는 거?"

"응."

계산원을 내보낸 마트는 키즈 카페를 설치하고 '알바'를 모집했다. 아이들을 맡아주는 일은 여전히 사람의 영역이지만, 정규직 전환을 요구하면 마트에서 또 기계를 들여놓을지 알 수 없는 일이다. 아이들도 범블비를 닮은 로봇을 더 좋아할지도 모른다.

"강아질 찾고 있었다고? 그것도 알바냐?"

친구가 포크로 양념 치킨 조각을 찍어 입으로 가져갔다.

"그게 아니고, 다니는 스터디 카페가 있는 건물 일 층에 팻숍이 있거든. 거기서 매일 보는 포메라니안 강아지가 있었는데 말티푸에게 자리를 내주고 보이지 않기에."

"말티푸? 그런 강아지도 있어?"

"말티즈와 푸들을 교배해서 털은 안 빠지면서도 귀여운 강아지 있어."

"털도 안 빠지고 귀엽고, 녀석은 자격증이 두 개네. 강아지의 진화인가?"

'자격증을 보고 뽑는 것이 아니라 그 자격증에 묻은 노력의 흔적을 보는 거야.' 취업하려면 직무와 관련된 자격증 두어 개는 취득해 두라던 취업 지도 교수의 말이 생각났다.

"그런데, 니가 포메라니안 강아지를 왜 찾아? 주인 만났겠지."

"너, 팻숍 강아지들이 자라면 어디로 가는지 아나?"

"글쎄, 강아지 공장으로 돌아가는 거 아냐?"

"거기 있다가 나중에는 어떻게 돼?"

"그러네. 생산 능력이 떨어지면 그다음엔 어디로 가는지…… 개 농장으로 끌려가나."

친구가 맥주에 소주를 말아서 내밀었다.

"양념 치킨 더 먹을래?"

"너 양념 좋아하냐? 난 그냥 후라이드."

온몸에 양념을 바른 듯 붉은 닭이 뒤뚱뒤뚱 걸어왔다. 멀리서 개 한 마리가 침을 흘리며 달려왔다. 놀란 닭이 내 품에 안기려 했다. 진한 양념 냄새가 났다. 몸에 피 같은 빨간 양념이 묻는 게 싫었다.

"저리 가, 저리 가란 말이야."

쇼케이스에서 사라진 강아지가 주둥이에서 피를 흘리며 양념 치킨 토막을 물고 있었다.

"아, 안 돼."

눈을 뜨자마자 가방을 챙겨 스터디 카페로 향했다.

"아침 안 먹니?"

파를 썰어 국에 넣던 어머니가 물었다.

인재를 찾습니다, 나이 무관, 학력 무관, 전공 무관…… 구인 업체들은 한결같이 나이나 학력, 전공과 무관하게 인재를 찾는다는 구인 공고를 취업 중개 사이트에 걸어두었지만, 취업 중개 사이트가 제공하는 이력서 양식에는 생년월일, 출신학교, 전공, 학점 등을 필수적으로 기재하는 난(欄)이 있었다. 하긴 무관하다는 말이 곧 기재하지 않아도 좋다는 뜻은 아닐 것이다.

그동안 서른 곳 가깝게 지원해보았지만, 연락 온 곳은 단 한 군데도 없었다. 자기소개서가 문제였을까? 자기소개서 대필업이라는 것도 있고 한눈에 띄는 자소서 작성법이라는 책도 있으며, 자기소개서 작성 요령을 가르치는 강좌도 인기였다.

"자소서는 한마디로 자기의 얼굴입니다. 여러분, 면접 볼 때 머리도 다듬고 화장도 하고 드레스도 신경 써서 갖춰 입는 것처럼 자소서도 치장이 필요합니다. 면접 때 이목을 끄는 응시자가 있고 그렇지 않은 사람이 있듯, 읽기 시작하면 끝까지 읽을 수밖에 없는 자소서도 있고 바로 쓰레기통으로 들어가는 자소서도 있죠. 팔리는 자소서를 작성해야 합니다. 여러분, 자신을 세일즈 해야 해요. 안 팔리면 그다음엔 어디로 가는지 알아요?"

'일타 강사'에게 작성 요령을 전수받고 책을 사서 베껴도 봤지만, 결과는 매한가지였다. 내 자기소개서는 아직 한 부도 팔리지 않았다.

"시험이 얼마 안 남았잖아요."

밥상을 차리는 어머니에게 대답하고 현관문을 나섰다.

사람을 채용할 때 나이, 학력, 전공이 무관한 직장이 있긴 했다. 망하지 않을 회사인 국가와 지방자치단체였다.

아버지는 출신 은행과 잠시 몸담았던 자금중개회사를 비롯한 창업자금지원센터를 부지런히 다녔다. 아버지가 찾아낸 사업 아이템은 항균코

팅업이었다. 갖가지 생활용품과 가구, 가전제품, 장난감 등에 항균소독제를 바르거나 뿌려 세균 침투를 막고 제거하는 일이었다. 프랜차이즈업이라고 했다.

"내가 그만 코로나에게 발목이 잡혔잖아. 이젠 내가 코로나를 잡아보겠어."

그러면서 아버진 다니던 은행만 뚫어도 앉아서 하는 사업이라고 했다.

문제는 가맹비와 초도 물품비를 마련하는 일이었다. 퇴직금을 헐려니 당장 생계가 막막하고 그렇다고 집을 내놓을 수도 없었다.

"어떤 영화에서 보니 노래만 듣고도 은행에서 선뜻 레코드 취입 비용을 내주던데, 그 영화 제목이 뭐였더라?"

"원스?"

"그래. 원스 대출, 이런 게 없으니 우리나라 은행은 삼류를 못 면하는 거야. 담보 잡고 돈 빌려주는 거, 그런 걸 누가 못해."

모행(母行)에 대한 아버지의 배신감 그리고 은행에 대한 아버지의 분노는 퇴직할 때보다 컸다. 이럴 줄 알았으면 다른 은행 계좌 트는 건데, 퇴직금을 지급하자마자 마이너스 통장부터 정리하라고 한다며, 아버진 수십 년 동안 다니던 은행에 서운한 마음을 드러낸 적이 있다. 하지만 지금은 돈을 빌려주겠다는 은행조차 없었다.

결국 아버지와 어머닌 은행에 집을 잡히는 일로 크게 다투었다.

"당신은 왜 아버님께 말씀을 못 드려?"

"뭘?"

"고향에 산도 있잖아. 가격도 많이 올랐다며. 도대체 몇 대가 들어가
는데, 칠백 평씩이나. 어차피 두 분 돌아가시고 나면 삼촌하고 반반씩 받
는 거 아냐? 난 거기 안 들어갈 테니까 아버님께 반만 잡히자고 말씀드려
봐. 죽은 사람 집이 중요해? 산 사람 집이 중요해?"

내가 대학에 입학하던 그해, 사람들은 대통령 물러나라며 촛불을 들
고 거리로 나갔다. 나도 친구들과 어울려 종로3가에서 광화문까지 가두
행진에 참가했다. 열심히 태극기를 흔들며 대통령 하야 반대를 외치는
사람들도 있었으나 목소리가 작았다. 시위를 마치고 광화문 네거리의 전
집에서 먹은 막걸리와 빈대떡은 꿀맛이었다.

어머닌 종이컵 밑바닥을 십자로 잘라서 주말 시위에 나가는 내게 건
넸다.

"지금이 1987년인 줄 알아. 요즘 세상에 진짜 촛불 들고 나가는 사람
이 어딨냐고."

"그때는 촛불이 아니라 화염병 들고 나갔지."

어머니도 아버지와 함께 시위에 참가했다. 손에는 진짜 촛불 대신 내
가 준 LED 촛불을 들고.

오늘도 광화문 광장에는 수많은 인파가 가득 모여 대통령 하야를……
뉴스는 온통 촛불 집회 소식이었다.

"도대체 대통령이 뭘 얼마나 잘 못 했기에 저 난리냐? 난 암만해도 모

르겠더라."

함께 저녁을 들면서 뉴스를 시청하던 할아버지가 탁 소리 나게 숟가락을 내려놓았다.

"측근 비리 없는 정권이 어디 있었냐? 그만한 일로 대통령더러 물러나라고 하면……."

"아버지, 물론 역대 어느 정권도 측근 비리가 터지지 않은 정권은 없었죠. 그런데도 지금 국민이 대통령 퇴진을 외치는 건 이제부터는 이 땅에서 같은 과오가 되풀이되어서는 안 된다는 메시지예요."

"나라가 큰일이구나."

"맞아요, 정말 큰일이죠."

"그만 집으로 돌아가는 게 좋겠구나."

아버지가 할아버지에게 대거리하는 건 처음 보는 일이었다.

물러나지 않고 버티려 애쓰던 대통령은 그만 해고되고 말았다.

정권이 바뀌고 복무를 마치고 돌아온 나는 휴학기에 야당의 선거운동을 도왔다. 일당 받고 하는 그냥 '알바'였다. 어느 주말이었다. 출마자의 명함을 돌리다가 아버지와 눈이 딱 마주치고 말았다. 잠시 고개를 갸웃거린 아버진 아무 말 없이 지나쳤지만, 그날 왠지 집에 들어가기가 싫었다.

"그래, 선거운동은 잘 돼가나?"

거실에서 뉴스를 보고 있던 아버지가 집에 돌아온 내게 야당 후보의 명함을 내밀며 물었다.

"언제 거기 들어갔냐?"

"그냥 일당 받는 알바예요."

"일당이 얼마냐? 그 돈 내가 주마."

미칠 노릇이었다.

"아버지, 직장은 철학이 맞아서 다니세요? 신념이 다르면 회사도 때려치우는 거예요?"

"뭐? 그게 그거랑 같은 문제야?"

"뭐가 다른데요? 언제는 안 맞아도 꾹 참고 견디는 게 인생이라고 하더니…… 이건 제 일이라고요. 일."

얼마 전까지 희망퇴직을 받던 기업들은 정부의 눈치가 보이는지 앞다퉈 신규 채용 계획을 발표했다. 부모 세대의 자리를 자식 세대로 채워 넣을 계획이었다. 일자리를 두고 부모 세대와 자식 세대가 서로 다투는 꼴이었다. 가정 경제의 면에서는 더 많은 급여를 받는 부모 세대가 버는 것이 낫겠지만, 젊은 세대의 입장은 다르고 기업은 손해일 것이다.

"우리 세대가 얼마나 누렸다고 정년도 안 된 사람들을 자꾸만 내모는지. MZ 세대는 우리를 거저먹은 세대라고 하는데, 그건 모르고 하는 소리다. 우리라고 거저 취업한 게 아니라는 말이야. 그땐 그때대로 경쟁이 치열했지. 사람도 많고."

뉴스를 보던 아버지는 혀를 찼다.

점포 임대료와 가맹비, 물품비 조달을 위해 백방으로 뛰어다니던 아버진 드디어 결심이 선 듯했다. 할아버지를 만나 사업자금 문제를 상의하기로 한 것이다.

"팔자는 것도 아니고 잠시만 은행에 잡히자는 건데……."

아버진 말끝을 흐리며 할아버지를 찾아갔다.

아버지에게서 늦도록 아무 소식이 없었다. 설마 죽은 사람 묻힐 땅을 두고 산 사람 집을 잡히라고 하겠느냐고 아버지의 뒷모습에 대고 말하던 어머닌 걱정이 되는지 문자도 넣고 전화도 걸었다.

"그놈의 천년 유택, 내 아버지 돌아가신 다음에 다 갈아엎어 버릴 테니 두고 봐."

"어디서 웬 술을 이렇게……."

"솔직히 요즘 매장하는 사람이 얼마나 되냐니까, 뭐라 시는 줄 알아?"

"……."

"화장하고 납골하고 나면 그건 영원한 줄 아냐면서 그다음엔 또 어디로 가느냐고 물으시더라고."

"그래서?"

"죽으면 그뿐이지, 가긴 어디로 가느냐 말이야."

언제나 그다음이 문제였다. 걱정의 뿌리는 미래에 깊숙이 뻗쳐 있다. 미취학 때는 취학 후의 일을 걱정하고 초등학교 때는 중고등학교의 일을 고민하며 중고등학교에 다니면서는 대학 갈 걱정이 태산이다. 대학에 들어가 한숨을 돌렸는가 싶으면 곧 취업 준비를 해야 하고 직장에서는 언제부턴가 제2의 인생을 그려본다. 비정규직은 정규직을 희망하고 정규직은 정년 연장을 꿈꾼다. 그다음은, 그다음은, 그다음은…… 한 수 앞을 보는 인간보다 서너 수 앞을 내다보는 인간이 더욱 고민이 많다. 그런데 고민에 반비례하는 것이 행복의 크기라는 걸 멀리 앞을 내다보는 인간은 알까. 고민이 많은 인간은 심지어 자신이 죽은 후의 일까지 고민하다가 썩어 문드러질 육신이 담길 천년의 유택을 만든다. 자궁에서 태어나 겨우 한 몸 누일 수 있는 좁은 땅속으로 들어가고자 그토록 번민을 거듭하는 것이다.

"어이가 없군."

어머니가 옷을 입은 채 침대에 쓰러지는 아버지를 부축했다.

수시로 취업 사이트를 검색하는 한편 국가와 지방 공무원 시험 준비도 계속했다. 고민은 영 쓸데없는 짓인가? 그래도 앞가림은 해야 하지 않겠는가 말이다.

공무원 시험 일자가 코앞으로 다가왔다. 할아버지가 우리 가족 모두를 댁으로 불렀다.

"앉자."

어색하게 인사를 드리는 아버지에게 할아버지가 착석을 권했다.

백수 삼대가 모처럼 한 식탁에 둘러앉았다.

"우리 장손이 중요한 시험을 앞두고 있는데 따뜻한 밥 한 끼는 해 먹여야지."

할머니는 갈비를 굽고 육개장을 끓이고 전을 부쳤다.

"아직 시험도 안 봤는데, 잔칫상을 차리셨네요. 어머님."

"우리 손주 합격하면 그땐 어미가 잔치를 벌이거라."

"길고 긴 것이 인생이다. 자, 함께 들자꾸나."

할아버지가 먼저 수저를 들었다.

"할아버지가 주말에 거리로 나가신단다."

그러면서 할머니가 가위로 갈비를 잘라 내 밥 위에 얹어주었다.

"동서한테 들었어요. 어머님."

"노인대학 제자들이 자꾸만 동참을 요구해서……."

"할아버지, 시위해 보셨어요?"

"시위? 허허……."

내 질문에 대답은 않고 할아버지는 숟가락으로 국을 떠서 입에 가져갔다.

"라떼도 말이다……."

할아버지가 '라떼'를 말하니 너무 웃겼다.

"꼰대 할아비가 대학에 들어가던 해의 일이다. 그해 정부통령 선거를 앞두고 야당 대통령 후보인 조병옥 박사가 투병 중에 미국에서 사망했지. 관건은 부통령 선거였는데, 자유당에서는 이기붕 씨를 당선시키고자 공개투표, 부정 개표 같은 온갖 불법 수단을 동원해서 선거 부정을 저질렀다. 보다 못한 시민들과 학생들이 선거 무효를 외치고 거리로 쏟아져 나오자 경찰은 총을 쏘면서 시위대를 진압하려 했다. 그게 4.19다. 그때 할아버지도 친구들과 경무대 앞까지 가서 대통령 하야를 요구했는데, 그날 서울에서만 백 명이 넘는 시위자가 경찰이 쏜 총탄을 맞고 사망했다."

"진짜요?"

"그럼, 참말이지 않고."

할아버지가 의기양양한 표정을 지으며 나를 바라봤다.

"아비야, 내 생각에는 말이다……."

"네, 아버지."

"넌 얼른 차에 가서 피켓이랑 촛불 가져 와."

"촛불? 어미야, 무슨 촛불 말이냐?"

할머니가 의아한 표정으로 어머니를 쳐다봤다.

트렁크에는 어머니가 제작한 '기초연금 지급 대상 축소 결사반대'라고 쓰인 종이 피켓과 LED 촛불이 들어 있었다.

"4.19 때는 어땠는지 몰라도 지금은 이런 게 있어야 해요. 아버님."

어머니가 할아버지의 목에 피켓을 걸어 드렸다.

"호호, 너무 잘 어울리세요. 아버님."

"그렇게 보이니?"

할아버지는 흐뭇한 표정을 지으며 어머니가 걸어준 피켓을 앞뒤로 흔들었다.

스터디 카페로 올라가려다 팻숍 앞에서 걸음을 멈추었다. 말티푸는 배를 드러내고 옆으로 누워 자고 있었다. 견종을 알 수 없는 새로운 강아지들도 보였다. 도대체 녀석은 어디로 간 것일까? 팻숍 내부를 찬찬히 살

퍼봤다. 보였다. 녀석이 안쪽 어둡고 후미진 곳에서 나를 보고는 앞발을 들어 쇼케이스를 마구 긁어대고 있었다.

카메라맨

처음에 사람들은 그를 그저 미스터 리라고만 불렀다. 미스터 리는 원래 운전기사였는데 그를 특별 채용했던 사장이 그러고 나서 얼마 후 회사를 떠났으므로 사고무친의 사회생활을 시작하였다.

고졸인 미스터 리는 입대 후 기초군사훈련을 마치고 후반기 교육에서 운전을 배웠다. 사단 수송대에 배치된 그는 처음엔 '두돈반'이라고 부르는 2.5톤 트럭의 운전대를 잡았다. 군기 세기로 소문난 수송대에서 닦고 조이고 기름칠을 하며 버티던 그에게 전기가 찾아온 건 사단장을 모시던 말년 병장이 급성맹장염으로 국군병원에 후송되고서다. 내무생활과 경계근무에서 열외 되기에 꿀빠는 보직으로 여기는 사단장의 운전병은 아무나 할 수 있는 건 아니고 '빽'이 있어야 들어갈 수 있는 자리였다. 하지만 1호차 운전병이 갑자기 후송되는 바람에 사단 수송대에서 급하게 차출을 한 것이다. 어느 날 준위 계급장을 단 수송관이 와서 운전병들을 불러모으고는 이유는 말하지 않고 사회에서 운전 경험이 있는 사람은 앞으로 나와 보라고 했다. 나섰다가는 먼저 죽을지도 모르는 곳이 군대라 경험이 없으면 없기 때문에, 있어도 무슨 일로 그러는지 알 수 없어서 나가는 병사는 한 사람도 없었다. 그때 운전 경력자를 찾는 게 이상하다고 여긴 미스터 리가 재빠르게 수송관 앞에 나갔다. 준위가 반색을 하며 뭐 하다가 입대했느냐고 물었다. 그는 택시나 버스라고 대려다가 순간적으로 경력증명서 따위가 없는 자가용으로 바꿔 대답했다. 더 캐물으면 집에서 운전해봤다고 하면 될 것이었다. 다행히 준위는 더는 묻지 않고 그를 수송대대장 앞에 데리고 갔다. 어차피 임시라 그런지 경례를 받은 대대장도 사단장이 이것저것 물어보면 대답 잘하라는 한마디만 했다.

이렇게 미스터 리는 갑자기 사단장을 모시게 됐다. '두돈반'을 몰던 그에게 승용차 운전은 아주 수월한 일이었다. 가까이서 본 사단장은 까다로운 사람이 아니었다. 장군 운전병을 '꿀보직'이라 해도 사실 장군의 스타일에 따라 군 생활은 크게 달라졌다. 그런데 그가 갑자기 모시게 된 장군은 집이 서울이라 그런지 술자리가 잦은 것 외에는 특별히 사람을 불편하게 하지는 않았다. 저녁 행사가 있는 날은 당연히 술자리가 끝날 때까지 대기해야 했지만 고달픈 수송대 생활을 견딘 그에게 그까짓 것쯤은 식은 죽 먹기였다.

원래 사단장 차를 일주일만 운전하고 수송대로 돌아가기로 했는데 말년 병장의 맹장염이 그만 복막염으로 진행되었다. 사단 인사계가 부르더니 어차피 운전병이 전역을 앞두고 있어 후임을 새로 뽑으려고 했다면서

1호차 생활을 할 만하냐며, 사단장의 허락을 받기 전에 그의 의사를 물어봤다.

사단장은 물론이고 운전병이 특별히 신경 써야 하는 대상은 작전과장이나 정보과장 같은 사단 참모들이었다. 이들이 물어보기 전에 사단장의 심기나 동정을 전해주는 일이 매우 중요하다는 걸 미스터 리는 일찍 깨달았다. 사단장이 일개 운전병에게 흉금을 털어놓을 리 없는데도 저녁 약속이나 골프 모임이 있은 다음 날 참모들은 사단장의 기분을 몹시 궁금하게 여기며 미스터 리에게 물어봤다. 그런 참모들에게 미스터 리는 처음엔 아무 말씀 안 하셨다든지 별일 없었다고 말했지만 차츰 요령이 생겨 나중엔 공이 안 맞아 불편하시니 보고하면 벌타를 받을 수도 있다고 슬쩍 겁을 주기도 했다. 실제로 사단장이 가장 싫어하는 게 퍼팅 연습 도중에 갑작스러운 보고를 받는 일이었다. 사단장은 퍼팅은 집중력이라며 휴전선이 무너지지 않는 한 사무실에 아무도 들이지 말라고 부관에게 지시했다.

운전병의 하루는 항상 사단장보다 앞서 시작했다. 미스터 리가 일어나서 제일 먼저 챙기는 작업은 사단장의 군화나 구두를 닦는 일이었다. 출근시켜 드리고 대기 중에는 사무실의 난(蘭)에 물을 주거나 우유를 묻힌 걸레로 잎사귀를 닦으며 시간을 보냈다. 보통 당번병이 하는 일이지만 미스터 리는 난 가꾸는 일을 도맡아 하겠다고 자청했다. 잎새에서 윤이 나는 걸 본 사단장은 미소를 띠며 입대 전에 난을 가꾼 적이 있냐고 물었다. 그런 적이 없었지만 우유로 닦으면 광택이 더하다는 것을 미스터

34

리는 들어서 알고 있었다.

그가 군에서 배운 다른 기술 한 가지는 사진이었다. 사단장 차를 운전하면서 틈틈이 사진학과에 다니다가 입대한 정훈병으로부터 촬영과 현상, 인화 등 사진 기술을 전수 받았다. 갓 입대한 이병이 장교는 물론 장군한테까지 웃고 주먹을 불끈 쥐고 어깨를 살짝만 돌리라며 지시하는 것을 보고 권력이 총구뿐만이 아니라 카메라에서도 나오는 걸 보았기 때문이다. 모자와 어깨에 번쩍이는 별을 단 장군들도 카메라 앞에만 서면 수줍어하는 순한 양이 되기 일쑤였다. 그냥 셔터만 누르면 다 되는 줄 알았는데 화학약품이 채워진 트레이에 담긴 인화지에서 서서히 영상이 드러나는 모습은 마치 천지창조의 한 장면 같기도 했다. 사진의 세계는 알면 알수록 심오했다. 흔히 사진을 가리켜 순간을 포착하는 예술이라고 하지만 사진 속의 순간에는 과거와 미래가 함께 나타나 있어야 한다는 것이 정훈병의 설명이었다. 그러면서 정훈병은 서랍을 열더니 한 장의 사진을 꺼내 보여줬다. 왼손으로는 허리를 잡고 오른손으로는 지팡이를 쥔 채 카메라를 노려보고 있는 자신감에 찬 윈스턴 처칠의 사진이었다. 정훈병은 사진 속의 처칠이 노려보고 있는 것은 카메라 렌즈지만 2차 대전 당시 라이프지에 실린 이 사진을 본 영국 국민들은 산전수전을 다 거친 자국 지도자의 나치에 대한 결연한 항전 의지를 읽었을 것이라 말했다. 그러면서 사진가가 한 장의 좋은 사진을 얻으려면 연출은 필수고 그로부터 권력이 탄생하는 것이라고 했다. 미스터 리는 제대 후에야 정훈병이 한 말의 의미를 온전히 깨달았다.

미스터 리가 군에서 배운 운전과 사진 기술 가운데 먼저 써먹은 건 사진이었다. 고향 읍내에 있는 사진관에 조수로 들어간 것이다. 조수라고는 하지만 실은 달리 할 일이 없어 가게도 봐주면서 놀러 다녔다. 사진관 주인은 고등학교 선배였는데 자주 가게를 맡기고 나가서는 노름을 했다. 자연히 그가 사진관을 보는 시간이 많아졌으며 손님들의 증명사진이나 백일사진, 돌사진, 결혼사진도 박았다. 손님들은 솜씨가 사장보다 낫다고 했지만 그의 손에 돈이 쥐어질 때는 사장이 노름판에서 한몫 잡고 돌아왔을 때뿐이었다.

자주 사진관에 들르는 사람 가운데 근처 다방의 레지 장미가 있었다. 처음엔 커피 배달을 와서 기다리다가 돌아가던 그녀는 차츰 커피를 시키지 않아도 놀다 가곤 했다. 미스터 리는 사진관 사장도 어떻게 좀 해보려 무척 속을 태우는 제법 육감적인 몸매의 그녀에게 당시 톱 탤런트였던 이영애나 심은하처럼 찍어주겠다며 꼬드겨 보았지만 번번이 거절을 당했다. 그런데 한번은 그녀가 미스터 리가 혼자 지키고 있는 사진관에 시키지도 않은 쌍화차를 가지고 와서는 대뜸 사진 좀 찍어줄 수 없냐고 했다.

"니가 증명사진 찍어서 어디다 쓰게? 점잖은 데 취업이라도 하려고?"

"그게 아니라……"

"아니면 뭐, 탤런트 시험이라도 치려고?"

"오빠도 참, 연예인처럼 찍어줄 수 있다며. 나도 꽤 괜찮어. 싫음 말고. 사장님한테 얘기해볼 테니까."

찻잔에 띄운 계란 노른자를 티 스푼으로 돌려가며 익히던 장미가 쟁

반과 보온병을 챙기며 일어섰다.

"왜, 벌써 가게?"

한 손에 찻잔을 든 미스터 리는 다른 손으로 장미의 손목을 잡으며 그녀를 끌어당겼다.

미스터 리는 날을 잡고 일본 여배우 미야자와 리에가 화보를 촬영했던 산타페처럼 한적한 곳으로 장미를 데리고 출사를 나갔다. 가시를 몽땅 뽑아버리고 왔는지 카메라 앞에 선 장미는 그의 지시를 고분고분 따랐다. 미스터 리는 셔터를 누르면서 그녀에게 점점 더 과감한 포즈를 요구했다. 그녀는 블라우스의 단추를 끄르고 스커트를 올리라는 그의 요구에도 망설임이 없었다. 역시 카메라는 권력이었다. 출사에서 돌아온 미스터 리가 장미의 허연 속살을 떠올리며 말했다. 다음번엔 미야자와 리에처럼 찍어주겠다고.

미스터 리의 촬영 기술은 날로 발전해서 몇 차례 사진 관련 잡지의 콘테스트에서 수상하기도 했다. 그에겐 작가라는 타이틀이 붙었지만 그렇다고 달라지는 건 아무것도 없었다. 어느 날 미스터 리는 자신의 작품을 표구해서 군 시절에 모셨던 사단장을 찾아갔다.

"아니 이 병장이 언제 이런 걸…… 그래, 어떻게 지내나?"

사진을 본 사단장은 의아하다는 표정을 짓더니 이내 만면에 미소를 띠며 물었다.

장미와 살림을 차린 그는 불러오는 그녀의 배를 생각하며 일자리가 필요하다고 솔직하게 대답했다. 경례를 올리고 떠나는 그를 보며 사단장은 기다려보라 했다. 얼마 뒤 미스터 리는 군복이나 깔깔이, 운동복, 내의 같은 장병들이 입는 피복류와 운동화, 군화, 침낭, 천막 등을 납품하는 크지 않은 군납 업체의 운전기사로 채용됐다.

군대나 회사나 1호차 기사가 하는 일은 비슷했다. 군납 업체라 그런지 사장은 장군 출신이었다. 사장의 구두를 직접 닦지 않아도 되었지만 미스터 리는 신문지를 깔고 앉아 입으로 불어가며 구두에 광을 냈다. 사장실의 화분에 물 주고 우유로 난이나 나무 잎사귀를 닦는 일도 군에서 하던 것처럼 했다.

군대와 다른 것이 있다면 차량 정비였다. 군에서는 심각한 불량이 아닌 잔고장은 부대 내의 수송대에서 직접 수리하기도 했지만 민간에서는 반드시 회사에서 지정한 카센터에 맡겨야 했다. 그런데 차량에 특별한 이상이 없어도 정비를 하고 부품을 교환하는 경우가 잦았다. 사고 예방적 차원이라고는 하지만 교환주기에 이르지 않은 각종 윤활류를 교체하고 멀쩡한 타이어를 승차감이 좋지 않다며 신품으로 바꾸기도 했다. 미스터 리는 처음엔 사장의 엉덩이엔 특별한 센서라도 달려 있는가 했지만 정작 사장이 차량 상태에 대해 이렇다 저렇다 말하는 경우는 없었다. 한가할 때 정비라도 받으라는 지시는 회사의 자산을 관리하는 총무부장이 했다.

총무부장은 사무실의 소등이나 잠금 상태 등을 꼭 직접 점검한 뒤에 퇴근한다고 해서 별명이 경비원이었다. 본인도 퇴근해야 했으므로 퇴근 시간이 되면 서둘러 직원들을 돌려보내고 점검을 시작했다. 급한 일이 있었는지 한번은 비상문을 안쪽에서 잠그고 가버려 직원들이 비상구에 갇히는 사고가 발생한 적도 있었다. 사장은 꼼꼼하다고 소문난 그를 신뢰해서 회사의 재산을 관리하는 총무부장 자리에 앉혔는데 신경과민이던 병증이 그렇게 나타난 것이다.

하여튼 엉덩이가 민감한 총무부장 덕에 사장의 승용차는 항상 최상의 상태를 유지했다. 단골 이발소에 가면 아무 말 하지 않더라도 알아서 머리를 깎아주듯 차량을 맡기기만 하면 지정 정비소에서는 알아서 부품을 교환하고 회사에 대금을 청구했다. 이렇게 철저하게 관리하면서도 회사에서는 내용연수가 경과하면 바로 새 차를 뽑았다. 한 번의 예외는 미스터 리를 채용한 사장이 임기만료로 퇴임했을 때였다. 마침 사장이 타던 차의 내용연수가 종료됐지만 회사에서는 새로운 사장의 취임을 앞두고서야 차를 바꿨다. 신임 사장이 선호하는 차량을 구입하기 위함이었다. 사장을 선출하기 위한 형식적인 절차인 주주총회 날짜가 잡히자 회사는 분주하게 움직였다. 특히 주총을 주관하는 총무부장의 신경은 마치 뾰족한 연필심처럼 날카롭고 부러지기 쉬운 상태가 되었다. 총무부장은 동선까지 그려가며 새로운 사장을 차에 태우는 훈련을 반복했다. '미스터 리, 차 문을 기사가 열어드리는 게 맞아? 아니면 내가 열까?' '앞으로 미스터 리 혼자 모셔야 할테니 기사가 여는 게 맞겠지?' '아냐, 아무래도 처음이니까 내가 열어드리는 게 좋을 것 같아. 미스터 리는 그냥 운전대나 잡고 있으라고. 그래야 지체 없이 출발하지.' 사장 역할을 대행하는 직원을 선정해서 오른쪽 뒷문 여닫기를 반복하던 총무부장은 훈련을 다 마친 뒤에 키를 달라고 했다. 아무래도 새 차라 자기 집 앞에 보관해야 안심이 될 것 같다는 거였다.

사장이 부임하고 총무부장의 과민증세는 최고조에 이르렀다. '오늘 저녁 약속 장소, 안 가본 곳이지? 잘 찾아갈 수 있겠어?' '기름은 충분히 채워 놓았겠지? 만약 가다가 기름 떨어지면 어떡하지?' '혹시 나에 대해 뭐라 말씀하신 거 없었어?' 군 출신이 수두룩한 군납 업체에서 총무부장은 특별한 케이스에 해당했다. 그는 정확한 사유는 알려지지 않았지만 군 미필자였다. 초고도근시 때문이라고도 하고 폐질환 때문이라고도 했다. 어쩌면 둘 다 이유일 수도 있지만 미스터 리는 총무부장이 의학적 사유로 면제를 받았다면 아마도 신경과민 때문일 거라 생각했다. 총무부장은 지방의 법대를 졸업하고 고시 공부를 하다가 공채로 입사했다. 법을 전공했기 때문인지 아니면 원래 성격이 그런지 철저한 규정주의자였다. 그래서 회사에서는 영업활동을 보내진 못하고 주로 경리나 감사 따위의 후선 업무를 맡겼는데 총무부장은 첫 보임이었다. 그런데 보임을 맡고 얼마 지나지 않아 사장이 바뀐 것이다.

육사 시절 축구 선수로 활약했다는 신임 사장의 첫 지시는 체육대회 개최였다. 강당에서 열린 취임식에서 사장은 체력은 국력이기도 하지만 곧 기업력이라며 무엇보다 직원들의 체력 단련을 강조했다. 사장의 한마디에 회사는 체육대회 개최를 위해 조를 짜고 장소를 섭외하고 종목을 선정하는 등 군대처럼 일사불란하게 움직였다. 총무부장은 사장이 육사 시절 대표로 활약한 축구 말고 좋아하는 운동이나 게임이 없는지 알아보기 위해 사단장으로 재직했던 군부대의 부관에게 전화를 걸어 보았지만 골프를 즐긴다는 시큰둥한 답변을 빼고는 참고할만한 것을 얻지 못하였다. 아무리 사장이 좋아한다고 해도 골프장에서 전 직원이 참가하는 회사 체육대회를 개최할 수는 없는 노릇이었다. 결국 총무부장은 며칠을 고민한 끝에 대기업 연수원을 섭외하고 메인 종목인 축구 외에 공 굴리기 릴레이 같은 몇 가지 명랑운동회 종목을 추가한 보고서를 가지고 사장에게 갔다. 사장은 일어서서 양손을 옆구리에 짚고 책상 위에 펼쳐놓은 회사의 조직도를 마치 높은 곳에서 진지를 굽어보는 장군처럼 응시하고 있었다. 총무부장은 너무 긴장한 나머지 그런 사장에게 하마터면 충성이라며 경례를 올릴뻔했다.

"체육행사 건으로 보고드리러 왔습니다."

"오, 그래요? 수고가 많소. 그런데 돈 들여 남의 연수원까지 빌리려고? 음…… 하긴 여긴 연병장이 없으니까…….."

총무부장이 작성한 보고서를 훑어본 사장은 엄지와 중지로 흘러내린 안경을 올리더니 장군답게 신속한 결단을 내렸다.

"그냥 가까운 산에나 오르지."

사장이 말한 가까운 산이라는 의미가 회사에서 가까운 산인지 사장의 집에서 가까운 산을 말하는지 아니면 서울에서 가까운 산이라는 의미인지를 알기 위해 총무부장은 새로운 고민에 빠졌다. 회사에서 가까운 산이라면 청계산, 사장의 자택에서 가장 가까이 있는 산은 북한산이었다.

그 밖에 관악산, 도봉산, 남한산 등 참으로 많은 산들이 서울 주변을 두르고 있었다. 밤낮 고민을 하던 총무부장은 미스터 리에게 사장이 말한 그 산이 어느 산인지 물어봐 줄 수 없겠느냐고 부탁했다. 미스터 리는 그러겠다고 대답했지만 막상 백미러로 뒷좌석에 기대앉은 사장의 편안한 얼굴을 보며 너무 유치한 질문이라는 생각을 했다. 등산 장소를 정하는 것은 도봉산을 막거나 북한산을 지키는 문제와는 다르지 않은가 말이다. 수도 서울을 사수하는 일도 아닌데 아무 산이면 어떻겠는가. 오르거나 내려가거나 어차피 사장이 하고 싶은 대로 할 것이다. 눈을 감은 사장을 보며 미스터 리는 사장의 집에서 가까운 북한산으로 결정했다. 사장에게나 사장을 모시는 본인에게나 북한산이야말로 최적의 코스였다.

미스터 리로부터 북한산이라는 답변을 들은 총무부장은 그날부터 지도를 벽에 붙여놓고 동선을 짜고 도상훈련을 시작했다. 총무부장은 이번엔 등반 루트를 가지고 고민을 시작했다. 지도 위에 형광펜을 칠하며 고민을 거듭하던 총무부장은 우이동을 출발해서 북한산 정상인 백운대에 오르는 코스와 구기동에서 승가사를 거쳐 비봉에 오르는 코스 그리고 진관동에서 대남문에 이르는 코스로 압축해서 젊은 직원들에게 답사케 한 뒤 보고를 받았다. 하지만 몇 번을 들어도 가보지 않은 산길이 출퇴근길처럼 머릿속에 쏙 들어오지 않았다. 백운대에 오르는 길은 돌산이라 험하고 대남문 코스는 오래 걸리며 비봉 코스는 평이하다고 하니 그런 줄 알 수밖에 없는 것이다. 총무부장은 이번에도 미스터 리에게 사장의 심중을 알아달라고 부탁했다.

"미스터 리, 사장님께 한 번 만 더 여쭤볼 수 있겠어? 사장님께서는 지휘관 출신이니 아무래도 정상정복을 선호하실까? 불교 신자시니까 승가사 코스가 나을까?"

총무부장에게는 몇 날 며칠을 고민할 만큼 중차대한 문제였지만 미스터 리는 길게 생각할 것 없이 승가사 코스였다. 왜냐하면 사장의 집이 출발 지점인 구기동에서 가까운 평창동에 있기 때문이다. 하지만 미스터 리는 이번엔 넌지시 사장에게 등반 코스를 물어봤다.

"사장님, 체육대회 때문에 회사에서 고민을 많이 하는 것 같습니다."

"무슨 고민? 전쟁이라도 하러 나가나?"

"백운대와 대남문 그리고 비봉 코스를 놓고 고민 중인 모양입니다."

대답을 않던 사장은 자택에 도착해서야 가장 가까운 곳이 어디냐고 묻더니 인사를 하는 미스터 리의 어깨를 툭 치며 말했다.

"내가 그날 저녁에 시내에서 다른 약속이 있어서 말야. 이거, 나 때문에 날짜를 바꾸자고 할 수도 없고. 안 그래?"

산행의 아침이 밝았다. 미스터 리는 고향의 사진관을 떠날 때 사장으로부터 전별금 대신 받은 낡은 니콘 F3를 어깨에 메고 등산로 입구의 집결 장소로 나갔다. 프로페셔널 카메라의 위엄은 미스터 리를 기사가 아니라 기자로 보이게 했다. 미스터 리가 F3를 메고 나타나자 처음에 직원들은 사장의 카메라를 그가 멘 것으로 생각했다. '똑딱이'를 목에 건 총무부장은 연신 셔터를 눌러대는 미스터 리에게 걱정스러운 표정으로 사진을 찍을 줄 아느냐고 묻기도 했다.

"그거, 사장님 꺼 아니예요? 필름 아깝게 그렇게 아무거나 막 찍어도 되나?"

"부장님, 직원들 하고 앞에 서 보세요. 아니, 그쪽은 역광이잖아요. 반대쪽으로. 자 다들 김치하고 활짝 웃으세요. 김 대리님은 좀 안쪽으로 붙으시고 박 과장님은 허리를 숙여요. 아니, 무릎을 굽히지 말고 허리만 숙이라니까. 그렇죠. 그럼 하낫 둘."

미스터 리가 카메라를 처음 본 건 중학교 2학년 봄 소풍날이었다. 도회지에서 전학을 와 친구도 없고 이름 대신 호구라는 별명으로 불리던 급우가 있었다. 그 아이가 호구가 된 계기는 도시락 반찬 때문이었다. 돌멩이를 삼켜도 금방 배가 꺼질 커가는 아이들은 점심 도시락을 1교시가 끝나고부터 예사로 먹어치웠다. 하지만 모범생인 호구는 반드시 점심시간에 도시락 뚜껑을 열었다. 그런데 이 점심시간 지키기가 화근이었다. 호구는 은행 신설 점포의 지점장인 아버지를 따라 미스터 리가 다니던 학교에 전학을 왔는데 소시지 부침이나 계란말이, 장조림 등이 그의 주메뉴였다. 당시에는 먹어보기 어려운 이런 귀한 반찬을 시골 아이들이 그냥 둘 리 없었다. 호구가 점심시간에 제 도시락을 열어보면 반찬의 반쯤은 비어 있거나 이것저것이 마구 뒤섞인 채 흐트러져 있었다. 호구는 처음 몇 번은 그냥 넘기기도 하고 저지른 아이를 찾아 윽박질러도 보았으나 고쳐지지 않았다. 결국 더 이상 견디지 못한 호구는 담임에게 호소했다. 호구로부터 사정을 들은 담임은 아이들에게 말했다. 자신이 학교에 다닐 때는 도시락을 싸 오지 못하는 아이들이 많아 친구들이 뚜껑에다 한 술씩 밥을 덜어 도왔다고. 담임이 도시락 얘기를 꺼낼 때 잔뜩 얼어있던 아이들은 그제야 식도에 걸려 있던 밥 덩이가 넘어가는 듯 숨을 내쉬며 호구를 쳐다보거나 손가락질을 했다. '호구, 저 호구 봐라. 반찬 빼앗겼다고 선생님께 일러바친 호구.'

반전은 소풍날 일어났다. 호구가 미놀타 카메라를 가지고 온 것이다. 마냥 신기해하며 한 번만 찍어보자고 조르던 아이들은 미놀타에 순응하며 호구 앞에 줄을 섰다. 며칠이 지나 호구는 아이들이 찍힌 만큼 사진을 뽑아서 학교에 왔다. 돈을 내라고 할까 봐 사진만 보고 그냥 제자리로 돌아가는 미스터 리에게 호구가 말했다.

"야, 니 사진 가져가."

이후로 학교 행사 때마다 담임은 호구에게 카메라를 챙겨오라 했다. 아이들은 더는 호구라고 부르지 않았으며 그와 도시락을 함께 먹기 위해 순서를 정했다. 녀석은 다음 학기에 반장으로 선출됐다.

사장의 뒤로 이어진 긴 행렬이 한 굽이 돌아갈 때마다 뱀 허리처럼 휘었다. 군 출신이 많아 행군에 속도가 붙을 줄 알았는데 의외로 더디기만 했다. 빠른 걸음이라면 등산로 입구에서 삼십 분이면 오를 승가사까지 한 시간이나 걸렸다. 하지만 그 누구도 사장을 앞지를 수 없었다. 절에 도착한 사장이 화장실을 찾자 총무부장이 따라갔다가 왔다. 그 사이에 직원들은 쉬면서 귤이나 바나나 등 가져온 간식을 섭취했다. 8세기 중엽에 창건되어 그동안 몇 차례 중건된 승가사는 서울 한복판에 있는 도량치고는 볼거리가 제법 많았다. 미스터 리는 세종대왕의 비인 소헌왕후가 이곳에서 솟아나는 약수를 마시고 병을 고쳤다는 암굴(巖窟)인 약사전과 대웅전 그리고 9층 석탑 등 사찰의 곳곳을 카메라에 담았다.

"미스터 리, 그 카메라 본인 것 맞아요? 언제 사진을 배웠어요?"

미스터 리가 실은 사진가협회 회원이라고 자신을 소개하자 직원들은 믿기 어렵다는 표정을 지으면서도 사진을 찍어주길 요청했다. 그는 직원들의 청을 빼놓지 않고 들어주면서도 특별히 신경 써서 사장의 독사진을 촬영했다. '나를 따르라'는 CEO의 결연한 의지를 표현하기 위해 앞서서 능선을 오르는 사장의 고독을 포착했다.

경내의 108 계단을 올라서는 마애석가여래좌상이 있는 곳에서 단체 사진을 찍었다.

"모두 파이팅 한번 하실게요. 뒷사람 얼굴이 가리니 김 이사님은 주먹을 조금만 내리세요."

사장 이하 전 직원들은 미스터 리의 지시에 고분고분했다.

산행을 마친 사장은 무척 기분이 좋은 듯 하산 후 회식 자리에서 여러 차례 총무부장을 치하했다. 총무부장은 받지 않는 술을 마시고 힘들어하면서도 사장의 다음 지시를 기다리느라 긴장을 늦추지 않았다. 하지만 화제의 주인공은 단연 미스터 리였다. 집으로 가는 차 안에서 미스터 리가 군에서 배운 기술로 콘테스트에서 수상까지 했다고 말하자 사장은 더욱 놀라워하며 앞으로 회사의 대소사가 있을 때마다 사진사로서 활동할 것을 명했다. 이에 그치지 않고 미스터 리에게 급여를 물어본 사장은 회사에서 총무부장에게 홍보 수당을 만들 것을 지시했다.

"글을 쓰면 원고료를 지급하고 강연하면 강연료가 나가잖아. 그러면 촬영료도 있어야 할 것 아니오. 미스터 리가 받는 급여는 기사로서 받는 거잖소. 필름 값이며 인화 비용도 솔찬히 들어갈 거고 그래도 명색이 사진작간데 우리가 작품을 공짜로 쓸 수야 있나."

사장실에는 돈이 들어온다고 해서 전임 사장이 걸어둔 고흐의 해바라기 대신 미스터 리의 작품이 걸려 있었다.

직원들은 미스터 리의 사진을 보며 감탄을 금치 못하였다.

"이거 꼭 내가 화보 속에 들어간 느낌이네. 역시 프로의 솜씨는 뭐가 달라도 다르다니까. 우리 앞으로 미스터 리를 이 프로라고 부르자고."

그때부터 사람들은 미스터 리를 이 프로라 부르기 시작했다.

사장의 동정과 심경에 매우 민감한 건 민간회사의 간부들도 마찬가지였다. 자기들끼리는 절대 정보 공유를 하지 않는지 '어제 사장님, 공 잘 치셨어?', '약주 많이 드셨나?', '다른 말씀은 없으시던가?'라는 질문을 기획부장과 영업부장, 총무부장이 돌아가며 묻곤 했다.

아무리 진탕 술을 마시고 함께 산에 오르며 단합을 강조하더라도 회사는 군 출신과 관련 부처 공무원 출신 그리고 공채 출신이 물과 기름처럼 섞이지 못하고 늘 겉돌았다. 회사의 주도권은 사장이 누구냐에 따라 달라졌는데 대개는 공무원 출신들이 쥐고 있었다. 이런 가운데 공채 출신 게다가 군 미필자인 총무부장을 보는 시선은 곱지 않았다. 총무부장 때문에 일을 못 하겠다는 볼멘소리가 여기저기서 터져 나왔다. 깐깐한 총무부장이 방만한 비용 집행 등 영업활동을 융통성 없이 통제했기 때문이다. 특히 군 후배나 공무원들을 상대해야 하는 영업 조직에서 불만의 목소리가 높았다.

정권이 바뀌자 이번엔 정치권에서 사장을 보냈다. 신임 사장은 사업 다각화를 모색했다. 회사의 매출은 안정적이었지만 군납이 끊길 경우 회사의 존속을 장담할 수 없다는 게 사장의 판단이었다. 게다가 IMF로 인한 고환율로 원자재 가격이 상승해서 역마진이 발생했다. 하지만 이미 계약한 대로 군에 납품하지 않을 수도 없는 일이었다. 그에 따른 손실은 고스란히 신임 사장의 몫이 될 것이었다. 정치적 야망을 가진 사장은 총무부장에게 은밀히 감원 계획을 제출하라고 지시했다.

임직원을 내보내려면 그냥은 안 되고 뭔가 약점을 잡아야 하는데 심약한 총무부장은 어찌 된 노릇인지 이번엔 전광석화처럼 일을 진행했다. 그는 오랫동안 영업 조직에서 관행처럼 원자재의 원가를 부풀려왔다는 사실을 알고 있었다. 원자재를 구매해서 이를 완제품으로 만들어 군에 납품하는 것이 회사의 일이었는데 이 과정에서 직원들은 거래처로부터 뒷돈을 챙기고 공무원들에게 뇌물을 먹였다. 영업이 잘될 때는 다들 쉬쉬하며 넘어간 일도 회사의 실적이 고꾸라지자 문제가 되었다. 총무부장은 영업 라인을 초토화하고 총괄 임원인 공무원 출신의 김 이사를 날려버렸다. 평소 군대도 다녀오지 않았으면서 뭘 아느냐며 깐죽대고 사사건건 업무적으로 충돌하던 예비역 중령인 기획부장을 집으로 보내는 데는 이

프로가 결정적인 역할을 했다.

특별한 엉덩이를 가진 총무부장 때문에 수시로 카센터를 찾는 이 프로는 군에서 정비 기술을 익혔다는 카센터 사장과 말이 잘 통했다. 언제부턴지 이 프로는 총무부장이 지시하지 않더라도 알아서 타이어를 교체하고 각종 오일도 갈았다. 카센터 사장은 이 프로에게 자가용이 없느냐며 값싸고 질 좋은 중고차를 알아봐 주겠다거나 주변에 수리할 차가 있으면 보내라고도 했다. 명절이면 떡값도 섭섭지 않게 챙겨줬다. 그러던 카센터 사장이 하루는 타이어를 교체하기 위해 차를 맡기고 내실에서 졸고 있는 이 프로에게 기획부장의 이야기를 꺼냈다.

"왜 회사에 박 부장 있잖소. 중령 출신이라든가 하는."

자판기에서 커피를 뽑아 온 카센터 사장이 이 프로에게 건네며 담배를 물었다.

"그런 분이 계시죠. 근데 그분을 어떻게 아시나요?"

"오해는 하지 말고 들으쇼. 내가 그 회사에 어지간한 높은 양반은 대개 안다니까."

"어떻게 말입니까?"

카센터 사장은 박 부장이 그동안 무상으로 자가용의 부품을 교환하고 수리한 실적을 다 합치면 아마도 마티즈 한 대는 나올 거라 일러 주었다. 이 프로도 그동안 들은 게 있어서 소수의 간부들이 회사에서 지정한 카센터에 가끔 들러 간단한 정비 정도 받는다는 건 알고 있었다. 하지만 그 정도일 줄은 짐작조차 못 했다. 미케닉이 내실로 들어와 장갑을 빼면서 정비를 마쳤다고 했다. 이 프로는 식어 있는 커피를 마시고 일어섰다. 달착지근하지 않고 맛이 썼다. 차에 시동을 거는 이 프로에게 카센터 사장이 옅은 미소를 지으며 한마디 툭 던졌다.

"내가 타이어는 잘 처리해 놓을게요."

대단히 민감한 엉덩이를 가졌지만 머리는 그다지 민감하지 않은 총무부장은 이 프로의 말을 듣고는 고개를 돌려 한참 동안 창밖만 응시할 뿐이었다. 이윽고 상황을 정리한 총무부장이 결단을 내렸다.

"수리 명세서 좀 보내라고 해봐요."

본인이 감원 대상이라는 사실을 인지한 기획부장은 뒤늦게 총무부장 저 새끼 죽이네 살리네 하며 방방 떴지만 아무 소용없는 일이었다. 총무부장은 그 밖에 무단으로 업무용 차량을 사용했다가 음주사고를 내고 뺑소니친 경력이 있는 간부와 회사의 유류 쿠폰으로 자기 차의 배를 채운 직원 등 비위 행위자들과 업무 저성과자들을 솎아내고 구조조정을 마무리했다. 살아남은 직원들은 아무도 감원 결과에 슬퍼하지 않았으며 뒤이어 대대적인 승진 및 전보인사가 있었다. 총무부장은 관리 이사로 영전했다. 관리 이사의 사무실에도 이 프로의 작품이 걸렸다.

구조조정의 숨은 공신인 이 프로는 기능직에서 일반직으로 전환하여 신설된 홍보실 발령을 받았다. 정치인인 사장에게 중요한 것은 실적보다 홍보였으며 그러기 위해 보도자료를 작성하고 기록사진을 남길 홍보 조직이 필요했다. 사람들은 이 프로를 이 과장이라 불렀다.

환율이 하락하고 원자재 가격도 내리자 회사는 정상을 되찾았으며 밀리터리 룩 시장에도 진출했다. 정치권 출신의 사장은 군납비리 척결과 경영정상화, 신사업 진출 같은 자신의 업적을 대대적으로 홍보한 결과, 정당 공천을 받고 국회의원에 당선되어 정치권으로 돌아갔다. 필름 카메라의 시대가 가고 디지털 카메라의 시대가 열렸지만 홍보실 이 과장은 무관했다. 필름 카메라든 디지털 카메라든 카메라는 카메라였으며 여전히 카메라에서는 권력이 나왔다. 어깨에 카메라를 메고 있는 한 그 누구도 그에게서 권력을 빼앗을 수 없었다. 장군에서 정치인으로 공무원 출신으로 사장의 얼굴이 몇 번이나 바뀌고 IMF와 글로벌 금융위기를 거치면서 회사가 여러 차례 구조조정을 겪는 와중에도 운전대와 카메라를 놓치 않았으니 고졸 출신이라도 어지간한 대졸은 물론 흔한 석박사보다 나았다. 점점 직급도 올라서 6급 기능직으로 출발한 그는 어느덧 3급에 이르렀다. 3급이면 소속된 회사의 차장 직급에 해당했다. 미스터 리에서 이 프로로 이 과장으로 이 차장으로 호칭이 바뀔 때마다 카메라의 권력도 함께 커진다고 그는 믿었다. 이제 그의 어깨에는 방송용 장비인 ENG 카메라가 올려져 있었다. 스스로 예술가라고 생각하는 그는 사장의 동정이나 회사의 행사를 기록하는 작업이 작가의 손이 필요한 정도라고는 생각하지 않았지만 아무튼 부지런히 셔터를 눌렀다. 대학에서 4년이나 사진을 배웠다고 방송국이나 신문사에서 예술을 하는 건 아니지 않은가. 보도사진의 가치는 표현의 방법이 아니라 대중에게 전달됨으로써 나온다고 군에서 사진 기술을 전수한 정훈병은 말했었다.

이번에는 민간 출신의 사장이 왔다. 다수의 메이저 패션 브랜드의 CEO를 지낸 전문경영인이었다. 사업 다각화를 추진한 이래 패션이나 아웃도어 용품 등 다양한 분야의 비중이 오랫동안 매출을 독점하다시피 했던 군납을 앞지르자 주주 측에서 내린 결정이었다.

새 사장이 처음 착수한 일은 조직 진단이었다. 진단을 마친 사장은 조직을 사업본부 체제로 개편하고 앞으로는 본부별로 독립적인 채산을 하겠다고 공언했다. 조직이 개편되는 과정에서 연령이 높거나 생산성이 떨어지는 '월급충'들은 또다시 정리될 것이었다. 회사에서 긴장하지 않은 직원은 카메라맨인 이 차장뿐이었다. 그간 군인이든 정치인이든 공무원이든 홍보를 마다하는 사장은 한 사람도 보지 못했다. 민간 출신이라면 더할 것이라고 그는 자신했다. 그런 이 차장의 약점은 '멀티 플레이'가 되지 않는 거였다. 사진 촬영 외에 그가 할 수 있는 유일한 다른 일은 운전이었지만 다른 기사들이 있었으므로 의미가 없었다.

전 직원이 모인 회사의 창립 기념 행사에서 사장은 군납 업체를 탈피해 세계적인 패션 브랜드로 재탄생하자며 제2의 창업을 선언했다. 이 차장은 사장의 눈에 띄려 ENG 카메라를 들고 행사장 곳곳을 부지런히 담았다.

행사를 마치고 사장이 자신을 수행하던 인사부장에게 행사장에서 사진을 찍던 사람이 직원이냐고 물어봤다.

"오래전부터 사진만 전문적으로 찍는 직원을 두고 있습니다."

인사부장은 사장이 묻는 의중을 알 수 없어 '오래전부터'를 강조하며 대답했다.

"이런 행사가 매일 있는 것도 아닐 텐데 사진만 찍어요?"

사장이 다소 의아하다는 듯 말꼬리를 올리면서도 더 이상은 묻지 않기에 부장도 아무런 대답을 하지 않았다.

자신의 짐작대로 이 차장은 민간 출신의 새 사장 체제에서도 거뜬히 살아남았다. 조직 개편이 끝나고 회사는 운동장을 빌려 새 출발을 위한 체육대회를 개최했다. 촬영 담당인 이 차장은 어떤 팀에도 속하지 않고 아무런 게임도 하지 않았다. 그는 임직원들을 쫓아다니며 부지런히 카메라 셔터를 눌렀다. 하지만 예전과 달리 누구도 이 차장에게 사진을 찍어 달라고 하지 않았다. 모두 각자의 스마트폰으로 '셀카'에 열중하거나 서로를 찍어주었다. 직원들은 언제부턴가 이 차장에게 사진 찍는 방법을 묻지 않았다. 마지막 순서인 단체 촬영 때도 일부 젊은 직원들은 어서 모이라는 이 차장의 지시에도 불구하고 스마트폰을 들고나와 직접 촬영하기도 했다. 이 차장은 문득 어깨에 메고 있는 DSLR이 무겁다고 느꼈다.

출퇴근 시간이 아닌데도 사거리는 차들로 꽉 막혀 있었다. 뒷좌석에 앉은 승객은 무슨 행사가 있는 거 아니냐면서 이 길로 오면 어떡하느냐고 택시 기사에게 신경질을 냈다.

"이런, 다들 차 한 대에 한 명씩 타고 있군."

"손님, 이곳이 막힌다는 소식은 없었거든요."

미스터 리는 창문을 내리고 고개를 빼서 무슨 일이 있는지 살펴봤다.

검은 티셔츠를 입은 청년이 걸어왔다. 그는 'STAFF'라고 적힌 태그를 목에 걸고 있었다.

"이봐요, 무슨 일이요?"

미스터 리가 검은 티셔츠에게 목청을 높였다.

"죄송합니다. 방송 촬영이 있어서요. 조금만 협조해 주시기 바랍니다."

차에서 내려 현장을 보니 여러 대의 카메라가 움직이고 있었다.

"역시 카메라는 권력이란 말이야."

미스터 리가 혼잣말을 지껄였다.

"난 여기서 내리겠소. 저 사람들이 무슨 권리로 길을 막고서……."

기다리지 못한 승객은 택시에서 내렸다.

차 밖으로 나온 사람들이 저마다 스마트폰을 꺼내 현장을 촬영했다. 미스터 리도 스마트폰으로 현장을 촬영했다.

다음 소식입니다. 군납 업체들의 비리가 또다시 드러났습니다. 공무원들에게 뇌물을 주고 원가 부풀리기를 해서 터무니없이 높은 가격으로 장병들이 입는 군복과 내의류 등 피복을 납품한 업체가 검찰에 적발됐다는 소식이 들어와 있군요. 이 업체는 과거에도 동일한 수법으로 납품을 하다가 적발된 적이 있어 입찰 금지 처분을 받았다고 하는데 어떻게 이런 일이 또 발생했는지 취재기자 연결해서 자세한 소식 들어보도록 하겠습니다.

라디오에서는 군납 업체와 관련 공무원들의 비리를 적발했다는 뉴스가 나오고 있었지만 미스터 리는 유튜브 방송을 시청하느라 듣지 못했다. 교통 체증은 오랫동안 풀리지 않았다.

* 월간문학 2021.12월호 발표 당시 제목은 미스터 리

하얀 개

"여기 개 못 먹는 사람 있나? 조선인은 개를 먹어야 한다고."

그 개새끼가 같이 개를 먹자고 한다. 여름 보양식에는 개만 한 것이 없다고 개새끼는 말했다. 복날을 앞두고서 걸핏하면 개를 예찬하던 개새끼가 드디어 단체 회식 장소로 개고기로 유명한 '강나루 집'을 선택한 것이다. 개새끼는 개 못 먹는 사람 있냐고 물어보면서 이어 조선인이라면 개를 먹어야 한다고 함으로써 개를 먹지 못하면 조선인도 아니라고 말한 셈이다. 결국 우리는 모두 조선인이라는 걸 증명이라도 하듯 아무 말 없이 개새끼와 함께 개를 먹으러 '강나루 집'으로 향했다.

내가 처음으로 조선인이 된 건 초등학교 2학년 때다. 그때 고기 먹으러 가자는 아버지를 따라 모처럼 외식을 했는데 양고기인 줄 알고 먹은 것이 실은 개고기였다는 건 조금 더 커서 알게 되었다. 아무튼 그때 개인지 양인지 모르고 먹은 그 고기는 소고기라고 해도 믿었을 만큼 맛이 있

었다. 나는 조선인이었던 것이다. 그러던 내가 조선인 되길 거부한 건 중
학교 들어가서다. 우리 집에는 초등학교 때부터 기르던 하얀 진돗개가
있었는데 여름 방학을 앞둔 어느 날 학교에서 돌아와 보니 언제나 대문간
에서 나를 반겨 주던 녀석이 보이질 않았다. 집에서는 제 발로 나간 개가
돌아오지 않았다고 했지만 나는 그 말을 믿지 않았다. 아마도 개장수에
게 팔려갔을 것이다. 개장수는 해마다 여름이면 자전거 짐받이에 빈 개
장을 싣고 와서 동네 개들을 가득 가두고는 어디론가 사라졌다가 다시 나
타나곤 했는데 왼 눈인지 오른 눈인지 하여튼 한쪽 눈알이 움직이지 않아
좀처럼 표정이 드러나지 않았다. 월남전에 참전해서 베트콩의 포로가 되
었을 때 그만 한쪽 눈을 개머리판으로 찍혀 그렇게 되었다고 동네 형들이
말해주었다. 표정이 읽히지 않는 그를 동네 아이들은 무서워해서 똑바로
쳐다보지 못했다. 개장수를 무서워하는 건 개들이 더했다. 그가 나타나
면 동네 개들은 미친 듯이 짖어댔다. 한번은 개장수가 이웃집 커다란 황
구를 끌고 나오는 장면을 본 적이 있는데 처음엔 끌려가지 않으려 앞발
을 내밀고 사납게 버티던 황구는 이내 그에게 제압되어 얌전한 개가 되었
다. 신기한 일이었다. 개장에 황구를 실은 개장수는 자전거에 올라타고
어디론가 사라졌다. 담장 안에서 동네 개들이 그악스럽게 짖던 소리가
바로 잦아들었다. 아마 우리 집 하얀 진돗개도 그렇게 사라졌을 것이다.
학교에서 돌아온 나는 울면서 온 동네를 헤매고 다니며 개장수를 찾았지
만 만날 수가 없었다.

개새끼는 국내 최고의 명문대학을 졸업하고 행정고시에 합격한 후 미

국에서 경제학 박사학위까지 취득한 엘리트였다. 장관은 몰라도 차관 자리는 바라보며 승승장구하던 그의 관운이 다한 건 데리고 일하던 사무관의 죽음과 관련이 있다고 했다. 그때 그는 어느 경제 부처의 국장으로서 미국 정부에서 요청한 한미 무역협정 수정안에 대한 대응책을 마련하느라 팬티를 뒤집어 입으며 몇 달씩이나 집에도 제대로 들어가지 못하고 독하게 일을 했다고 한다. 그런데 그만 실무를 담당하던 새내기 사무관이 쓰러진 뒤 끝내 의식을 회복하지 못한 것이다. 일과 죽음의 연관성을 밝힐 순 없었지만 그는 도의적인 책임을 지고 스스로 옷을 벗었다고 했다.

"대학교 후배고 내가 참 아끼던 사무관이었는데 말이지……."

낙하산을 타고 우리 회사의 사장으로 내려온 개새끼는 직원들과 상견례를 겸한 저녁 자리에서 누군가 그 불행한 사건에 대해 물어보자, 이렇게 답변했다. 하지만 우린 아무도 그의 말을 믿지 않았다. 도의적인 책임을 지고 스스로 옷을 벗은 게 아니라 아마도 보직을 해임당한 뒤 관운이 다했음을 알고는 스스로 낙하산을 찾았을 것이다. 정부에서 오랫동안 통상 관련 업무를 담당한 그가 주로 신용도가 낮은 서민들을 상대로 하는 중소 금융회사인 우리 회사를 낙하지점 삼아 내려온 것부터가 수상했다. 들리는 얘기로는 회사의 대주주이기도 한 회장이 시중은행장 수준의 연봉을 지급하기로 약속하고 공을 들여 영입했다는 것이다. 사업 확장에 야심이 있는 회장이 회사의 분위기도 바꾸고 무엇보다 요로(要路)에 든든한 인맥을 두고 있을 그를 로비스트 삼으려 스카우트했을 것이다.

무사히 우리 회사에 착륙한 그는 소문과 달리 정시에 출근하고 늦도록 일하지도 않았으며, 고급관료 출신으로서 자신감이 넘치는지 처음에 누구나 받는 업무보고조차도 받지 않았다. 일은 하다 보면 절로 파악이 되니까 따로 보고서 준비하느라 직원들 고생시킬 필요 없다고 했다. 그렇다면 모친상을 당하고도 장례식장에서 업무 지시를 하더라는 그 전설적인 이야기는 날조된 것인가?

'미국 박사도 개를 먹는구나.' 언젠가 회사 근처의 보신탕집에서 이를 쑤시며 나오는 그와 마주치고 어쩌면 함께 개를 먹어야 할지도 모른다는 불길한 예감이 스치긴 했지만, 그 외에는 특별히 걱정할 일이 없을 것 같았다. 그런데 그 예감이 그만 맞아떨어진 것이다.

개새끼가 인사부에 인사카드를 요구했다고 한다. 사장이 인사카드를 요청하는 것을 특별한 일이라 할 수는 없었다. 하지만 부임한 지 얼마 지나지 않은 사장이 인사카드를 요구했다면 달리 생각할 수도 있었다.

그러던 어느 날, 개새끼가 드디어 본색을 드러내기 시작했다. 인사부장을 불러 민간 기업은 다 이러냐며, 이 회사는 왜 이렇게 근태가 엉망이냐고 하더니 앞으로 지각이나 무단 이석하는 자들은 모조리 기록했다가 근무 평가 때 규정대로 반영하라고 했다는 소문이 돌았다. 정시에 출근해서 자리에 앉아 있던 그가 영업 기획을 담당하는 K 선배를 호출했는데, 삼십 분이나 지나서 술내를 확 풍기며 나타난 게 사건의 시발이었다.

그러고 나서 며칠 후 로비에 설치된 스피드 게이트에 사원증을 찍고 출근하던 난 움찔하고 말았다. 사장이 엘리베이터 앞을 지키고 서서 출근하는 직원들을 노려보고 있었던 것이다. 그때 그의 모습은 정말로 대문을 지키는 한 마리 개새끼 같았다.

사장이 그다음에 지시한 것은 퇴근 후 보안 점검이었다. 우리 회사는 스피드 게이트 밖에 있는 객장을 제외하고는 전자 사원증 없이 출입이 불가능했기 때문에 퇴근 시간이 되면 직원들은 하던 일을 책상 위에 대충 덮어 놓고 그대로 퇴근하기 일쑤였다. 그런데 오랜 관료 생활에 익숙한 사장이 그런 사실을 알고는 총무부에 불시에 보안 점검을 하라고 지시한 것이다. 규정대로라면 퇴근 시 책상 위에 서류를 방치해서는 안 되므로 역시 인사에 반영하라고 했다. 직원들에게서 불만의 목소리가 터져 나왔지만 규정 앞에서는 어쩔 수 없었다. 규정 외에 그가 좋아하는 건 전례와 사례였다. 사장은 사업 보고를 받을 때마다 전례는 어땠는지와 동종 업계의 사례를 조사토록 지시했다. 오랜 공무원 생활을 통해 몸에 깊이 벤 습관인 것 같았다. 그는 전례와 사례가 없으면 마치 처음 보는 먹이 앞에서 멈칫하는 조심스러운 개처럼 좀처럼 결재를 하지 않고 미루거나 유사 사례를 찾아올 때까지 몇 차례고 반려를 거듭했다. 공무원으로서 왜 승승장구했는지 짐작할 수 있는 대목이었다. 자료제출 요구권 등의 권한이 있는 공무원과 달리 민간 기업에서 다른 회사의 사업을 파악하거나 조사할 수는 없는 일이었지만, 사장은 그게 바로 업무능력이라고 했다.

근태관리와 보안 점검 결과가 발표되었다. 일반 직원들은 주의를 받는 선에서 그쳤지만 거래처 만나 낮술 먹고 점심시간이 한참 지난 뒤에 회사에 들어온 K 선배는 시말서까지 썼다. 근태와 보안 상태가 불량하다고 해서 간부가 시말서까지 쓰는 건 전례가 없는 일이었음에도 사장은 인사부장에게 받아내도록 했다.

K 선배는 지금 다니는 회사에 경력직으로 입사한 내가 적응할 수 있도록 도와준 멘토였다. 외국계 은행에 다니던 나는 몇 년 전 명예퇴직을 하고 잠시 개인사업을 하다가 지금의 회사로 자리를 옮긴 것이다. 은행은 해마다 사상 최대의 수익을 경신했음에도 계속해서 배가 고픈지 조금이라도 비용을 더 줄이고자 점포를 정리하고 직원들을 내보냈다. 명예퇴직 대상 연령은 해마다 낮아졌다. 말은 명예퇴직이지만 실은 정리해고나 다름없었다. 목표 인원을 채우지 못하면 연령이나 영업실적, 근무 평가 등을 고려해서 회사에서 대상을 정해 퇴직을 권고하기 때문이다. 일단 찍히면 그 누구도 나서서 도와주지 않았다. IMF가 터지고 우리에겐 낯설던 구조조정이니 정리해고니 하는 문화가 처음 도입되었을 때만 해도 모 시중은행에서 직원들을 떠나보내는 과정을 녹화한 '눈물의 비디오'라는 걸 보고 온 국민이 펑펑 눈물을 쏟은 적도 있었다. 하지만 언젠가 자신의 차례도 돌아온다는 것을 알게 된 직원들은 해마다 명예퇴직의 계절이 오면 크게 술렁이다가도 대상자가 정해지면 무슨 일이 있었냐는 듯 묵묵히 자기 일을 했다. 버텨봐야 소용이 없다는 걸 알기에 차례가 되었을 때 나는 회사를 떠났다.

회사는 전쟁터지만 나가면 지옥이라고 하던가? 회사를 나서기는 했으나 막상 할 일이 없었다. 퇴직금을 받고 터덜터덜 집으로 걸어가던 나를 반갑게 맞아준 이들은 미인대회 출신 20명의 미녀가 항상 대기하고 있다고 적혀있는 전단지를 돌리던 유흥업소의 종업원들이었다.

'화끈하게 모실게요. 사장님. 한번 들러주세요.' 호객행위를 하는 남성 삐끼의 곁에서는 가슴 부위가 움푹 파인 블라우스와 짧고 타이트 한 스커트 차림을 한 아가씨가 웃음을 흘리며 티슈와 라이터 따위의 판촉물을 나눠주고 있었다.

지나가는 사람 아무에게나 '사장님'하고 부르면 열에 아홉은 고개를 돌린다는 세상이었다. 창업의 시대였다. 지옥에 떨어진 내게 가장 먼저 연락을 한 이는 앞서 퇴직해서 창업지원 컨설턴트로 일하는 은행 선배였다.

"어이, 어서 와, 벌써 퇴직했다고? 자네를 신입으로 받은 게 엊그제 같은데 말야."

인사를 마친 선배는 퇴직 후에 하는 일들에 대해 줄줄이 늘어놓기 시작했다. 닭튀김이나 김밥 마는 건 맛은 차치하고 아주 특별한 기술이 필요한 건 아니라서 마음만 먹으면 누구나 시작할 수가 있지만, 너무 넘쳐나는 게 문제라고 했다. 편의점 같은 경우는 본사에서 배송이나 인력지원을 해주니 쉬워 보여도 본사에 부담하는 로열티나 유지비용을 빼면 점포 하나 가지고는 남는 게 없다고 했다.

"창업의 시대라고 하지만 현실은 그렇지 않아. 창업한답시고 여기저기 기웃거리다 그나마 몇 푼 되지도 않는 퇴직금 까먹고 대기업에서 아르바이트 하는 경우도 흔해."

"대기업 아르바이트요?"

"편의점 알바가 되는 거지. 언제부턴가 대기업들이 골목 상권까지 진출한 다음부터 개인은 구멍가게도 차리지 못하는 게 이 나라의 현실이야. 아, 게임이 되겠냐고. 이건 사병 한 사람이 일개 사단 병력이랑 맞서는 격이잖아. 그래서 말인데⋯⋯."

선배는 일단 말을 끊고 소주를 털어 넣더니 치킨집이나 편의점보다 대기업들이 진출하지 않은 사업을 해야 한다고 조언했다. 그러면서 요즘 유행하는 소호 오피스를 창업해 보길 권유했다. 비용을 가맹점주와 프랜차이즈 본사에서 반반씩 내는 방식이라 부담도 크지 않다고 했다.

"산에 가는 것도 한두 번이지. 어디 엉덩이 붙일 곳이 있어야 할 거 아냐. 나랑 함께 퇴사한 이 지점장 알지. 그 친군 자신이 퇴사했다는 사실을 잊고 아침 일찍 회사에 출근해서 자리에 앉아 있더래. 자네 처지를 생각해 보면 요즘 사람들에게 필요한 것이 뭔지 답이 나오잖아."

그렇게 절반을 투자해서 소호 오피스를 차리게 되었다. 소호 오피스의 상표와 상호를 가지고 있는 선배가 프랜차이저가 되고 내가 프랜차이지가 되는 구조였다. 소호 오피스를 오픈하고 얼마 지나지 않아 선배는 좋은 상권을 보아두었다며 2호점을 열 것을 권유했다. 점포를 두 개 가지고 있어도 절반만 투자했으니 하나 가진 것과 마찬가지라는 얘기였다. 어느덧 오피스는 3호점과 4호점까지 늘어났다. 점포를 여럿 가지고 있어야 특정 점포의 매출이 부진하더라도 상쇄 효과를 기대할 수 있으며, 잘되는 경우에는 봉급 이상의 수익을 얻을 수 있다는 선배의 말을 받아들인 것이다. 하지만 기대와 달리 매출은 좀처럼 오르지 않았다. 반면 은행 빛은 차곡차곡 쌓여갔다. 결국 더 버티지 못한 나는 선배를 찾아가 점포를 처분해 달라고 요청했다.

"좀만 더 버텨보지 그래. 요즘 가맹점주를 모집하기가 쉽지 않아서 말야."

새로운 프랜차이지를 모집하여 신규 투자를 받아야 내 투자금을 빼줄 수 있다는 말이었다. 세상은 지옥이라는 말이 맞았다. 은행 빚을 감당하지 못한 나는 할 수 없이 살던 집마저 처분하고 재취업을 하기 위해 발 벗고 구직에 나섰다. 다행히 외국계 은행 간부 출신이라는 경력을 지금의 회사에서 받아주었다. 은행에서 국내외 대기업이 발행한 채권 인수나 대규모 투자사업을 하던 내게 주로 개인사업자를 대상으로 소액대출을 취급하는 서민 금융회사의 업무는 낯설기만 했다. 더구나 그리 많지도 않은 직원은 대주주를 중심으로 대개 끼리끼리 엮인 관계였다. 대주주와 성이 같으면 성골, 성이 다른 인척은 진골에 해당했다. 그러다 보니 회식자리 같은 데서는 너나없이 아재고 형, 동생 하는 그런 사이였다. 그리고 이 회사에서 직장생활을 시작했으면 육두품, 경력으로 들어왔으면 오두품, 이런 식이었다. 그들은 외국계 은행 출신인 나를 극도로 경계했다.

"아니 어떻게 이런 곳에도 대출이 나가나요?"

그들에겐 익숙한 일에 서툰 내게 그들은, 시중은행에서 심사 관련 업무를 오랫동안 했다고 들었는데 실망이라든지, 큰 회사에서 이런 자잘한 업무까지 직접 해봤겠냐며 대놓고 빈정거리기도 했다. 기존 직원들의 입장에서는 나 역시 낙하산이라면 낙하산인 셈이었다. 그들은 업무 인계에 소극적임은 물론 심지어 점심 먹으러 갈 때도 끼리끼리만 어울렸다. 아무리 바깥세상이 지옥이라도 이런 분위기에서 버텨내기란 어려운 일이다. 이럴 때 나를 끌어준 이가 K 선배였다. 나보다 서너 살 연상인 K도 시중은행 출신이었는데, IMF 때 다니던 은행이 문을 닫자 마을금고와 협동조합 등을 전전하다가 경력직으로 입사했다고 들었다. 원치 않게 직장 문을 나와 마음고생이 심했겠지만 정리해고나 명예퇴직으로 남들이 하나둘씩 직장을 잃을 때까지 버티고 있으니 결과적으로는 잘된 셈이었다. 친족 회사나 마찬가지인 이 회사의 유일한 장점이라면 정년이 보장된다는 사실 뿐이었다.

"담배 피우는가?"

K는 자판기에서 커피 두 잔을 뽑더니 내 대답은 듣지도 않고 옥상으로 가자고 했다.

"시간이 조금 지나야 할 걸. 이제는 다 알겠지만 이 회사 사람들이 워낙 배타적이라서 말야. 그러니 김 팀장이 먼저 밥도 사고 술도 내고 그래 봐요. 알고 보면 꽤 순한 사람들이거든."

이러면서 K는 자신을 선배라 부르라며, 함께 점심 먹을 사람 없으면 당분간 자기랑 다니자고 했다. 그러고는 식사 자리에 다른 직원들을 불러 내가 적응할 수 있도록 도와주었다.

사람 좋은 K의 문제는 근무태도였다. 점심시간에 반주하고 들어오는 건 예사였고 음주 다음날 지각은 부지기수였다. 그런 그가 직장에서 버틸 수 있었던 건 탁월한 업무능력으로 인해 전임사장으로부터 신뢰를 얻었기 때문이다. 시중에 한 달 무이자 대출로 널리 알려진 '써보고 론'이 바로 그의 히트작이었다. 돈 빌리고 한 달 내에 상환하는 경우가 거의 없다는 점에 착안한 아이디어 상품이었다. 사실은 조삼모사인 이 상품은 유사 금융회사들이 모두 따라서 출시할 만큼 빅 히트를 쳤다. 또 양도가 가능한 '애니타임 정기예금'도 개발했다. 일정 기간이 경과하면 가입자는 언제 해지하더라도 약정 이자를 모두 받고 회사는 예금의 이탈을 방지할 수 있었다. 게다가 양수인은 예금의 잔여기간 동안 좋은 수익을 올릴 수 있는 일석삼조의 상품이었다. 이 예금은 모 경제신문사에서 주최한 금융상품 시상식에서 대상을 수상했다.

하지만 과거의 이런 성과에도 불구하고 개새끼는 먹잇감을 발견한 것처럼 K를 물고는 놓아주지 않았다. K가 올리는 신상품 아이디어는 전례와 유사 사례가 없다는 이유로 번번이 반려되었다. 그러면서도 그는 끊임없이 K에게 새로운 상품을 만들어 낼 것을 요구했다.

"남들 다 하는 것만 팔지 말고 안 되면 해외 사례도 참고해 보라고."

언젠가 회의 시간에 사장은 한 올이라도 삐져나오는 걸 용납하지 않겠다는 듯 양복 안주머니에서 빗을 꺼내더니 머리카락을 신경질적으로 빗으며 말했다. 완전한 2:8 가르마를 한 그는 언제 어디서나 머리를 빗어 넘기는 버릇이 있었다. 재외공관을 갖춘 정부도 박사급 연구원을 보유한 연구소도 아닌 소규모 민간회사로서는 수행하기 어려운 숙제임을 알면서도 다들 입을 다물었다.

"왜, 못 해?"

사장은 고개를 떨구고 있는 K에게 금융산업이 발달한 미국과 일본, 독일 등의 사례를 조사해서 보고하라고 지시했다. 그러면서 요즘 같은 초 경쟁 시대에 이 회사는 피어그룹 리뷰도 하지 않느냐며, 다른 파트에서도 각각의 업무에 대해 경쟁사는 어떻게 하고 있는지 항시 파악하라고 당부했다.

동료들은 위로한답시고 한결같이 K에게 사장과 잘 좀 지내보라고 얘기했다. 언제 불똥이 자신에게 튈지 몰라 회의 시간 내내 불안하고 윗사람과 사이가 틀어지면 무엇보다 K의 부하직원들이 고생한다고 조언했다. 부서장 잘못 만나 개고생이라고 직원들이 말하고 다닌다는 거였다. 사장은 각 부서와 돌아가면서 식사를 할 때도 K가 담당하는 영업 기획 파트는 드러나지 않게 뺐다. 어떻게 알아내고는 K가 외근 중일 때 연락을 해서는, 부장이 자리를 비웠어? 그럼 다음에 하지, 하는 식이었다. 당연히 부서 직원들의 불안과 불만은 높아졌다. 얼마 지나지 않아 이탈자가 나왔다.

"제 능력으로는 도저히 이 일을 해낼 수가 없을 것 같습니다. 제가 하면 되려 부장님께 해가 될 것 같아요."

진골에 해당하는 직원이었다. K를 옥상에서 만나는 시간이 점점 늘어났다.

드디어 개새끼는 결정적인 먹잇감을 입에 물었다. 이 회사는 왜 클린카드를 사용하지 않느냐며 경리부에 법인카드 사용 내역을 뽑아오라고 지시했다는 거였다. 사용 금액이 상위권인 일부 간부들이 타깃이 되었다. 물론 술 좋아하고 부하들에게 밥 자주 사는 K는 이번에도 사장이 던진 그물망을 빠져나가지 못했다. 사장은 K와 주로 육두품 이하의 간부들에게 누구랑 언제, 어디서, 어떻게, 왜 사용했는지 일일이 소명하도록 했다.

결국 K를 비롯한 일부 간부들은 근태불량, 명령 불이행, 공금 유용 등의 혐의로 감사를 받게 되었다. 그중 K는 세 가지 모두에 저촉된다고 했다.

감사 결과를 보고 받은 회장의 중재로 다행히 처벌은 면했지만 K는 일선 영업소로 발령이 났다. 앉아서 기획만 할 것이 아니라 현장 경험을 쌓을 필요가 있다는 취지라고 했지만 사장의 눈 밖에 났기 때문임을 모르는 직원들은 없었다. 눈엣가시들을 제거한 사장은 완전히 친정체제를 구축했다. 그런 가운데 나는 심사부장으로 승진했다.

"그래도 이 회사에서 얘기가 통하는 사람은 당신하고 몇 사람밖에 없어. 도대체 직원들이 업무 기본과 자세가 안 갖춰져 있단 말이야. 앞으로 은행에서 배운 지식을 잘 활용해 보라고."

사장이 삐져나온 머리카락을 쓱 뽑으면서 말했다.

영업소에서 대출 서류를 올리면 적부를 심사하는 것이 내 업무였다. 다만 일정 금액 이상의 건에 대해서는 여신심의위원회에 상정해서 의결을 받아야 했다. 위원회의 위원장은 사장이었다. 사장은 K가 지점장인 영업소에서 올린 대출 건에 대해 유독 깐깐하게 굴었지만 나머지는 대체로 심사부의 의견을 존중해 줬다. 웃기는 건 동일한 담보를 취득한 건에 대해서는 심의 결과에 일관성이 있어야 하는데 K의 영업소에서 올렸을 때는 불승인한 건을 다른 영업소에서 올리면 통과시키기도 한다는 거였다. 이에 대해 한번은 위원회에 배석한 K가 주먹을 부르르 떨더니 일어서 이의를 제기했다.

"같은 담보물을 가지고 어떻게 지난번에는 불승인한 건을 이번엔 승인하십니까? 도대체 사장님의 심사 기준과 원칙은 무엇입니까?"

뜻밖의 이의 제기에 회의장의 모든 것이 일순 정지했다. 무중력 상태와도 같은 정적을 깬 건 사장의 음성이었다. K의 이의 제기에 얼굴이 벌게진 사장은 돋보기를 벗어 테이블에 던지듯이 놓더니 이내 미소를 지으며 말했다.

"K 지점장, 차주의 신용이 다르잖아요. 신용이. 당신은 언제까지 담보만 쳐다보는 영업을 할 꺼야."

그러더니 비서를 불러 뭔가를 지시했다. 잠시 후 비서가 두툼한 원서 한 권을 들고 들어왔다.

"이거 보여요?"

사장이 손에 든 책의 제목은 〈더 테크닉 오브 크레딧 리뷰〉. 읽어본 적은 없지만 다니던 은행에서 본 적이 있는 국제 신용평가기관 출신의 미국 대학교수가 쓴 신용평가 방법과 관련된 아주 유명한 책이었다.

"원칙과 기준? 이 책 한번 읽어보시라고. 읽고 나서 다음 주까지 나한테 보고해요."

사장은 가까이 있는 한 배석자를 불러 고개를 숙이고 있는 K에게 책을 전달토록 했다.

"왜 부동산 보러 다니느라 바빠? 뭐, 이까짓 거 읽는데 일주일이면 충분하지."

사장이 구조조정 계획이 수립되어 있는 경영계획을 회장에게 보고했다. 그는 후선 부서에 인원이 너무 많다는 것, 인원을 감축할 경우 비용이 감소하고 남은 직원들은 분발해서 생산성이 향상되리라는 것, 부족한 인원이 발생하면 외주업체의 직원을 쓰면 된다는 것 등의 인사계획을 보고하며 정원의 10%를 감원하자고 했다고 한다.

분위기는 어수선했다. 이런 일을 처음 겪는 회사임에도 일부 나이 많은 직원들은 직감적으로 자신이 대상이라는 걸 아는지 옥상으로 올라가는 빈도가 높아졌다. K 선배는 어떻게 지내고 있을까. 나는 K가 걱정됐지만 전화를 걸거나 문자를 넣지는 않았다.

골프광인 사장이 부킹이 취소되었는지 금요일 오후에 느닷없이 간부들을 소집해서는 회장에게 재가를 받은 경영계획에 대해 잠시 설명하더니 다들 이번 토요일에 뭐 하느냐고 물어봤다. 그 말은 일 없는 사람은 나랑 함께 하고 일이 있더라도 알아서 처신하라는 말과 같았다. 순식간에 우리들의 모든 주말 모임과 행사가 날아갔다.

"이 회사는 다들 안 바쁜가 보네. 우리 ○○부 같으면 말야. 주말에 약속 하나 잡으려면 적어도 한 달 전에는 통지해야 한다고."

개새끼라는 말이 입에서 밀려 나오려는 걸 간신히 붙들었다. 테이블 아래로 핸드폰을 만지작거려 연락처에서 그의 이름을 지우고 개새끼라고 입력했다. 개새끼는 이어서 여기서 개 못 먹는 사람 있냐고 물어봤다. 일주일에 한 번은 보신탕집에서 이를 쑤시며 나올 정도로 그가 개를 좋아하는 걸 모두 알고 있었기에 우리들도 개를 좋아해야만 했다.

"못 먹는 사람은 얘기해. 뭐라 하지 않을 테니까. 오케, 다들 좋아한다는 말이군. 조선인들은 반드시 개를 먹어줘야 한다고. 그래야 힘도 쓰지."

그러더니 그는 비서를 시켜 수도권 지점장들의 일정도 파악해 보라고 하고서는 꼭 자기 이름으로 양평 '강나루 집'에 예약을 넣으라고 했다. 과연 K 선배가 나타날까? 문득 궁금하기도 했지만 그보다는 토요일이 통째로 날아갔다는 생각에 짜증이 밀려왔다.

맨 마지막으로 개새끼가 들어오고서야 조각조각으로 나뉜 개들이 옮겨졌다. 창호지를 댄 나무문을 열면 두물머리가 내려다보이는 이 층의 전망 좋은 큰 방에서 우린 코스요리를 주문해 부위별로 맛을 보았다. 가장 먼저 배받이에 이어 갈빗살, 목살, 다릿살 등이 순서대로 나왔다.

개장수는 이따금 개천 방둑에 개를 매달아 놓고 직접 잡는 시범을 보이기도 했는데, 개를 잡는 날이면 동네 사람들이 우르르 몰려나와 구경하곤 했다. 마지막에 가서 개장수는 불로 개를 그슬렸다. 이때 말려 있던 꼬리가 축 늘어지면 쥐고 있던 칼로 개의 배를 가르고 뭔가를 꺼내 불에 구워 먹었다. 어쩌면 내장일 수도 뱃살일 수도 갈빗살일 수도 있지만, 그것이 무엇이었는지는 지금도 모른다.

새로운 요리가 들어올 때마다 사장은 스스로 소주와 맥주를 혼합해서 좌에서 우로, 우에서 좌로 잔을 돌렸다.

"야, 최고다. 최고. 미국에는 말이지, 이런 멋이 없어요. 내 미국에 오래 있었잖아. 석박사 한다고 오 년, '월드 파이낸스'에서 삼 년. 그런데 말이지. 거기서는 한국에서 왜 영어도 안 되는 공무원들을 월급과 체류비까지 줘가면서 자꾸만 파견하는지 그 이유를 몰라."

뭐가 그리 재미있는지 좌중에서 연신 폭소가 터졌다.

"거기서 일해도 우리나라에서 월급 줍니까?"

"그렇지, 국제기구에서 왜 돈까지 주면서 우리나라 공무원을 데려다 쓰겠냐고. 내가 살아보니 말야, 돈 나오는 곳은 다니고 있는 직장이 유일해. 나머진 죄다 돈을 내라고만 하지. 돈을 주진 않아. 돈을 내면 어떻다? 서비스를 받는다. 아, 와이프는 빼고 말이야. 그러면 돈을 받으면?"

사장이 무슨 말인가를 이어가려 할 때였다. 주인인 듯한 여자가 직접 쟁반 위에 무언가를 들고 와서 그의 앞에 내놓았다.

"사장님이 오셨기 때문에 이건 특별 서비스예요."

여자는 소주를 가득 부어 사장의 빈 잔을 채우더니 가지고 온 것을 내밀었다. 그것은 바로 삶은 개 불알이었다.

어쩌면 그때 개장수가 먹었던 것이 개 불알이었을지도 모르겠다는 생
각이 들었다.

"잠깐, 난 이거 먹어 봤으니까 임자 마음에 드는 사람 하나 고르라고."

사장의 말이 끝나는 순간 좌중은 여자와 눈을 마주치지 않으려 일제
히 고개를 숙이고 테이블 밑만 봤다. 누구라서 개의 그것을 먹고 싶겠는
가. 그때였다.

"제가 한번 먹어보겠습니다."

K였다. 모두는 안도의 한숨을 삼키며 K를 쳐다봤다. 표정을 봐서 사
장은 여자의 선택을 받아야 한다고 말하려는 것 같았지만 여자는 사장이
뭐라 하기도 전에 개 불알을 쥐고 K의 앞으로 가서는 입안에 밀어 넣어주
었다. 그것을 입에 문 K는 몇 번 씹는 것 같더니 맥주잔에 소주를 가득 채
우고 들이켰다.

"어머, 이 오빠, 대단하네. 이거 아무나 못 먹는데. 잘하셨어요."

K를 감탄의 표정으로 바라보던 여자가 풋고추에 된장을 찍어서 그에
게 내밀고는 곧 탕 들이겠다며 물러났다.

"흐흐, 보기보다 비위 좋네. 오늘 개고기 값, K 지점장이 내라. 서비스
를 받았으면 돈을 내야지. 안 그래? 그리고 저 여자, 고마 너 해라. 남편
은 없고 빌딩은 있다 하더라. 아까 하던 말 계속할게. 돈을 받았으면 어떻
게 해야 한다고? 서비스를 제공해야지. 그러니까 회사가 여러분의 서비
스를 받기 위해 돈을 주는 거 아냐. 그런데 당신들은 회사를 위해 뭘 했는
지 생각해 봐. 뭘 해도 월급 나오니 그것으로 그만인가? 이 사람들아 세

상은 결코 호락호락하지 않아. 그런데 니들은 너무 느슨하다고. 그래. 안

그래?"

갑자기 언성이 높아진 사장은 벌떡 일어서더니 '전원, 엎드려뻗쳐!'를

외쳤다.

"엎드려뻗쳐!"

철권을 휘두르며 국가를 통치하던 대통령이 쓰러진 이듬해 나는 중학

교에 진학했다. 이상한 일은 끊임없이 폭력을 생산하던 대통령이 사라졌

음에도 폭력만은 살아남아 다시 숙주를 찾아냈다는 것이다. 폭력이 선택

한 숙주는 다시 폭력을 확대 재생산하기 시작했다. 군인 출신의 대통령

은 국민을 자신의 부하로 국가는 거대한 병영으로 인식하는 듯했다. 군

인 대통령의 나라는 모든 것이 군대식이었다. 특히 각급 학교의 네모반

듯한 운동장은 그대로 연병장으로 사용하더라도 훌륭할 것이었다.

당시 학생들은 등교 시에 정문 앞에서 복장검열을 받았다. 복장검열

에 걸리면 아침부터 재수 없게 정문 앞에서 주먹 쥐고 엎드려뻗쳐를 해야

했다.

같은 방향에 사는 C는 나와 등하교 길동무였다. 나보다 한 뼘이나 큰

C는 집안이 넉넉하지 않은지 고등학교에 들어간 형이 입던 교복을 물려

받아 입고 다녔지만, 학업성적은 뛰어났다. 덩치는 커도 순진한 C는 내가

여자 얘기만 꺼내면 금방 얼굴이 달아올랐다. 나는 그런 C를 우리 집에

불러 밥도 함께 먹고 공부도 하고 그랬다. 나 역시 성적이 우수한 편이어

서 우린 서로의 부족한 과목을 채워줬다. 국민이 외적 막으라고 세금 내서 먹여주고 재워준 군이 또 한 번 국민을 배신하자 세상이 시끄러웠지만 우리는 꿋꿋하게 공부를 했다. 공무원이던 아버지는 저녁상 앞에서 내게 정부에 대한 불만을 털어놓으면서도 밖에서 이런 얘기하면 잡혀간다고 주의를 줬다. 하지만 그때 나는 세상보다는 여자에 더 관심이 많은 시기였다. 국민들도 '어어, 이러면 안 되는 거 아냐.' 하다가도 세월이 흐르면 무슨 일이 일어났었냐는 듯 적응해 갔다.

그날도 C와 나는 한동네에 사는 초등학교 동창인 여학생 얘기를 하면서 즐겁게 등교를 하고 있었다. 재잘거리며 등교하는 C와 나를 선도부가 불러 세웠다.

"야, 너희 둘. 이리 앞으로."

우린 뭣 모르고 선도부원에게 다가갔다.

"너는 교표가 삐뚤어졌고……."

선도부원이 내 교모에 달린 교표를 바로 잡아주며 말했다.

"넌…… 어, 이거 당꼬바지잖아."

C의 어머니가 서투른 솜씨로 그의 형이 입던 바지를 줄인다고 줄였는데 그만 당시 학생들에게 유행하던 아래로 갈수록 통이 줄어드는 당꼬바지처럼 되고 만 것이다.

눈치를 보니, C가 '이거 당꼬바지 아니야.'라고 말하려는 것 같아 내가 말렸다. 그래서 우린 엎드려뻗쳐를 했던 것이다. 잠시 후 한 학년 위인 2학년 선도부장이 엎드려뻗쳐를 하고 있는 우리에게 다가오더니 야구 방망이로 엉덩이를 때리기 시작했다. '일진 드럽게 사나운 날이네.' 드디어 내 차례가 왔다. 퍽퍽퍽.

"넌 됐어. 일어서."

다음은 C의 차례였다. 선도부장이 방망이를 들어 올려 C를 내려치려 할 때였다. 갑자기 벌떡 일어선 C가 선도부장의 손목을 잡았다.

"이 새끼가, 이거 안 놔."

선도부장은 C에게 손목을 놓으라고 했지만, C의 완력을 당할 수는 없는지 점점 당혹스런 낯빛이 되어 갔다. 이 장면을 목격한 다른 선도부원들이 달려들고 나서야 C는 잡았던 손목을 풀어 주었다.

그냥 공부 잘하고 잘 웃으며 여학생 얘기를 하면 얼굴이 빨개지기도 하는 애, C를 잘 안다고 생각했는데 처음 보는 모습이었다. 다행히 시간이 다 되어서 그날 더 이상의 문제는 일어나지 않았다. 하지만 선도부와 그것도 한 학년 위의 선도부장과 한판 붙을 뻔했다는 건 큰 문제일 수 있었다.

아니나 다를까, 다음날 등교를 하는데 선도부원 몇이 나와 C를 보더니 지들끼리 쑥덕였다. 선도부장은 보이지 않았고 C는 여전히 당꼬바지를 입고 있었지만 아무도 엎드려뻗쳐를 시키지 않았다. C의 완벽한 승리인 듯 보였다. 학급에서 C는 영웅이 됐다. 난 C의 무용을 과장해서 급우들에게 들려주었지만 정작 뒷자리에서 C는 웃기만 했다. 점심시간이 됐다. 점심을 일찍 먹은 아이들은 공 차러 나가고 절반 정도의 아이들은 도시락을 먹거나 책상에 엎드려 자고 있었다. 그때 갑자기 교실 앞문이 벌컥 열리더니 네댓 명의 선도부원이 들이닥쳤다.

"당꼬바지 어딨어. C 어디 있냐고."

그중 하나가 칠판지우개를 집어 던지며 물었다. 날아간 칠판지우개가 한 친구의 도시락을 정통으로 맞혀 마치 도시락 폭탄이 터지기라도 한 것처럼 분필 가루가 하얗게 피어올랐다.

"여기 있는데."

내 곁에서 함께 점심을 먹고 있던 C가 아무 일도 아니라는 듯 도시락 뚜껑을 덮고 일어섰다.

"너가 C냐? C가 너야? 이리 나와."

어느새 한 놈이 뒤에서 다가와 C를 껴안자 칠판지우개를 던진 선도부가 C의 가슴에 주먹을 날렸다. 하지만 덩치가 있는 C는 끄덕도 하지 않았다.

"어쭈, 이 새끼 봐라."

칠판지우개의 말이 끝나자마자 이번엔 C가 오른 팔꿈치로 뒤를 가격함과 거의 동시에 당황하는 칠판지우개의 가슴에 왼발을 꽂았다. 정통으로 가슴을 가격당한 칠판지우개가 교탁 앞으로 떨어졌다. 그때였다. 선도부원 하나가 각목으로 C의 등을 때렸다. 이어 선도부장이 C의 얼굴에 주먹을 날리자 이를 신호로 선도부의 발길질이 시작되었다. 나와 삼십여 명의 급우들은 그 모습을 그저 멀뚱히 지켜만 볼 뿐이었다.

"뭘 쳐다봐, 이 씨발 놈들."

칠판지우개가 이번엔 구경하는 우리에게 각목을 마구 휘두르며 위협을 가했지만 그건 그냥 위협이었다. 이윽고 C가 쓰러지고 나서야 잔인한 린치는 끝이 났다.

선도부장이 돌아서 교실 밖으로 나가려 할 때였다. 비호같이 일어난 C가 내 알루미늄 도시락에서 뭔가를 집어 들더니 선도부장의 뒤통수에 꽂았다.

"그래 니가 준 게 아니란 말이지."

집게손가락에 침을 묻혀가며 학적부를 넘기던 학생주임이 내가 C에게 포크를 건네준 게 아니냐고 거듭 물었다. 그때 C가 내 도시락에서 집은 건 포크였다. 그걸로 선도부장의 뒤통수를 찢어 놓은 것이다.

"네, 제가 준 게 아니에요."

학생주임은 미심쩍다는 표정을 지으면서도 더는 나를 추궁하지 않았다. 나는 선도부가 C에게 린치를 가할 때 그것을 말리지도, 함께 학생부에서 추궁을 받을 때 C를 도와주지도 않았다. 사실 특별히 도와줄 것이 없기도 했다. 그날 이후 나는 C를 우리 집에 데려가지도 않았으며, 점심을 함께 먹지도, 같이 공부하지도 않았다. 딱히 C도 내게 할 말은 없는 것 같았다. 그 일로 C는 정학 처분을 받았다가 아마도 다른 학교로 전학을 간 것으로 기억한다. 휴대폰도 SNS도 없던 시절, 나는 다른 많은 사람을 떠나보냈듯 C도 내 기억의 강물 저편으로 흘려보냈다.

이후 중학교와 고등학교를 졸업하고 대학에 입학했다. 내가 중학교와 고등학교와 대학을 다니는 동안 여전히 이 나라의 대통령은 한 사람의 같은 군인이었다. 초등학교 때까지는 다른 군인이 대통령이었으므로 결국 태어나서부터 오로지 군인의 지배를 받은 셈이다. 학생들은 더는 이 땅에 군인은 안 된다며 밖으로 나갔다. 길거리에는 깨진 보도블록과 화염병, 최루탄이 난무했다. 나도 군정 연장에 반대했지만, 길거리에서 싸우지는 않았다. 이상한 순간은 한 친구가 최루탄에 맞아 피를 흘리며 쓰러진 모습을 뉴스에서 봤을 때였다. 그때 왜 그 친구의 모습에서 오래전에 잊었던 C의 모습이 연상되었을까.

"전원, 엎드려뻗쳐!"
군대를 다녀오지 않은 사람들도 있고 다녀왔더라도 제대한 지 꽤 지났을 텐데 다들 사장의 명령에 신속하게 반응했다. 좌중은 마치 트랜스포머처럼 순간적으로 자세를 바꿔 엎드려뻗쳤다. 엎드려뻗치지 않은 사람은 나와 사장 말고는 없었다. 난 고개를 돌려 K를 찾았다. 엉덩이를 치켜세우지 않은 그의 꼿꼿한 자세가 보기 좋았다.
"뭐지? 말이 안 들려?"
개새끼가 나를 보더니 짖었다.
"그게 아니라, 이건 좀……."
"좀 뭐?"
"아무리 그래도 집에 가면 다들 처자식도 있는데……."
"뭐, 뭐라? 너 외국계 은행 출신이라 이거지. 야, 나는 집에 가면 손주도 있다."

개새끼가 나의 대답에 당황한 듯했다.

그때였다. 하얀 개가 개장수에게 끌려가지 않으려 앞발을 내밀고 안간힘을 썼다. 순간 K와 눈이 마주쳤다.

"야, 이 개새끼야아아아!"

나는 외마디 고함을 지르며 달려가서 꼿꼿하게 버티고 있는 그의 옆구리를 세게 걷어찼다. K가 쓰러지면서 도미노 현상이 일어나 엎드려뻗친 트랜스포머들이 차례로 무너지고 말았다.

그날 양평에서 어떻게 돌아왔는지 기억이 나질 않는다. 이후 난 더는 출근하지 않았다. 얼마 후 통장에 퇴직금이 들어왔기에 퇴직 처리가 된 줄 알았지만 내가 해고 대상이었는지 아니었는지 그것조차 확인해보지 않았다. 그리고 K가 어떻게 되었는지도.

부부젤라

1

상무 김인섭.

영업 총괄 상무로 승진한 인섭 씨는 자신의 이름과 직책이 새겨진 크
리스털 명패에서 한동안 눈을 떼지 못했다. 자리로 돌아간 그는 의자에
등을 비스듬히 기대고 앉아 자신의 사무실을 둘러 보았다. 오른쪽에는
유리문이 달린 빈 책장이 덩그러니 놓여 있었다. 책장이 휑하니 비어있
으니 사무실 전체가 썰렁한 느낌이 들었다. 에이, 인섭 씨는 빈 책장을 무
엇으로 채울지 잠시 고민했다. 뭐, 직원들 시켜서 경제, 경영 서적 위주로
주문하라고 하지. 센스 있는 놈 같으면 외서도 몇 권 고르겠지. '참', 인섭
씨는 각종 집기가 담긴 박스를 뜯더니 부부젤라를 꺼내 널찍한 책상 위에
얹어놓았다. 부부젤라를 올려놓을 거치대가 있으면 좋겠다는 생각이 들

었다.

다시 일어난 그는 맞은 편 창가로 걸어갔다. 블라인드를 올리자 밝은 햇살이 쏟아져 들어와 무대 위의 조명처럼 그를 비추었다.

인사

대화투자증권 상무 승진 김인섭

창가의 테이블 위에는 인사 기사가 실린 신문과 새 명함이 놓여 있었다. 인섭 씨는 테이블 위에 놓인 상무 명함을 꺼내 만지작거리다가 여러 장을 집어 명함 지갑에 넣었다. 우선 주요 거래처부터 돌면서 인사할 예정이었다.

중간 간부들이 단체로 들어와서 축하 인사를 건넸다. 인섭 씨는 미소를 지으면서도 그들의 표정을 하나씩 살펴보았다. 웃는다고 다 웃는 게 아니다. 정말 좋아서 입이 찢어지게 웃는 놈, 못마땅해도 웃어 보이는 놈, 그저 남들 따라 들어와서 어색한 표정을 짓고 있는 놈…… 내가 딱 보면 다 안다, 이놈들아. 인섭 씨는 그중에서 박 팀장의 표정을 여겨보았다.

기쁜 표정이었다.

"거래처 몇 군데 다녀올게."

인섭 씨가 사무실을 나서자 비서들이 일어서 두 손을 앞으로 가지런히 모으고 허리를 굽힌다.

대화투자증권 김인섭 상무입니다, 운전 중에 몇 번이고 되뇌었지만, 입에 착 달라붙지 않았다. 마치 새 차를 운전하는 듯 어색했다. 그래도 인섭 씨는 혀를 굴려 가며 자꾸만 연습했다.

상무 김인섭입니다가 더 나은가? 대화투자증권 상무 김인섭입니다. 아니야, 직위를 이름 앞에 두고 자신을 소개하는 사람은 없지. 김인섭 상무입니다가 자연스러워. 그런데 왜 이렇게 어색하지. 상무 김인섭입니다. 김인섭 상무입니다. 에이, 아무려면 어떤가. 오늘부터 나는 상무다!

회사에서는 검은색 업무용 세단을 내주었다. 마침 채 냄새도 빠지지 않은 신차라 마치 승진한 자신을 위해 회사에서 새로 구입한 것 같았다.

몇 군데 거래처를 방문해서 축하를 받고 회사로 복귀하던 인섭 씨는 핸들을 틀어 고속도로로 빠졌다. 그래, 수도권 점포도 한번 둘러보자! 불시에 점검도 해봐야지. 비서실에 전화를 넣었다.

"지역본부 몇 군데 들렀다가 바로 퇴근합니다!"

이 맛에 임원도 하고 그러는 거 아닌가. 인섭 씨는 엑셀을 눌러 밟았다.

경비가 차량 번호를 조회하더니 경례를 붙였다.

'이제부턴 내 얼굴을 기억하라고.' 속으로 이렇게 말한 인섭 씨는 경비에게 가볍게 손짓을 하고는 차에서 내렸다. 경비의 전갈을 받은 센터장이 정중히 마중을 나오기 전에 불쑥 들이닥쳐서 허둥대는 꼴을 보고 싶었다.

2

젊은 날의 인섭 씨는 사실 근무태도가 성실한 편은 아니었다. 전 직장에서 인섭 씨의 별명은 '김 상무'였다. 자주 지각하는 인섭 씨에게 부장이 붙여준 별명이었다. 늦게 출근해서 몰래 제 자리로 가는 인섭 씨에게 부장이 '어이구, 상무님, 이제 나오셨네요.'라고 인사한 다음부터 인섭 씨의 별명은 '김 상무'가 되었다.

한번은 부장이 슬쩍 자리로 가서 앉는 인섭 씨를 불렀다.

"김 상무."

인섭 씨는 짐짓 모른 체했다.

"김 상무님."

"부장님이 부르시잖아."

옆에 앉은 대리가 주의를 줬다.

그제야 인섭 씨는 천천히 일어나 부장에게로 갔다.

"절 부르셨습니까?"

부장이 손으로 안경을 쓸어 내리더니 인섭 씨를 쳐다봤다.

"거기 좀 앉아 봐, 이 사람아."

인섭 씨가 테이블에 앉아 다이어리를 폈다.

"자네 집에 무슨 일 있나?"

"네? 별일 없는데요."

"별일이 없어?"

"네."

"그런데 왜 맨날 지각이야?"

"……."

"직장 생활이 피곤하지?"

"……."

"나도 알아. 나도 그랬으니까. 그리고 다른 직원들도 마찬가지야. 혼자만 피곤한 게 아니야. 다른 사람들 보는 눈도 있고 그러니까 좀 주의했으면 좋겠어."

인섭 씨는 그날부터 스스로 퇴근 시각과 출근 시각을 체크하기 시작했다. 그리고 규정상 퇴근 시각과 실제 퇴근 시각, 규정상 출근 시각과 실제 퇴근 시각의 차이를 계산해서 실 근무시간을 기록했다.

한 달여가 지난 후 이번엔 인사부에서 인섭 씨를 호출했다.

"당신 별명이 김 상무라며, 집에 무슨 일 있어요?"

인사부장도 담당 부장과 똑같은 질문을 던졌다.

"아뇨."

인섭 씨가 태연하게 대답했다.

"그런데, 왜 자꾸 늦어요?"

"주의하겠습니다."

"말만 하면 다야? 시말서 써서 가지고 와요."

"부장님."

부장이 자세를 돌려 앉으려다 인섭 씨를 흘끔 쳐다봤다.

"말해 봐요."

"늦게 출근하는 것이나 늦게 퇴근하는 것이나 모두 출퇴근 위반이죠?"

"그래서……."

"같은 경우라면…… 퇴근이 늦는 것도 지적해야 옳지 않습니까?"

"뭐? 그건…… 회사에서 시간외근무수당 지급하잖아. 야근 등록 안 했어요?"

"회사에서는 급여 안에 여러 수당이 포함된 걸로 간주하고 있지 않습니까. 포괄임금제라고 하죠. 변태 임금제라고도 부르고."

"뭐야? 변태?"

"네, 회사에서 변태적인 방법으로 제 시간외근무수당을 지급하지 않는 거나 마찬가지입니다."

"무슨 소리야?"

"해마다 임금 인상 시에 기본급여를 바탕으로 하지 않고 그로스 기준으로 산정하는 게 그 근거입니다."

"……."

"제게 시간외근무수당을 지급한다면 그 부분은 빼고 임금인상률을 적용하는 게 옳다는 말씀입니다. 제 급여에 수당이 포함되어 있지 않다는 것을 회사 스스로 인정하는 꼴이죠. 그리고……."

"그리고……."

"이건 지난 한 달간 제 근무 시간을 기록한 것입니다."

인섭 씨는 당황하는 부장 앞에 매일의 출퇴근 시각을 적은 기록부를 펼쳤다.

"아니, 이 사람이……."

"앞으로는 출근 시각뿐 아니라 제가 퇴근 시각을 어길 때에도 똑같이 주의를 주시면 좋겠습니다."

인섭 씨가 인사부장에게 한 방 먹였다는 소문이 금방 사내에 퍼졌다. 이후로 인섭 씨는 출근 시각이든 퇴근 시각이든 더는 주의를 듣지 않았다. 실은 스스로 조심했던 것이다.

인섭 씨가 다니던 회사는 규모가 작은 자산운용사였다. 오십여 명 남짓한 임직원이 근무하고 있었지만, 노동조합이 없었다. 임직원 중에는 회장 일가가 적지 않았다. 노조 설립의 필요성을 알면서도 직원들이 선뜻 실행에 옮기지 못하는 가장 큰 이유는 보안 문제였다. 회장과 성이 다르다고 해서 안심은 금물이었다. 평소에 식사도 함께하고 술도 마시는 동료가 회장의 처조카일지 외조카일지 알 수 없는 일이었다.

"저는 수당 안 받으렵니다, 그게 회사에도 이익일 테니까요."

출퇴근 시각 준수에 이어 인섭 씨가 착수한 건 연월차 휴가 쓰기였다. 연월차 수당을 받든 휴가를 떠나든 그것을 선택하는 문제는 직원의 권리라는 거였다. 하계휴가와 연월차를 묶어 휴가를 떠나려는 인섭 씨와 인사부 직원 간에 다툼이 일었다. 인섭 씨가 행선지를 공란으로 비워두었기 때문이다. 필수입력 항목이었으므로 인섭 씨는 점을 하나 찍어 두었는데 인사부에서 부른 것이다.

"어디로 가는데요?"

인사 담당 대리가 눈에 불을 켰다.

"그걸 회사에서 알아서 뭣하게요?"

"당연한 일 아니에요?"

대리가 어이가 없다는 표정을 지으며 고개를 저었다.

"뭐가 당연하다는 말씀이신지요."

"만약 인섭 씨가 돌아오지 않으면, 어딜 갔는지 알아야 할 것 아니에요."

"돌아오지 않으면 찾으러 오시게요?"

인섭 씨는 남아공월드컵이 열리던 그해, 하계휴가와 연월차를 묶어 월드컵을 '직관하러' 아내와 함께 현지에 다녀왔다.

이청용, 슛!

골이에요, 골!

김인섭 씨는 좋겠다, 치맥을 먹고 마시며 밤늦도록 회사 강당에서 단체 응원하던 직원들은 그런 인섭 씨를 부러워했다.

"부러우면 지는 겁니다."

귀국한 인섭 씨는 남아공월드컵에서 응원 도구로 사용된 부부젤라를 직원들에게 선물로 돌렸다.

"이것이 바로 승리를 부르는 행운의 부부젤라, 그리스전에서 불었더니 이정수 선수가 바로 골을 넣지 뭐예요."

인섭 씨는 우리나라 대표팀이 승리를 거둔 그리스전에서 실제로 사용한 부부젤라를 직원들에게 보여주며 불어 보였다.

직원들은 고양이 목에 방울을 달 간 큰 쥐로 인섭 씨를 꼽았다. 노동조합 설립 총회에 많은 인원이 필요하진 않으므로 인섭 씨와 뜻을 함께하는 동료들은 총회부터 준비했다.

"우선 총회부터 열어서 노조 설립을 결의하고 관할 관청에 신고하자고."

"총회 장소는?"

"법에서 총회 장소에 대해 정한 바는 없으니까, 어디 중식당 룸이라도 빌리자고."

장소를 빌리고 참석자를 정하고 임원을 선출하고 결과를 신고하고…… 절차는 그리 복잡하지 않았다. 노조 설립을 위한 준비는 순조롭게 진행되었다.

"정당한 행위인데도 007 작전처럼 이렇게 몰래 해야 하다니……."

인섭 씨와 동료들이 회사 몰래 착착 노조 설립을 준비하던 무렵이었다. 서브프라임 사태로 작은 자산운용사인 인섭 씨의 직장에 위기가 닥쳤다. 미국의 모기지 은행이 발행한 유동화 채권에 투자해서 큰 손실을 입은 데다가, 금리 상승으로 운용하던 펀드에서 마이너스 수익률이 발생하자 투자자들이 환매를 요청했기 때문이다. 감독기관에서는 경영정상화 계획서를 요구했다. 경영진은 외환위기의 데자뷔라며 IMF를 넘긴 경험을 살려 비상경영을 선포했다. 경영정상화 계획에 빠지지 않고 들어가는 게 구조조정 방안이다. 뼈를 깎는 자구책을 내놓을 테니 당국에서 좀 봐달라는 의미였다. 왜 구조조정이라고 하면 사람 자르는 일부터 생각할까. 회장은 임직원 급여를 10% 삭감하고 인원의 20%를 감축한다는 내용의 구조조정 방안을 발표했다.

회사의 방침을 보고서 인섭 씨는 설립 총회를 열기로 했던 중국집으로 조합설립추진위원회를 소집했다. 이제는 눈치 볼 것 없이 이 자리에서 빨리 총회 열고 설립 신고하자는 인섭 씨의 의견에 다들 묵묵부답이었다.

"그럼 다른 의견이 없는 것으로 알고……."

"잠깐, 인섭 씨 지금 때가 아니잖아요. 인사부에서 곧 희망퇴직 신청
자부터 받을 예정인데…… 이런 와중에 누가 노동조합에 가입 원서를 넣
겠냐고요."

인섭 씨와 함께 노조 설립을 주도하던 영업부 동료가 배갈을 비우며
쓴 표정을 지었다.

"전문계약직이랑 친인척, 간부들 빼면 솔직히 얼마나 되겠어요? 그리
고 회사에서 지금 누구랑 해고 기준을 상의하는지 들었어요?"

근로기준법은 회사가 경영상의 이유로 근로자를 해고하려면 미리 노
동조합이나 근로자 대표와 협의하도록 하고 있었다.

"사우회 대표 한 과장이랑 협의 중이래요."

직원들의 상부상조와 복리후생을 위해 조직된 사우회는 인사부와 아
삼륙이었다. 노동조합이 없으니 회사에서는 직원 대다수가 가입된 사우
회 대표를 파트너로 삼은 것이다.

희망퇴직을 신청한 직원이 나이 든 간부 몇 사람을 제외하고는 없어
기준에 미달하자 회사는 정리해고의 칼을 빼 들었다. 평소 준법 투쟁한
다며 인섭 씨를 응원하고 함께 노조 설립을 의논하던 동료들은 오간 데
없었다. 각자의 살길을 찾은 것이다. 이상한 일은 정리해고 대상이 된 직
원들의 반응이었다. 아무도 회사에 이견을 내지 않고 순순히 받아들인
것이다.

함께 노조 설립을 준비하던 직원들이 얼굴을 돌리면서 몸을 숨기듯 회사 건물로 들어갔다. 출근하는 동료들을 보며 혼자 회사 앞에서 부부젤라를 불어가며 시위를 벌이던 인섭 씨는 주변 상인들로부터 소음공해 신고를 받았다. 출동한 경찰관은 인섭 씨에게 일인시위는 시위에 해당하지도 않는다며 계속 민원이 들어오면 연행할 수도 있다고 으름장을 놓았다. 인섭 씨는 세상에 홀로 버려진 것 같았다. 금융감독업무를 담당하는 행정관서에 민원을 내봤지만, 노사문제는 소관 사항이 아니라는 답변이 돌아왔다. 노동부 담당자는 적법한 정리해고에 대해서는 도와주기 어렵다며 이런 경우는 소송을 통하는 수밖에 없다고 했다. 인섭 씨는 변호사를 고용하기 위해 함께 해고된 직원들에게 연락했다. 이미 재취업한 사람도 있고 놀고 있어도 다들 미지근한 반응이었다.

"인섭 씨도 잘 알잖아요. 회사에서 대형 로펌들과 거래하고 있는 걸."

금융기관인 회사에서는 상품에 대한 법률적 검토를 받고 송사에 대비하기 위해 평소 여러 대형 로펌들과 고문 계약을 체결하고 있었다. 세상은 철저히 혼자였다.

3

인섭 씨가 힘들고 외로운 싸움을 벌일 무렵, 첫 아이가 태어났다. 남아공월드컵 베이비였다. 아이는 인섭 씨가 준 부부젤라를 가지고 놀았다.

"어떻게 할 건데?"

카드 명세서와 아파트관리비 고지서를 정리하던 아내가 인섭 씨를 쳐다보지도 않고 물었다.

"꼭 그 회사에 복직해야 겠어? 여의도는 고용이 유연하다며?"

실업급여 수급 기간 만료가 다가오고 있었다.

급여가 썩 많은 편은 아니었지만, 인섭 씨는 평소 여의도 증권가의 정규직이라는 자신의 신분에 만족했다. 비록 규모는 작아도 인섭 씨가 다니던 회사는 특성상 전문직이 많고 직원들의 학력 수준도 꽤 높았다. 그런 회사에 수도권 대학도 아닌 서울에서 한참 떨어진 지방대학 출신인 인섭 씨가 입성하자 가족과 친지들은 모두 놀라며 장도를 응원했다. IT가 부전공이라 전산 관련 인력이 필요한 작은 자산운용사에 운 좋게 취업할 수 있었던 것이다.

증권가 직원들의 신분은 안정적인 편이 아니었다. 발을 들이기가 어려웠지만, 실적과 고객과의 분쟁 등으로 이직하는 직원이 많았다. 특히 실적급을 받는 영업직 사원은 재취업이 수월해서 이직률이 높았다.

정규직이었음에도 인섭 씨는 신분에 대한 보다 확실한 안전장치를 마련하기 위해 노조 설립을 추진했다. 상근 노조위원장직을 요구하고 상급노조에도 가입할 예정이었다. 그러면 탈 없이 정년은 보장될 것이며 활동하기에 따라서는 퇴직 후에 상급노조에서 활동할 기회도 얻을 수 있다고 계산했다. 노동운동가 김인섭을 꿈꾼 것이다.

누가 서브프라임 채권에 투자하라고 떠밀기라도 했나? 사고는 펀드

매니저가 치고 책임은 왜 후선 업무를 담당하던 내가 져야 하는가? 생각할수록 억울한 노릇이었다.

곧 시장금리가 내려가 회사가 매입했던 채권 가격이 올랐다. 특별히 불법을 저질렀던 것은 아니므로 회사는 감독기관의 관리를 조기 졸업했다. 그러자 다시 직원을 모집했다.

"내가 이럴 줄 알았다니까."

아내에게 이렇게 말하고 인섭 씨는 이번엔 경력직으로 이력서를 넣었다.

결과는 낙방이었다. 회사는 내보냈던 젊은 직원들 가운데 인섭 씨만 빼고는 재입사를 원하는 사람은 다시 계약직으로 받아들였다. 인섭 씨는 그제야 해고당한 직원들이 왜 별다른 이의를 제기하지 않았는지, 자신이 벌이는 시위에 동참하지 않았는지 짐작이 갔다.

회사는 인섭 씨가 다니는 동안 제법 성장했다. 금융상품 판매 창구인 증권사며 기관투자가며 거래처도 많이 늘었다. 인섭 씨는 말술이었다. 술자리에서 인기가 좋은 인섭 씨는 저녁엔 영업사원들 따라 나가서 거래처 접대하느라 바빴다. 접대 자리는 대개 2차, 3차로 이어졌기 때문에 술 좋아하고 놀기 좋아하는 인섭 씨는 영업직 선배, 동료들의 요청을 잘 거절하지 않았다. 주말엔 골프 연습장에서 운동하느라 땀을 흘렸다. 가끔 무기명 회원권으로 고급 골프장에 나가면 자신이 다른 사람인 것처럼 느껴졌다.

'씨발, 니들이 그렇게 잘 났냐? 술 마시고 골프 치는 영업이라면 나도

못지않게 할 수 있다.'

실의에 빠져 있던 어느 날, 부부젤라를 불며 노는 아이를 보던 인섭 씨는 무작정 밖으로 나갔다. 아내는 어디 가느냐고 묻지도 않았다. 이미 어느 곳에서도 있어도 없어도 그만인 잉여인간 같은 존재였다.

무작정 지하철을 타고 여의도로 갔다. 그러고는 습관처럼 회사 근처의 여의도역에서 내려 여의나루까지 걷기 시작했다. 많은 직장인이 한 손에 커피를 들고 분주히 오가고 있었다. 인섭 씨는 그제야 점심시간임을 알았다. 여의도백화점 근처를 지날 때 지하의 비빔국수를 먹고 싶었지만, 그냥 지나쳤다. 마냥 걷던 인섭 씨는 한강공원의 편의점에서 레드라벨의 소주 한 병과 간단한 마른안주를 샀다. 안주는 뜯지도 않은 채 지나가는 유람선을 보며 홀로 소주를 들이켰다. 빈속이 화끈거렸다.

잔디밭에 드러누웠다. 하늘엔 조각구름이 떠 있었다. 강물엔 유람선이 유유히 지나가니 노래 그대로였다. 그런데 정작 자신이 누려야 할 행복은 이 땅에 없었다. 기분 참 더러웠다.

오랜 고민 끝에 인섭 씨는 발렌타인 17년산을 사서 재경 부처에서 오래 근무한 먼 아저씨를 찾아갔다. 21년산을 고를까 망설이다가 그러면 형편이 괜찮은 것으로 보일 것 같았다. 권세 있는 높은 자리에 있지 않았지만, 아저씨가 도움이 됐는지 지금 있는 대형증권사에 계약직 영업사원으로 입사했다. 당시 회사의 사장은 관료 출신이었다.

서울에 있는 좋은 학교 출신도 아니고 별다른 커리어도 없는 인섭 씨는 영업직이라면 술 잘 마시고 골프 잘 치는 것도 스펙이라면 스펙이라고 생각하고 자기소개서에 이렇게 썼다.

영업은 결국 인간관계라고 생각합니다. 저는 술이 좋아서 마시는 것이 아니라 맛있어서 마십니다. 골프는 싱글입니다. 대형 기관투자가들과 깊은 친분 있으며 IT 출신이라 후선 업무에도 밝습니다.

합격 통지를 받고 인섭 씨는 부부젤라를 불러 젖혔다.

4

인섭 씨의 급여계약은 판매수익을 회사와 4:6으로 배분하는 것이었다. 모르는 사람들은 수익의 40%씩이나 지급하는 회사가 어디 있느냐고 생각할 수도 있지만, 그건 정말로 모르고 하는 소리다. 회사는 영업사원들에게 수익의 40%를 지급한다고 생각하지 않고 해당 영업사원이 벌어들이지 않았으면 회사가 얻은 60%가 없는 것으로 계산하는 것이다.

인섭 씨는 자신이 가져가는 40%의 수익을 회사가 주는 것이 아니라 고객이 주는 것이라고 생각했다. 당연하게도 고객을 잘 관리하는 일이 무엇보다 중요했다. 인섭 씨는 푼돈을 중개하는 일반영업부가 아니라 굵직굵직한 투자자를 상대하는 기관영업부에 배치받았다. 비록 후선 출신이라도 전 직장 시절 기관투자가들을 상대해봤다는 자기소개서의 경력을 인정받은 것이다.

'개를 가르칠 때는 밥 주는 사람이 누구인지 그걸 확실히 깨닫게 해줘

야 물질 않는다고.'

자산운용사에서 후선 업무를 담당할 때, 펀드의 사무관리를 담당하는 회사 직원을 만나러 나가면서 선배가 인섭 씨에게 들려준 말이다. 사무관리회사 선정은 운용사에서 직접하는 경우가 많았다.

'영업하려면 한 가지만 잘 알면 돼. 내 밥을 주는 자가 누구인지.'

역시 운용사 다닐 때 기관투자가를 접대하는 자리에서 들은 말이다.

'그래, 이제부터 나는 개다!'

인섭 씨의 개 같은 인생살이가 시작되었다.

국내 굴지의 증권사인 인섭 씨의 회사는 그런 만큼 직원들의 학력과 스펙이 화려했다. 외국 대학의 석박사가 흔했다. 최대주주는 있어도 오너라고 할 만한 뚜렷한 주인이 없는 상장회사라 전 직장처럼 친인척 리스크가 없었다.

사훈이 명쾌했다.

회사의 주인은 나다!

사외이사들은 모두 대학 상경계 교수이거나 전직 재경직 관료 출신이거나 금융 전문 변호사들이었다. 내부 임직원들의 이력도 이에 못지않게 화려했다. 직원부터 임원까지 'SKY' 출신이 장악하고 있었다.

처음 인섭 씨가 입사했을 때 회사에서는 함께 밥 먹는 사람도 없었다. 기관영업을 담당하는 관리자는 인섭 씨를 받고는 당황하는 기색이었다. 지방 3류대 출신의 전직 IT 담당자. 술 잘 마시고 골프 실력이 뛰어나다고 하지만, 네트워크가 없는 인섭 씨에게 기관도 배정해주지 않고 사실상 전력 외 취급이었다. 적당히 굴리다가 지점 등으로 전출할 요량이었다. 영업사원이 종일 책상 앞에 앉아있을 수도 없고, 출입기관을 배정해주지 않으면 어쩌라는 말인가. 그림자 직원 인섭 씨는 스스로 거래처를 개척해 나갈 수밖에 없었다. 대형 법인들은 출입 절차가 까다롭고 담당자를 만나기도 어려워 허탕 치는 일이 잦았다. 어렵게 만나도 잡상인 취급하며 눈도 마주치지 않고 몇 마디 듣는 둥 마는 둥 하다가 자리를 비우는 말단 운용역들도 많았다. 인섭 씨가 빌딩에 들어서서 자유로이 오갈 수 있는 공간은 화장실밖에 없었다. 변기 뚜껑 위에 앉아있을 때가 가장 편한 시간이었다.

이런 분위기에서 계약직 영업사원인 인섭 씨가 버티는 길은 고객과 좋은 관계를 유지하는 것 말고는 없었다. 좋은 학교를 나와 인맥이 넓으면 영업에 도움은 받을 수 있다. 하지만 인맥 영업에는 뚜렷한 한계가 있었다. 같은 사람에게 한 번은 몰라도 두 번은 부탁하기 껄끄러웠다. 인섭 씨 주변에는 네트워크가 좋은 영업사원들이 많이 있었지만, 학벌 좋은 영업사원들이 영업으로 성공하는 예는 흔치 않았다. 영업사원에게 학벌은 필요조건일 수는 있어도 충분조건은 아닌 것이다.

내 급여는 고객으로부터 나온다.

어느 분식집에서 본 문구였다. 분식집 사장도 아는 이치를…… 신부나 목사 앞에서 거리낌 없이 고해성사하듯 고객 앞에 서면 부끄러움이 없어졌다. 이는 여의도의 다른 영업사원들도 마찬가지였다. 너나 할 것 없이 얼굴에 검댕이를 칠하고 있으면 그게 뭐 어떤가 말이다.

자산운용사에서 영업사원들을 쫓아다니며 기관을 상대했던 전력은 많은 도움이 됐다. 운용역들의 얼굴만 알아도 최소한 출입은 보장된 것이다. 함께 2차와 3차로 이어지는 술자리를 갖고 필드에서 반나절을 함께 보낸 운용역들은 직장을 옮긴 인섭 씨를 모르는 척하지 않았다. 알은 척하는 정도를 넘어 개중에는 당신은 원래 영업 스타일이라고 추어올리는 사람들도 있었다. 대개 술 좋아하거나 운동 좋아하기로 소문난 운용역들이 그랬다.

운용사 시절 함께 자주 술을 마셨던 사람 좋은 운용역이 회사에서 거래가 없는 기관의 운용팀장으로 승진해 있었다. 솔직히 사정을 말했다. 여기서도 잘리면 더는 갈 데가 없습니다. 인섭 씨의 표정을 본 운용팀장은 너무 걱정하지 말라고 하더니 오랜만에 소주 한잔하자고 했다.

백억, 이 돈이면 소주가 몇 병일까? 그 운용팀장은 세상에서 가장 비싼 소주를 마신 셈이다. 운용역들이 모두 좋은 사람들은 아니었다. 인섭 씨가 회사에서 처한 사정을 이용해 가스라이팅하는 거래처도 많았다. 기관에는 여러 회사가 출입하므로 타 회사 직원은 증권가의 동료이기도 하지만 결국은 경쟁 상대였다. 당연히 인섭 씨의 사정은 알려지기 마련이었다. 술 마시다가 불러내는 건 점잖은 축에 속했다. 상가에서 접수도 보고 심지어는 대리기사 노릇도 했다.

기관과 첫 거래를 트고 나서 회사로 들어가던 인섭 씨는 여의나루에 차를 세우고 하늘을 쳐다보며 부부젤라를 불었다. 누려야 할 행복이 거기에 있었다.

대리에서 과장으로 팀장으로 부장으로…… 인섭 씨의 직위는 수입에
비례해서 올라갔다. 영업 실적도 좋았지만 후선 출신답게 실무 능력도
갖추고 있어 좋은 학교 나온 남들보다 승진이 무척 빨랐다.

수도권의 신도시에서 전세를 살던 인섭 씨는 차장으로 승진하고 얼마
뒤 여의도에서 가까운 용산에 번듯한 집 한 채를 마련했다. 인섭 씨는 아
이와 함께 승리의 부부젤라를 힘차게 불었다.

회사에서 직원들이 부르는 인섭 씨의 별명은 개였다. 그것도 미친개.
인섭 씨의 별명이 처음부터 미친개는 아니었다. 고객 앞에서 개처럼 굽
신거린다는 뜻으로 하급 직원 시절에는 멍멍이라 불렸다. 실은 고객들이
붙인 별명이었다. 그러던 것이 돈 냄새 하나는 기가 막히게 잘 맡는다는
의미로 과장으로 승진하고는 셰퍼드로 불리다가 관리자가 되고 나서 미
친개로 굳어진 것이다.

돈은 숫자이기 때문에 직원들을 다루는 방법은 간단했다. 매월 영업
실적을 체크하고 쪼아대면 됐다.

박 팀장은 학력 수준이 높은 회사 내에서도 특히 돋보이는 학력을 지
닌 직원이었다. 국내에서 가장 좋은 대학교의 법대를 졸업하고 미국에서
는 리스크 관리 관련 석사학위를 취득하고 돌아왔다. 입사 때부터 최고
수준의 금융 관련 자격증을 가지고 있었다. 회사에서는 감사업무를 담당
하던 그를 네트워크를 감안해서 전격적으로 기관영업부로 보냈다. 뭐니
뭐니 해도 증권사의 꽃은 영업이었다.

'네트워크 영업에는 한계가 있는데.' 인섭 씨는 박 팀장을 받는 것이 그리 달갑지 않았다.

영업통인 인섭 씨는 후선 업무를 담당하는 박 팀장과 평소 아는 사이였다. 융통성이라고는 눈곱만큼도 찾아볼 수 없는 사람이었다. 대형 기관으로부터 따낸 어려운 계약을 수수료 미달 사유를 들어 보전하라고 요구하기도 했다. 같은 상품을 타사와 경쟁을 통해 기관에 중개할 때는 판매 수수료에서 출혈을 감수하는 수밖에 없었다.

"이렇게 영업하면 뭐 남는 것이 있어요? 그리고도 접대는 접대대로 할 거 아니에요."

"수익도 수익이지만 경쟁사와 자산 경쟁을 벌여야 하니까……."

"그러니 수탁자산 얼마 달성 이런 게 다 거품이라니까요. 계약 취소하라고는 하지 않을 테니까. 자, 이렇게 하시죠. 담당자들 급여에서 보전하세요."

박 팀장 때문에 영업 못 하겠다고 부하직원들이 볼멘소리를 내자 인섭 씨는 박 팀장도 자기 일하는 거 아니겠냐며 다독였다. 계약 취소하라고 하면 정말 곤란하지 않은가. 하지만 속은 편치 않았다.

이런 식으로 사사건건 영업 파트의 발목을 잡던 박 팀장이 인섭 씨 밑으로 들어온 것이다. 인섭 씨는 박 팀장에게 골프부터 배우라고 권유했다.

"우리 기관영업부에는 주말이 없어. 골프는 필수 과목, 등산, 낚시는 옵션이니까 알아서 배워 둬."

얼마 지나지 않아 인섭 씨는 박 팀장을 접대 골프 자리에 데리고 나갔다. 새벽부터 얼굴 한가득 사람 좋은 미소를 짓던 인섭 씨는 고객을 바래다주고 나서 표정이 돌변했다.

"박 팀장, 미국 다녀왔다며, 거기서 뭐 했어? 환경 좋은 곳에서 운동이나 하고 오지."

"죄송합니다."

골프에 서투른 박 팀장 때문에 행사가 원만하게 진행되지 않은 걸 타박한 것이다.

"상대가 백돌이라 망정이지. 안 치겠다는 사람, 어렵게 모셨는데 무슨 개망신이야."

"노력하겠습니다."

"골프가 안 돼도 뭐 영업만 잘하면 되니까 한번 잘해 보시라고."

인섭 씨는 풀죽어 있는 박 팀장의 어깨를 가볍게 툭툭 쳤다.

박 팀장의 영업 실적은 신통치 않았다.

인섭 씨는 자주 박 팀장을 불러 채근했다.

"지금 우리 부서 실적, 박 팀장이 다 까먹고 있는 거 알아요? 거래처가 자꾸 빠지잖아. 멀쩡하던 기관이 사라졌나? 돈이 다 어디로 가는지 알아? 지금 당신이 헤매고 있으니까 타사는 물론이고 지점이니 일반영업부니 그런 데서 채 가잖아. 그래도 팀장인데, 직원들 보기 부끄럽지 않아요?"

"열심히 해보겠습니다."

"말은…… 긴말 않을 테니, 이번 주 안에 오백 개(억), 어떻게 해서라도 채워 넣도록 해요. 평가에 반영합니다."

"......."

"내 말이 안 들려? 당신 스스로 세운 목표, 당신이 채우라는 말이야."

오백억, 어지간한 규모의 기관이라도 계획에 없는 오백억을 갑자기 투자할 곳은 없을 것이다. 인섭 씨는 인사를 하고 힘없이 자리로 돌아가는 박 팀장의 뒷모습을 보며 고개를 흔들었다.

박 팀장은 결국 오백억을 다 채우지 못했다. 그런데도 수수료 수익은 목표를 초과 달성했다.

사정은 이러했다. 박 팀장은 오백억 원의 투자금을 유치하는 대신에 백억짜리 펀드를 다섯 번 돌린 것이다. 수수료는 투자 금액의 일정 비율로 정해지기 때문에 오백억짜리 펀드를 판매하나 백억짜리를 짧게 다섯 번 돌리나 마찬가지였다.

"박 팀장, 당신 규정은 잘 안다고 하더니. 지금 무슨 짓을 한 거야?"

"영업은 결국 수익 내자고 하는 거 아닙니까?"

"뭐야? 지금 누구 옷 벗기려고 작정했어?"

관련 법에서는 이런 식의 단기매매를 불건전 영업으로 규정했지만, 시장에서는 암암리에 일어났다.

"실은 며칠 후에 꼭 매입하겠다는 기관이 있어서 돌릴 수밖에 없었습니다."

"거기가 어디야? 그러면 나한테 물어보고 처리했어야지."

여러 기관과 친해 두면 원매자가 당장 펀드를 매입할 형편이 되지 않을 때 잠시 다른 곳에 돌릴 수도 있으니 요긴했다. 돌린다는 말은 원매자가 특정일에 매입하기로 약속한 펀드를 다른 기관에 임시로 맡겨두는 것을 의미한다. 물론 겉으로는 정상적인 거래다. 경쟁적으로 펀드를 중개하는 증권업계의 속성상 종종 있는 일이었다. 하지만 거래 위험성이 높아 원매자, 보관자, 판매자인 증권사 간에 여간 신뢰하는 관계가 아니면 성사되기 어려웠다. 자본시장 생리를 훤히 아는 인섭 씨는 박 팀장이 규정을 위반해서가 아니라 미리 보고받지 못해서 화가 났다. 솔직히 자신이라도 주요 기관의 요청을 거절할 수는 없었을 것이다. 그런데 박 팀장이 자신이 생색낼 기회를 가로챘다.

'이놈이 그냥 두면 언젠가 내 머리 꼭대기까지 기어오를 오를 놈이구나.'

인섭 씨는 감사부서에 위규 사항 발생을 자진해서 보고했다. 박 팀장이 관리자인 자신에게 알리지 않고 독단적으로 처리한 건이라고 해명한 것이다. 그 일로 박 팀장은 감봉 처분을 받았지만, 인섭 씨는 정상이 참작되어 아무런 징계도 받지 않았다. 직원들은 미친개가 미친 짓 했다고 수군덕거렸지만 그뿐이었다.

사건 이후로 인섭 씨는 넓은 인맥을 확보하고 있는 박 팀장을 부쩍 견제하기 시작했다. 본부장은 능력 있는 직원을 어렵사리 빼 왔다며 잘 활용하라고 했지만, 인섭 씨는 자신에게 없는 그 능력이 마음에 들지 않았다. 지방의 삼류대학 출신인 자신은 저녁과 주말도 없이 구두 굽을 갈아가며 이 자리까지 걸어왔는데 일류대학 나온 배경으로 가만히 앉아서 전화 영업을 해?

인섭 씨는, 학벌 좋고 네트워크 넓은 당신, 신규 좀 뚫어봐, 라든지, 당신은 팀장이니까 다른 직원들의 몇 배는 해야지, 라며 실적으로 박 팀장을 압박했다.

실적 압박에도 불구하고 박 팀장은 영업사원의 숙명 같은 접대 자리에 끼는 것을 꺼렸다.

"오늘도 대충 수습하면 다야? 당신이 오대수냐고? 영업팀장이 먼저 들어가겠다고 하면 어떡해?"

박 팀장의 별명은 영화 '올드 보이' 속의 오대수가 되었다.

'내가 너무 심한 건가?'

때로 인섭 씨는 자신이 부하직원인 박 팀장을 심하게 대하는 것이 아닌지 자문하며 반성하기도 했다.

'아니지, 내근 부서도 아니고 여긴 개개인이 자영업자나 마찬가지인 영업조직이 아닌가 말이다. 내 급여는 고객의 주머니 속에 들어있는데 개 같이 굽신거리지 않으면 누가 주겠는가. 세상에 공짜는 없다.'

결론은 바뀌지 않았다.

회사에서는 접대 시간도 시간외근무로 인정했지만, 박 팀장은 '칼출근'과 '칼퇴근'을 고집했다.

'너는 이런 내가 어렵지? 나도 그런 네가 힘들다.'

인섭 씨는 MZ 세대의 영업팀장을 다루기가 너무 힘들었다.

5

상무가 되고 나서 인섭 씨는 그동안 잘 나가지 않던 고등학교 동기 모임에 나가기 시작했다. 학창 시절 인섭 씨는 공부를 잘하지 못했으며 달리 특출난 면모도 없는 그저 그런 평범한 학생이었다.

자산운용사 재직 시에는 동기 모임이 없었다. 다른 동기들이 자리를 잡아갈 즈음 그는 실직했다. 그 무렵 모임이 만들어진 듯하지만 그를 불러주는 친구가 없었다. 불러준들 한가하게 동기 모임에 나갈 형편도 못 되고 그럴 입장도 아니었다. 지금의 회사에 자리 잡았을 때는 나가볼 만했으나 나가지 않았다. 별로 돈 될 일이 없을 것 같았다. 상무로 승진하고 동창회 명단에 회사와 직위, 이름이 실리자 나오라는 연락이 왔다.

어떤 친구들은 거의 삼십 년 만에 만난 그를 기억하려 애쓰는 것 같았다. 하지만 고등학교 때랑 지금의 모습이 잘 연결되지 않는지 상무 명함과 인섭 씨의 얼굴을 번갈아 보며 놀랍고도 부러운 표정을 지었다. 인섭 씨가 동기회에 발을 한번 들인 이후 그를 기억하지 못하는 친구는 없었다.

학교 다닐 때 공부 좀 한다고 뻐기던 놈들도 언제 잘릴지 모를 직장 부장질이나 하고, 별 것 아니었다.

인섭 씨는 법인카드로 친구들에게 따로 술도 몇 번 내고 회사의 무기명 회원권으로 몇 놈 데리고 필드도 나갔다. 친구들은 그런 그를 고등학교 동기 김인섭이 아니라 대화투자증권 상무 김인섭으로 대했다. 국내 굴지의 증권사 상무로 완전히 재탄생한 것이다.

사십 대에 대기업 임원이 된 인섭 씨는 술값을 도맡아 계산했다. 냄새를 맡았는지 인섭 씨가 기억하지 못하는 동창들도 술자리에 얼굴을 보이며 알은체했다.

어느 날, 인섭 씨는 한동안 잊고 지내던 녀석을 만났다. 누구더라? 인섭 씨는 혼자 명함을 건네며 누군지 기억하려 했으나 얼른 떠오르는 이름이 없었다. 녀석은 임플란트에 당뇨에 고혈압에…… 자신을 걸어 다니는 종합병원이라고 소개했다. 인섭 씨는 이 꾀죄죄한 사내가 누군지 애써 알아야 할 필요가 없을 것 같아 말은 섞지 않고 술을 따라주는데 녀석이 말을 걸었다.

"너, 나 몰라?"

이름이 가물가물했다.

"나, 윤종식이야."

그렇다, 윤종식이었다. 녀석은 알아보기 어려울 만큼 변해 있었다.

"그래, 종식이…… 뭐 하면서 지내?"

인섭 씨의 시곗바늘이 거꾸로 회전하기 시작했다.

뼈대가 굵고 주먹은 작은 수박 통만 하고 얼굴은 고구마처럼 생긴 종식은 학교 '쌈짱'이었다. 인섭 씨는 그와 중고교 동창이었다. 둘은 중학교 때는 한 반을 한 적이 있었지만, 고등학교 때는 같은 반을 한 적이 없었다. 종식은 중학교 때 권투선수로 활약했다. 다른 반 아이들은 소년체전 중등부 결승에 진출한 적이 있는 종식을 두려워해서 종식과 인섭 씨가 있던 반 아이들을 건드리지 못했다. 종식은 급우들을 챙기며 대우를 받았지만 유독 인섭 씨에게는 안 그랬다.

"야, 인섭이. 이리 좀 와봐."

인섭은 자신을 부르는 종식에게로 걸어갔다.

"씨발, 저게 빠져서…… 빨랑 안 뛰어오지."

"왜?"

"왜? 너 돈 가진 거 있냐? 좀 꿔줘라."

"없는데…….."

"센터까서 나오면 돼진다."

특별히 필요하지도 않았지만, 종식이에게 한두 번 털린 뒤로 인섭 씨는 돈을 가지고 다니지 않거나 뜯겨도 될 만큼만 가지고 다녔다.

"이 새끼, 이거 순 개털이네."

종식은 이 외에도 인섭 씨에게 과제물을 대신 내게 하거나 대걸레를 빨아오라는 등 소소한 심부름을 시키기도 했다.

인섭 씨에 대한 종식의 행위를 보고도 같은 반 누구도 그러지 말라고 말리는 친구가 없었다. 인섭 씨는 종식이와 다른 고등학교에 진학하길 바랐지만, 하필 같은 학교에 들어갔다. 하지만 고등학교 때는 같은 반도 아니었고 종식으로부터 더는 괴롭힘을 당하지도 않았다. 오다가다 마주치면 살짝 인사나 나누는 평범한 사이였다. 인섭은 그런 종식이 고맙기까지 했다.

인섭 씨는 빈말로 또 보자고 했는데, 종식은 인섭 씨가 술을 살 때마다 끼어서 어울렸다. 인섭 씨는 그런 종식을 그만 만나고 싶었다.

"난 인섭이랑 중고교 동창이잖아."

어느 날 술자리에서 종식은 다른 친구들에게 인섭 씨와의 특별한 인연을 강조했다.

이 새끼, 더럽게 눈치 없구나, 참다못한 인섭 씨는 종식을 떼려고 학창 시절의 이야기를 꺼냈다.

"종식아……."

"왜?"

"왜? 야, 너 중학교 때 나 참 많이 괴롭혔지?"

왁자지껄 떠들던 친구들이 일제히 두 사람에게 고개를 돌렸다.

"내가? 내가 널 언제 괴롭혔다고?"

젓가락으로 회 한 점을 집어 입으로 가져가던 종식이 젓가락을 내려놓으며 정색을 했다.

"안 괴롭혔어?"

"너, 술 취했냐?"

인섭 씨는 더는 묻지 않았다. 과거야 어찌 됐건 지금 나는 대화투자증권 상무다!

6

"박 팀장, 오늘 ○○기금, 이 부장 만나서 확답받아야 해. 알아먹었어요?"

"……."

"이 사람, 왜 대답이 없어? 거긴 지인이 안 깔렸나? 그러니까 평소에 고객 관리 좀 신경 써서 하라고."

박 팀장은 기관영업부의 '블랙'이었다. 박 팀장을 좀 심하게 깨면 부서 분위기가 좋지 않을 것 같지만 그런 일은 없었다. 박 팀장 덕에 다른 직원들이 숨을 돌릴 수 있는 것이다.

인섭 씨는 거래처에 직급별 전담자를 두고 밀착 마크하게 했다. 대리급은 대리가, 과장급은 과장이 만나 어울리는 식이었다. 늘어나는 여성 운용역을 상대하기 위해 특별히 여직원을 스카웃하기도 했다. 기관영업의 관행을 깬 파격이었다. 대리, 과장들도 자기 고객 관리는 알아서들 척척 하는데, 박 팀장은 그게 안 됐다. 또래의 거래처 팀, 부장급을 만나 골프도 치고, 등산도 가고, 낚시도 하며 어울리라 해도 통 말을 듣지 않았다. 겨우 현상 유지 정도 했지만, 시장 규모는 날로 커가는데 언제까지 현상 유지만 할 셈인가.

관리자와 임원들을 대상으로 노조에서 상향 평가를 한다고 했다.

인섭 씨는 곰곰 생각해봤다. 혹시 자신은 정당한 지시라고 생각한 것이 아랫사람에겐 그렇지 않게 여겨질 만한 일이 없었는지. 왠지 있었을 것 같다. 아니다, 있었겠지. 어쩌면 많았을지도 모른다.

관리자들끼리 모여 상향 평가에 대한 의견과 정보를 주고받았다.

"요즘은 군대에서도 한다니, 세상 변했지."

"다른 회사 얘기 들어보니까 그거 그냥 인기투표라고 하더구먼."

인섭 씨는 가끔 밥도 먹이고 술도 사주는 다른 부서 직원들은 물론이고 기관영업부 내에서도 박 팀장 빼고는 직원들과의 관계는 원만하다고 생각하기 때문에 상향 평가에 대해 특별히 걱정하진 않았다. 평소 위원장을 비롯해 노조 간부들과도 친밀한 관계를 맺었다. 명절엔 빠짐없이 간부들에게 선물을 돌리고 고생 많다며 술을 사기도 했으며 노조 행사 때는 경품을 제공했다. 만약 좋지 않은 결과가 나오더라도 결과에 따른 파장을 최소화할 수 있을 것이다.

상향 평가 결과가 발표됐다.

결과를 확인한 인섭 씨는 노트북을 탁 소리 나게 덮고는 책상 서랍을 열어 부부젤라를 만지작거렸다.

'음······'

내 정신 좀 봐, 문득 시계를 쳐다보고는 인섭 씨가 부리나케 부서 회의를 소집했다. 회의하기로 했던 시각이 많이 지난 것이다. 직원들이 주뼛거리며 하나둘씩 모여들었다.

"박 팀장, ○○기금에서 아직도 소식이 없어요?"

인섭 씨가 다이어리를 펴는 박 팀장을 향해 집게손가락을 겨누었다.

"죄송합니다. 연락을 해봤는데도······."

"연락이라니······ 전화질만 하면 어떻게 하나. 찾아가 봤어?"

"네."

"몇 번?"

"지난번 회의 마치고……."

"이 답답한 친구야, 사무실만 방문하면 뭘 해. 집으로 찾아가든, 골프장으로 모시든 좀 어떻게 해보란 말이야."

인섭 씨는 주먹으로 탁자를 내리쳤다.

"자본시장은 정글이다. 정글의 법칙, 강한 자만이 살아남는다. 왕으로 태어나지 않은 이상 살아가는데 왕도는 없어. 인생에 꽃길은 없다고. 인생은 흙탕물 속이야! 살아남으려면 뭐든 못하겠냐고. 회사의 주인이 나다? 노우, 회사의 주인은 고객이야. 나한테 돈을 주는 사람이 바로 나의 주인이란 말이야. 뭐니 뭐니 해도 직장 생활은 실적으로 말하는 거야! 이번 건만 잘하면 사장님께 우리 부서 특별 인센티브를 말씀드려 볼게. 다들 알았어요!"

인섭 씨는 탁자를 내리친 주먹을 쥐고 직원들에게 우렁차게 소리쳤다.

"넷!"

부서원들이 일제히 큰 목소리로 화답했다.

대화투자증권의 인사가 발표됐다.

영업 총괄 본부장 겸 상무 승진

김인섭 부장

통차이

1

통차이, 그를 다시 본 건 초컬릿 힐이 한눈에 내려다보이는 전망대에 서였다.

"전설에 의하면 이 거대한 오름들은 거인 아르고가 사랑하던 여인 아로아가 죽자 흘린 눈물방울이 굳어서 생겨난 것이라고 합니다."

눈물이 아니라 눈곱 덩어리가 굳은 거 아냐, 통차이의 설명을 듣던 누군가가 피식 웃으며 지껄였다. 다른 관광객들은 그가 전하는 썰렁한 설명을 듣는 둥 마는 둥 하며 셀카 놀이에 열중했다.

"다만, 현대의 과학자들은 힐의 꼭대기에서 조개더미가 무더기로 출토되는 것으로 보아 과거에 이 일대가 바다였을 것으로 추측하고 있습니다."

썰렁한 이야기가 통하지 않자 그는 과학적 근거를 대가며 관광객들의 이목을 끌려 하는 것 같았지만 결과는 마찬가지였다. 짙은 선글라스 뒤로 겸연쩍은 표정이 묻어났다. 관광객들은 소원을 이루어준다는 우물에 아무 가치도 없는 필리핀 동전을 던지면서 뭔가를 빌고 있었다. 나와 아내도 우물에 동전을 던졌다.

이십 년 넘게 다니던 직장에서 명예퇴직하고서 아내와 함께 자유여행을 계획하고 필리핀으로 떠났다. 퇴직과 함께 자유를 얻었으니 자유여행이야말로 우리 부부에게 어울리는 여행 콘셉트였다. 출국부터 귀국에 이르기까지 여행사에 여행의 전 과정을 맡기는 패키지여행은 짧은 기간이지만 구속이 작용하는 또 다른 조직이자 사회생활이었다. 여행사 프로그램을 살펴보면 픽업과 샌딩을 가이드가 도와줌에도 전 일정 자유여행이라 광고하는 상품들이 있다. 통차이는 여행사에서 말하는 자유여행 상품은 자유가 여행자에게 있는 것이 아니라 현지 가이드의 손에 있는 것이라고 일러주었다. 즉 도착과 출국 사이의 일정을 가이드가 쥐고 있다는 거였다.

아내와 나는 왕복 비행기 티케팅부터 숙소 예약까지 여행사의 아무런 도움도 없는 완전한 자유여행으로 세부섬 동남 쪽에 위치한 보홀에 왔다. 우리 부부가 원래 여행지로 생각했던 세부는 우리나라 사람들이 가장 많이 찾는 관광지 가운데 한 곳이다. 하지만 대다수의 관광객은 세부 본 섬이 아니라 세부 시티와 다리로 연결된 막탄섬에 다녀올 뿐이다. 국제공항이 막탄에 위치해 있어서 여행자들이 투숙하는 고급 호텔과 리조트도 막탄섬에 있다. 그런데 막탄섬은 원래 해변이 발달하지 않은 돌섬이다. 그럼 여행사에서 홍보하는 리조트 소유의 프라이빗 비치는 뭐냐고? 놀랍게도 그것들은 인공 비치다. 그래서 아침마다 리조트 직원들이 자루에 담긴 산호 가루를 조금씩 뿌려 해변을 유지한다.

들어 알고 있었기에 인공 비치를 피하고자 우리 부부는 막탄섬이 아닌 보홀섬으로 들어온 것이다. 보홀은 다이빙 포인트이자 키세스 초컬릿을 닮은 1천여 개의 오름으로 널리 알려진 곳이다. 마치 신라 시대의 고분처럼 생겼다. 하지만 규모는 신라 왕릉의 몇 배가 넘어 보였다. 패총(貝塚)이 인간의 무덤을 능가하는 것이다.

2

통차이를 처음 만난 건 이십여 년 전 태국의 푸켓에서였다. 아내와 함께 신혼여행으로 다녀온 곳이 바로 푸켓이었다.

푸켓 공항은 국제공항이라고 부르기에는 너무나 아담한 규모였다. 입국 절차를 마친 후 한국인 가이드를 기다리고 있는데 요란한 꽃무늬가 새겨진 남방 차림의 현지인이 우리에게 다가왔다.

"김문섭, 정다윤 커플 맞으시죠."

너무나 유창한 우리 말이었다.

"그렇습니다."

"따라 오시죠."

혹시 우리 돈 몇십만 원에 청부살인도 마다하지 않는다는 말로만 듣던 그 타이 마피아? 나는 아내의 손을 꼭 잡고 멈칫했다.

"왜 그러시죠?"

내 질문에 상대방은 의아하다는 표정을 지었다.

"리조트 안 들어가실 거예요? 지금 다른 일행들이 밖에서 기다리고 있어요."

현지인 가이드로구나, 그런데 우리 말이 너무 능숙하다.

"한국말 참 잘 하시네요. 언제 그렇게 배우셨어요?"

아내로부터 트렁크를 받아 앞장서 가는 그의 뒤에 대고 물었다.

"네? 저 한국 사람입니다. 왜, 태국 사람인 줄 아셨어요? 그런 오해 자주 받긴 합니다."

그는 태국인이라고 해도 누구도 의심하지 않을 만큼 완전히 현지화된 모습이었다.

리조트로 떠나는 버스 안에서 그는 맨 먼저 자신의 이름을 이동찬이라 소개하며 태국에서는 '통차이'라고 부른다고 했다.

"동찬이의 태국식 발음인가요?"

우리 앞 좌석에 앉은 한 남성이 손을 들고 물었다.

"아닙니다. 통차이 맥인따이라는 태국의 국민 가수 이름입니다. 우리나라로 치면 조용필급이라고 보시면 돼요. 절 부르실 때 이제부터 그냥 편하게 통차이라고 부르세요."

버스는 시골 색시처럼 수줍은 모습의 공항을 뒤로하고 달리기 시작했다. 소박한 푸켓의 정경이 차창으로 들어왔다. 야자수를 관중 삼아 마을 공터에서 웃통을 벗은 채 공을 차는 사람들과 저수지에서 한가로이 물을 마시는 뿔이 긴 흰 소들 그리고 포르투갈풍으로 멋을 부려 지었다는 단독주택들이 먼 곳에서 찾아온 여행자를 남국의 정취에 흠뻑 젖게 했다.

리조트에 여장을 풀고 다시 밖으로 나와 한식으로 저녁을 먹고 나서 통차이가 일정에 대해 의논하자며 일행을 불러 모았다. 프로그램대로 진행하면 되지 무슨 일정 협의를 말하는 것인지 알 수가 없었다. 원래 일정대로라면 당일은 더 이상의 공식 일정이 없었고 다음날 007 영화로 널리 알려진 제임스 본드 섬을 관광하고 그 다음날은 레오나르도 디카프리오 주연의 영화 '비치'의 무대인 피피섬으로 떠나는 스케줄이었다.

통차이는 야간 옵션부터 꺼냈다.

"식사 맛있게 하셨죠? 식당 주인이 원래 강남에서 한정식집을 크게 운영하다가 IMF 직후에 부도 맞고 여기서 재기하신 분이에요. 혹시 백제한정식이라고 들어 보신 분?"

몇 사람이 손을 들었다.

"여기는 IMF랑 무관할 것 같아도 실은 저도 그때 보릿고개였어요. 손님이 없어도 너무 없어서 이곳 생활을 접고 귀국하려 했는데, 한국도 구조조정한다고 멀쩡한 사람도 내보내는 판에 들어가 봐야 할 일이 없겠더라고요. 그래서 버티다 보니 한두 분씩 다시 찾기 시작하고 도움을 주시더라구요. 혹시 세계 3대 쇼가 뭔지 아시는 분?"

이번엔 아무도 손을 들지 않았다.

"파리의 리도쇼, 하이난의 송성가무쇼 그리고 파타야의 알카자쇼를 가리켜 3대 쇼라고 하죠. 그런데 태국에서는 알카자쇼보다는 이곳 푸켓의 사이몬쇼를 더 쳐줍니다. 아마 여러분들도 푸켓을 신혼여행지로 고르셨을 때는 사이몬쇼에 대해 들어보셨을 텐데요, 여기까지 오셔서 사이몬쇼를 보지 않고 그냥 간다, 그러면 돌아가서 할 말이 없죠."

알카자쇼나 사이몬쇼는 태국에서는 카토이라고 부르는 남성에서 여성으로 성을 바꾼 성전환자들이 벌이는 무대 공연으로 알카자나 사이몬은 쇼를 상연하는 극장 이름이기도 했다.

"그거 혹시 퇴폐 쇼 아니예요?"

리조트로 오는 버스 안에서 통차이가 동찬이의 태국식 발음이냐고 물었던 남성이었다.

"노노노노노우, 보시면 아시겠지만 태국의 기원을 보여주는 서사극입니다. 관광객들을 위해 특별히 우리나라나 일본 등의 민속무용도 보여주고요."

큰일 날 소리를 들은 듯 통차이가 황급히 손을 내저었다. 문화체험이라는 통차이의 말에 퇴폐 쇼 운운한 커플만 빼고 나머지 일행은 야간 옵션으로 사이몬쇼를 선택했다.

"다음은 모레 진행되는 피피섬 관광에 대해 말씀드릴까 해요. 영화 비치 보고 오신 분."

나와 아내를 비롯한 대부분의 커플이 손을 들었다. 비치는 그해 초에 국내 개봉한 할리우드 영화였다. 아마 다른 커플들도 우리처럼 영화 상영 내내 손을 꼭 잡고 영화를 관람했을 것이다. 그리고 영화의 무대인 마야 베이의 아름다움에 홀려 푸켓을 신혼여행지로 선택했을 것이다.

"피피섬은 말이죠. 영화 때문에 지금은 목욕탕입니다. 그리고 새벽 여섯 시에 출발해서 점심 먹고 오후 한 시에 돌아오는 배를 타야 하거든요. 배 시간이 그것밖에는 없어요. 일정이 너무 타이트하고 만약 기상 상황이 좋지 않으면 뱃멀미도 감수하셔야 되고요."

"그래서 어쩌자는 말씀이신지……."

이번에도 피곤하다며 야간 옵션을 포기한 커플의 남성이 팔짱을 낀 채 통차이에게 질문했다.

"피피섬 대신에 제가 추천드리는 코스는 꼬히라고 부르는 산호섬 관광입니다."

꼬히? 들어본 적 없는 섬이었다.

"아주 가까이 있어서 배를 빌려서 오가기 때문에 나오는 일정을 우리 맘대로 조정할 수 있습니다. 푸켓의 숨겨진 보석이죠. 개인적으로 볼 때 피피섬보다 물빛도 훨씬 아름답고 무엇보다 한적해서 좋다니까요."

통차이의 말에 각각의 커플들끼리 의견을 나누었다.

"피피나 꼬히나 모두 산호초로 둘러싸인 곳인데 거기서 거기 아니겠어?"

통차이의 말을 듣고 어디서든 산호초 바다에서 해수욕이나 실컷 즐기고 싶다는 마음에 피피섬 대신 꼬히로 들어가면 어떻겠냐고 아내에게 물었다. 아내도 같은 생각인지 반대하지 않았다. 다른 커플들도 뱃멀미가 걱정되고 리조트에서 차려주는 아침밥도 못 먹고 떠나는 게 싫었던지 꼬히를 선택했다.

"그럼 다들 여기 사인해 주시죠."

통차이는 현지 기상 악화로 부득이하게 행선지를 변경했다는, 국내 여행사에 보내는 일정 변경 사유서를 커플들에게 돌렸다.

"그런데요……."

사이몬쇼를 포기한 남성이었다.

"그럼 차액은 어떻게 되는 건가요?"

남성의 말은 먼 피피섬 보다는 가까운 산호섬에 들어가는 것이 비용이 훨씬 저렴할 테니 여행비 일부를 환불해 주는 것이 옳지 않느냐는 것이었다.

"방금 기상 악화에 따른 변경이라고 사인해 주시고는…… 손님, 기상 악화로 인한 일정 변경에 대해서는 따로 환불 규정이 없어요."

통차이가 곤혹스러운 표정을 지었다.

어디서 소울음 소리가 길게 들려왔다.

"그냥 넘어갑시다. 산호섬도 좋다는구만……."

"그래요."

그냥 넘어가자는 다른 커플들의 주장에 사이몬쇼를 포기한 남성도 더는 환불 운운하지 않았다. 하지만 잔뜩 불만 섞인 표정으로 차액이 가이드의 주머니에 들어갔다고 우리 부부를 보며 슬쩍 말했다.

"그럼 다들 동의하셨으니까 한 커플 빼고 사이몬 캬바레로 출발하도록 하겠습니다."

막이 오르고 공연이 시작되자 수영복 차림의 무희들이 무대 위에 올라와서 춤추며 노래 부르기 시작했다. 공연은 단순 가무와 태국의 기원을 보여주는 서사극 그리고 주로 한국인과 일본인들로 보이는 관람객들을 위한 각국의 민속무용 순서로 진행되었다. 통차이의 설명으로는 배우들의 80%는 이미 성전환하여 여성화되었다고 하는데 신장과 상체의 볼륨은 타고 나거나 의학적 도움이라고 치더라도 각선미는 어찌 그리 미끈한지 사실은 진짜 여성들이 올라와서 춤을 추고 있는 것이 아닌지 의구심이 들 정도였다. 하지만 만약 진짜 여성들이 펼치는 공연이라면 관광상품으로서의 가치가 없을 것으로 보이기도 했다.

돌아오는 길에 통차이는 태국에 게이들이 많은 이유에 대해 설명했다.

"첫째는 수인설입니다. 물에 석회질 성분이 다량으로 함유됐기 때문이라고 합니다."

의학적인 설명은 못 돼는 것 같았다.

"둘째는 전통적으로 여성들이 전쟁에 참가하다 보니 수가 줄게 되어 남성들끼리 사랑을 하게 되었다고 합니다. 그 결과 게이가 증가한 거죠."

통차이는 의학적 설명에 이어 역사적 배경을 꺼냈다.

"셋째는 아유타야 왕조 시절에 인근의 미얀마와 2백년 전쟁을 치르면서 남아들을 군대에 보내지 않으려고 여성처럼 키운 결과 게이가 증가했다고도 합니다."

전통적으로 여성들이 참전했다는 두 번째 설명과 달랐지만, 아무튼 가장 그럴싸한 이야기였다.

설명을 마친 통차이는 차를 세우더니 일행을 내리게 했다.

"이곳은 전통 야시장입니다. 진짜 태국 사람들이 사는 모습을 볼 수 있는 현장이죠."

과일이 아니라 마치 해산물처럼 보이는 이름과 종류를 알 수 없는 갖가지 과일들이 다양한 향내를 풍기며 진열돼 있었다. 내가 바나나와 파인애플 같은 건 없냐고 묻자 통차이는 그런 건 여기서는 과일의 족보에도 오르지 못한다고 했다.

"과일의 황제라는 두리안입니다."

사이몬쇼 관람객을 위한 특별 서비스라며 통차이가 노점에서 두리안을 사서 일행들에게 맛보길 권했다. 통차이는 호텔에서는 반입을 금하는 과일이라 여기서 맛을 보라고 했다. 똥 냄새가 났다.

이튿날 제임스 본드 섬 관광에 이어 우리는 셋째 날 산호섬으로 떠났다. 전날 천천히 아침 먹으러 나오라는 통차이의 말을 듣고는 여덟 시에 리조트의 레스토랑에서 남국의 바다를 보며 입맛을 즐겼다.

식사를 마친 우리 일행은 가까운 부두로 출발했다.

"산호섬까지는 시간이 얼마나 걸리죠?"

"스피드보트로 10분 정도 걸립니다."

"그럼 헤엄쳐서도 갈 수 있는 거린가요?"

환불 운운하던 남성이 웃으며 질문하자 통차이가 대답했다.

"오늘 한 커플은 헤엄쳐서 가십니다."

영화 '비치'를 보면 디카프리오가 분한 리처드와 프랑스 커플이 영화 속의 신비의 섬인 피피섬까지 헤엄쳐서 가는 장면이 나온다. 아마 환불 운운하던 남성은 그 장면을 떠올리며 물었는지도 모르겠다.

통차이가 빌린 보트는 아주 작은 쾌속선으로 배가 큰 파도를 넘을 때마다 엉덩이가 얼얼할 정도로 들렸다가 떨어지고는 했다.

흰 구름이 마치 빙산처럼 바다에 떠있었다. 야자수 그늘에서 해풍에 몸을 씻기고 있으니 마음이 가벼워지며 졸음이 솔솔 쏟아진다. 얼마나 선계(仙界)를 꿈꾸었을까? 점심 먹으러 가자는 통차이의 말이 들려왔다.

나가고 싶을 때 나간다던 말과 달리 점심을 먹고 나자 통차이가 그만 리조트로 돌아가자고 했다. 우리 일행은 의아하게 생각하면서도 통차이를 따라 다시 보트에 올랐다.

리조트로 돌아가는 길이 오던 길과 달라 조금 이상한 느낌이 들 무렵, 통차이는 가보면 눈에서 번쩍번쩍 광채가 난다며 J 갤러리라는 보석 백화점으로 우리 일행을 데리고 갔다.

갤러리의 규모가 무척 크고 진주를 비롯한 갖가지 보석류가 보기 좋게 진열돼 있어서 관광 코스로 해도 될만한 수준이었다. 커플들은 나름 상대에게 줄 선물 그리고 귀국 선물을 알뜰하게 샀지만 통차이는 양에 차지 않는다는 표정을 지어 보였다.

"제가 신혼 커플들에게 이곳을 소개하는 이유는 영원한 사랑을 꿈꾸

시라는 건데, 어째 남편분들 사랑이 좀 그러네······ 들어보셨죠? 다이아
몬드는 영원하다고."

보석 백화점에서 나온 우리는 통차이의 안내로 몇 군데 토산품 가게
와 면세점을 더 들르고는 이른 시간에 저녁을 먹었다. 한국인이 운영하
는 식당이었다.

"남편이 가이드였는데 몇 해 전에 그만 죽었어요. 어떻게 합니까. 동
포끼리 돕고 살아야죠."

우리 일행은 남편을 잃은 여주인이 운영하는 한식당에서 삼겹살을 안
주로 소주를 마셨다.

저녁을 먹고 리조트로 들어가나 했는데 통차이가 이번엔 일행들에게
태국 황실 마사지를 권했다.

"한국에서도 받아 보셨겠지만, 차원이 달라요. 사실 저는 매일 받는
데, 받고 나면 원기가 생동하는 느낌? 뭐라 말하기가 그런데······ 아침에
일어나면 달라요. 하여튼 남성들에게 아주 좋고 여성들에게도 물론 좋
죠. 원래는 궁중 비법으로 전수된 의료 행위로······."

마사지 샵은 통차이가 장기 투숙하는 호텔에 있는 곳이었다. 마사지
를 받지 않는 커플은 통차이가 자기 차로 따로 리조트로 데려가고 나머
지는 배정된 룸으로 들어갔다. 아내와 내가 잠옷같이 편한 복장으로 갈
아입고 누워 있자 어린 소녀들로 보이는 마사지사들이 들어왔다. 도대
체 몇 살일까? 손뿐만이 아니라 발과 팔꿈치, 무릎 등 압력을 가할 수 있
는 모든 신체 부위를 동원해 여기저기를 두드리고 눌러도 통차이의 말과

달리 별로 시원하지 않다. 밤이든 아침이든 뭔가 달라질 것 같은 느낌이 전혀 들지 않았다. 오후 내내 고된 일정이었다. 자연스레 스르르 눈이 감겼다.

여행을 마치고 한국으로 돌아가는 날이었다. 몇 군데의 면세점과 토산품 가게를 더 들른 끝에 푸켓에서의 모든 일정을 마쳤다. 일행의 꾸러미는 늘어났지만 통차이는 아쉬운 표정이 가득했다. 우리와 헤어지는 것이 아쉬운 게 아니라 우리 일행이 쇼핑에 적극적으로 협조하지 않았기 때문일 것이다. 사이몬쇼를 비롯해 일정 내내 노 옵션을 선언한 커플이 일행을 대표해서 통차이에게 팁을 건네고 통차이는 일행들에게 행복하게 살라며 항공권을 돌렸다.

3

통차이는 여행은 백지 위에 그리는 그림이라고 설명했다. 그림이 만족스러울 수도 그렇지 않을 수도 있지만 분명한 사실은 바로 내가 그렸다는 것이다. 아무리 못 그린 그림이라고 하더라도 내가 만족하면 그 그림은 걸작의 감흥을 일으키는 것이며, 잘 그린 그림일지라도 내가 만족하지 못하면 졸작일 뿐이다. 즉 스스로 어떻게 생각하느냐에 달린 것이다. 여행도 마찬가지일 것이다. 망쳤다고 생각하는 순간 그 여행은 엉망진창이 되는 것이고 여행 중에 사소한 문제가 발생했다고 하더라도 여행의 전체

를 보고 만족하면 만족스러운 것이다.

아내와 나는 신혼여행이라는 그림을 망치고 싶지 않았기에 좋은 점만 기억하려 했지만, 피피섬을 다녀오지 못한 것에 대한 아쉬움을 떨칠 수는 없었다.

"다시 다녀올 수 없을까?"

"어딜? 푸켓을 또?"

"아니, 다른 곳이라도."

남국의 에메랄드빛 바다가 눈에 잡힐 듯 아른거렸지만, 에메랄드빛 바다에 다시 몸을 담그기까지 몇 년의 시간이 필요했다. 바로 아이가 생겼기 때문이다.

마침 막 개화하던 인터넷을 타고 여행 관련 사이트와 카페가 우후죽순처럼 생겨나던 시기였다. 퇴근 후에는 에메랄드 빛 바다에 다시 몸을 담글 생각을 하며 여기저기 여행 사이트를 넘나들면서 웹 서핑을 했다.

피피섬으로 떠나는 시각 : 09:30, 피피섬에서 출발하는 시각 : 15:30.

'자유여행자 클럽'이라는 이름의 인터넷 사이트에 어느 현지 여행사의 푸켓과 피피간의 운항 스케줄이 공개되어 있었다.

배 시간이 몇 년 새 크게 바뀌었을 것 같지는 않았다. 통차이에게 제대로 속은 것이었다.

사이트의 여행 정보는 방대했다. 푸켓 - 피피간 뱃삯뿐만 아니라 사이몬쇼, 마사지 등의 실제 가격은 물론 보라카이, 괌, 사이판, 팔라우, 발리 등 가까운 동남아 해변 휴양지 여러 곳의 여행 정보가 상세히 수록되어 있었다.

당시 태국 국왕이던 라마 9세의 긴 이름 '프라워라웡트 프라웅짜오 푸미폰 아둔야뎃'의 한 부분인 푸미폰이라는 닉네임을 사용하는 운영자는 사이트에서 거의 신격화된 존재였다. 그는 칼럼을 통해 현지 가이드가 돈이 안 된다며 관광객을 버리고 사라진 사례 등을 들며 패키지여행의 폐해를 고발하고 자유여행의 장점을 강조했다.

깃발 따라서 우르르 몰려다니는 패키지여행이 발달한 나라는 우리나라하고 일본밖에는 없습니다. 우리나라하고 일본 사람들이 영어를 못해서 라고요? 우리나라랑 일본 사람들 말고도 영어 못하는 사람들 많습니다. 그리고 영어가 통하지 않는 나라도 많습니다. 필리핀을 빼면 태국이나 다른 동남아 국가 사람들도 영어 진짜 못해요. 영어 못해서 여행 못한다는 것은 핑계일 뿐입니다.

푸미폰은 시대를 앞서간 사람이었다. 유료 사이트인 '자유여행자 클럽'에서 그는 회원들에게 패키지여행의 폐해와 단점을 일러주는 한편 태국 자유여행, 필리핀 자유여행, 발리 자유여행 같은 자유여행의 기술을 전수했다. 보다 상세한 정보를 얻으려는 여행자는 오프라인 사무소를 찾아가 별도의 비용을 내고 상담을 받아야 했다. 말하자면 푸미폰은 당시에는 생소하던 여행 플래너의 창시자였던 셈이다.

"우리나라 사람들이 패키지로 흔히 가는 괌이나 사이판, 세부 같은 곳은 사실 여행사를 통해 들어갈 필요가 전혀 없는 곳이에요. 공항이랑 호텔이 가깝고 솔직히 어디 다닐 만한 곳도 별로 없거든요. 그저 리조트와 비치에서 푹 쉬다 오는 콘셉트죠. 공항에서 호텔 오가기가 어려우시면 호텔에 미리 연락해서 픽업이나 샌딩 서비스 받으실 수 있고요, 시내 관광은 현지 여행사에서 진행하는 데이 투어를 이용하면 저렴하게 둘러보실 수도 있어요."

그러면서 푸미폰은 참고하라며 현지 여행사 연락처 등을 따로 출력해주었다.

"그럼요. 한국인이 운영하는 현지 여행사도 많지요. 이래도 막히면 현지 한인 여행사에 물어보세요. 다들 친절하게 알려줄 거예요. 어차피 국내 여행사들도 현지 한인 여행사에 여행객들 보내는 건데, 이 과정에서 비용을 지급하지 않는 경우가 많습니다."

푸미폰은 현지 여행사가 한국인이 운영하는 곳이냐고 묻는 내게 이렇게 대답했다.

"그럼 현지 가이드들은 어떻게 생활하죠?"

그때까지 어떠한 질문에도 막힘이 없이 술술 대답하던 푸미폰은 가이드들의 생존 비법을 물어보자 잠시 뜸을 들였다.

"여행자들을 말이죠…… 식당, 면세점, 마사지 숍, 토산품 가게 등으로 끌고 다니면서 커미션을 챙기는 거죠. 웃돈을 얹어 선택 관광을 안내하기도 하고요. 심지어 서바이벌 게임 같은 한국인 관광객만을 위한 선택 관광 프로그램이 별도로 마련되어 있기도 해요. 패키지여행 다녀보셨다면서 모르셨어요?"

씁쓸히 말하는 푸미폰의 모습에서 우리 일행이 거의 빈손으로 J 갤러리를 나설 때, 당황과 원망이 섞인듯한 묘한 빛을 발산하던 통차이의 표정이 묻어났다.

놀랍게도 '자유여행자 클럽'의 운영자 푸미폰이 바로 그 통차이였던 것이다. 하지만 자유여행의 기술을 전수하는 그는 나와 아내를 전혀 알아보지 못했다. 기억하지 못하는 것이 당연할 것이다. 해외 가이드로 일하면서 얼마나 많은 여행자를 받았겠는가.

푸미폰의 도움으로 자유여행을 다녀와 후기와 최신 정보를 올리면서 '자유여행자 클럽'의 주요 회원이 된 나는 그 후로도 몇 번이나 푸미폰을 만나 여행 상담을 받고 동남아 이곳저곳을 방문했다. 나중에는 여행사에서는 들어가지 않는 오지 같은 곳도 호기롭게 다녔다. 십여 년 전 방문했던 필리핀 서쪽의 팔라완주에 위치한 부수앙가라는 섬은 필리핀 최후의 개척지라고 불리던 곳이다. 곳곳이 비포장 상태일 정도로 관광 인프라를 갖추지 못한 지역이었다. 구름이 무거워 보이던 어느 밤, 오토바이를 개조해 만든 트라이씨클을 타고 다운타운에서 호텔로 돌아가다가 그만 진흙탕에 갇히고 말았다. 시내 관광을 하는 동안 작달비가 쏟아진 모양이었다. 트라이씨클에서 내린 나는 기사를 도와 트라이씨클을 밀고 가족들은 트라이씨클의 라이트에 의존한 채 열대의 밤이 뿜어내는 후덥지근한 입김 속에서 한동안 뻘을 걸었다. 땀을 쏟으면서 담배를 피워대던 기사는 미안하다는 표정으로 '시가레또'하며 권하기도 했다. 사서 고생이라는 말이 절로 생각나는 밤이었다. 하지만 자유여행은 고생이 아니라 고행 같은 것이다. 이후 몇몇 국내 여행사에서 부수앙가 투어를 패키지로 선보인 적이 있었지만 얼마 못 가 사라졌다.

푸미폰은 온라인 활동뿐만 아니라 패키지여행의 문제를 파헤친 뉴스 출연과 칼럼 기고 등 대외 활동도 활발하게 했다. 자유여행자들이 증가하는 만큼 성장이 기대되던 그의 사업이 기울어진 건 인터넷 정보의 범람 때문이다. 정보의 난무로 유료 사이트인 '자유여행자 클럽'의 회원 수가 급감하고 유료 상담도 점차 사라졌다. 게다가 푸미폰이 각종 신문에 칼럼을 기고해 여행산업의 문제점을 고발하자 여행사들이 그를 견제하기 시작했다. 그의 칼럼을 싣는 신문사에 광고를 빼면서 압박한 것이다. 사람들로 북적이던 사이트는 문을 닫았고 신문에서 그의 칼럼은 사라졌다. 그 후 대한민국 최초의 여행 플래너이던 그의 행방은 묘연해졌다. 자유여행자들 사이에서는 퉁차이가 마치 람보처럼 인도차이나반도 깊은 산속 어딘가나 인적이 드문 필리핀의 섬으로 들어가 해외 자연인이 되었다는 그럴듯한 말도 돌았지만 확인할 수 없는 일이었다.

4

초컬릿 힐 관광을 마치고 리조트로 돌아와서 침대에서 뒹굴며 시간을 죽이다가 아내와 거리로 나갔다. 리조트 밖에서 줄줄이 대기하고 있던 트라이씨클 기사들이 어디까지 가냐며 우리를 따라붙는다. 그냥 산책 중이라며 무시해 버리고 걷자 몇 걸음 떼기도 전에 새로운 트라이씨클이 따라붙었다. 필요하면 언제라도 부르라며 명함을 건네는 트라이씨클 기사에게 사진 찍어도 되냐고 묻자 웃으면서 손가락으로 V를 만들어 포즈를 취한다.

잘 정돈된 리조트 시설과 혼란스러운 바깥세상은 하늘과 땅만큼이나 차이가 컸다. 오래전에 여행 상담을 받는 우리 부부에게 통차이가 그랬다. 필리핀은 1950년대와 2000년대가 공존하는 공간이라고. 통차이의 말마따나 거리의 풍경과 사람들의 순박한 모습은 대체로 사진 속 우리나라의 1950~60년대 모습과 비슷해 보였다.

트라이씨클만큼이나 많이 눈에 띄는 건 '사리사리 스토어'라고 부르는 현지의 구멍가게들이다. 서너 평도 되지 않을 공간에는 술이나 담배 같은 기호품부터 먹거리와 갖가지 잡화품이 발 디딜 틈도 없이 빼곡히 쌓여 있거나 어지럽게 걸려 있다. 가정집을 겸한 곳에서 온 식구가 한가롭게 부채질을 하며 더위를 날리는 모습도 볼 수 있었다. 우리나라의 편의점만큼 수도 없이 많은 게 필리핀의 사리사리 스토어다. 다닥다닥 붙어있는데도 장사가 되는지 궁금했다. 어린 아들과 젊은 아버지로 보이는 두 사람이 무료하게 손님을 기다리는 어느 가게에 들렀다. 짐작대로 부자가 맞았다. 엎드려 만화책을 보는 아이는 열두 살이라고 하고 아버지는 서른이라는데 아들만 셋을 두었다며 심한 덧니를 드러내고 씩 웃는다. 막내는 갓 태어났다고 한다. 잠시 얘기를 나누다가 산 미구엘 네 병을 달라고 하자 아이가 만화책을 덮고 일어나 '아이스드 비어'라며 냉장고에서 꺼내 준다. 알고 있던 편의점 가격보다 비쌌다. 가까운 편의점으로 가자는 아내의 권유에도 셈을 치르고 돌아섰다.

　편의점 창업을 생각했던 것은 그 유명한 소설 때문이 아니다. 소설 속
에 등장하는 조금 덜떨어진 사내는 우연히 편의점 주인을 도와준 것을 계
기로 편의점에서 아르바이트를 시작한다. 덜떨어진 사내도 거뜬히 해냈
으니까 나도 한번…… 그게 아니라 아버지 때문이다.

　부산에서 중학교를 졸업한 아버지는 한동안 놀다가 서울에서 은행 임
원을 하는 친지의 도움으로 지점 수위로 입행하게 되었다. 몸무게 미달
로 군대를 면제받은 아버지는 은행에 지원 당시 복대를 차고 신체검사를
겨우 통과했다고 한다. 그렇게 입행해서 십여 년을 은행에서 일하고 아
버지는 도로포장도 되어 있지 않던 서울 변두리에 조그마한 집 한 칸을
마련했다. 마을을 둘러 하천이 흐르고 여름이면 하천 변에서 개를 잡던
그런 곳이었다. 동네 어귀에서 살림집을 겸한 구멍가게를 운영하던 아버
지는 나중에 큰 길이 나자 슈퍼라고 간판을 내걸었다. 아버지는 그곳에
서 사십 년이 넘도록 슈퍼를 운영하면서 세 아들을 대학에 보냈다.

　간단한 생필품과 식료품 등을 취급하던 아버지의 슈퍼는 동네 주민
들의 사랑방이기도 했다. 한가할 때 아버지는 슈퍼에서 동네 아저씨들과
화투를 치며 시간을 보냈다. 그럴 때는 나와 동생들이 슈퍼를 보기도 했
다. 슈퍼 밖에 쳐놓은 파라솔 아래에서 사람들은 땅콩 부스러기를 안주
로 늦도록 맥주를 마시기도 했다. 슈퍼 문을 닫을 시간이면 사람들은 미
리 계산하고 술과 안줏거리를 집어서 가지고 나갔다. 그러다가 우리 형

제와 눈을 마주치면 새우깡이나 오징어땅콩 같은 과자를 건네기도 했다.

'나까마'라고 부르는 중간상인들로부터 물건을 떼어다가 이문을 붙여 파는 것만으로는 부족해서 어머니는 하굣길의 학생들에게 라면도 끓여서 팔고 겨울에는 어묵도 삶았다. 라면 한 그릇이라도 더 빨리 더 많이 팔기 위해 어머니는 학생들이 오면 미리 삶아서 양은냄비에 담아 놓았던 면에 국물을 부어 내놓았다. 그러면 학생들은 수프를 면에 비벼 게눈 감추듯 냄비를 싹 비웠다.

아버지의 슈퍼가 문을 닫은 건 십여 년 전이다. 그러니까 아버지는 자식들이 장성하고 각자 자리를 잡은 후로도 슈퍼 운영을 계속했던 것이다.

지역이 재개발되고 아파트가 올라갔지만, 동네의 틀이 완전히 바뀌지는 않았다. 하천 주변은 말끔하게 단장되어 아파트 주민들과 반려견의 휴식 공간으로 거듭났다. 마을 입구에 있던 아버지의 슈퍼는 2천 세대 규모의 대단지 아파트 건너편에 위치하게 되었다. 매상이 몇 배로 오를 것 같은 기분 좋은 예감이 들었다. 은퇴 후에는 아버지의 슈퍼를 이어받으면 될 것 같았다. 하지만 아파트가 반도 올라가기 전부터 돈 냄새를 맡은 정장 차림의 남성들이 손에 선물 꾸러미를 들고 부지런히 아버지의 슈퍼를 찾아오기 시작했다. 편의점으로 전환하거나 가게를 내놓으라고 권유하기 위해서였다. 프랜차이즈 편의점뿐만 아니라 커피전문점, 햄버거 체인 등도 아버지를 만나러 슈퍼를 들락거렸다.

아파트 단지 내에도 몇 군데 입점할 예정이라 늦을수록 가격이 떨어질 것이라는 회유에도 끈질기게 버티던 아버지는 아파트 단지 내에 세 곳의 각기 다른 대기업 편의점이 입점하고 매상이 크게 떨어지자 결국 두 손을 들고 말았다. 더는 가게 내놓으라는 편의점도 커피전문점도 없어 부동산에 가게를 세놓은 것이다. 시중은행 임원 출신이라며 어깨에 잔뜩 '뽕'이 들어간 사장이 운영하던 부동산은 다시 철물점으로 간판을 바꿔 달았다.

"점포가 본사 소유인지, 본사와 가맹점주 공동 소유인지, 가맹점주 소유인지에 따라 수익률이 많이 달라요. 본사 소유면 가맹점주 수익이 24시간 기준으로 매출의 삼분의 이를 넘기는 어렵고요, 자가면 많게는 80프로 이상 가져가실 수도 있어요. 또 임차료나 인테리어와 집기 등을 누가 투자하느냐에 따라 달라지기도 합니다. 하지만 뭐니 뭐니 해도 가장 중요한 건 목이에요. 아무리 수완이 좋아도 기본적으로 손님이 들지 않으면 안 되는 게 편의점이거든요. 목이 7할이라고 봐야 해요."

나오려는 한숨을 애써 꾹 눌렀다. 그런 내 표정을 살펴보던 컨설턴트가 편의점 '알바' 경험은 있느냐고 했다.

편의점 본사의 창업 컨설턴트들은 하나같이 편의점 '알바' 경험이 있느냐고 물어봤다. 배운 게 도둑질이라고 아버지가 하던 슈퍼나 편의점 운영이나 뭐가 크게 다를까 싶었다. 아버지 대신 슈퍼를 지킨 적이 많으니 '알바' 경험은 있는 거나 마찬가지 아닌가. 하지만 컨설턴트의 설명을 듣고 보니 점포를 위탁받아 편의점을 경영하면 사실상 대기업에 기간제로 고용되는 것이나 마찬가지 구조였다. 고용인이라고 하더라도 프랜차이즈 가맹비나 물품비 같은 비용이 따로 들어가고 여기에 보증금과 인건비가 추가되었다. 수익률 면에서 훨씬 낮다고 하지만 기존 점포를 인수해서 운영하면 권리금이, 임차하면 월세가 발생했다. 그냥 있어도 절로 장사가 된다는 목이 좋은 곳은 권리금만 해도 수억 원대, 월세는 수백만 원에 이르렀다.

저녁 식사를 마치고 방에 들어와 사리사리 스토어에서 사온 산 미구엘을 냉장고에서 꺼내 마셨다.

"아까 그 남자……."

"그 남자? 누구?"

"초컬릿 힐에서 본 가이드 말이야."

"가이드가 왜?"

"통차이 같지 않아?"

"통차이? 푸미폰? 그 투어 플래너? 그러고 보니 그런 것 같기도 하네. 근데, 그 사람이 왜 여기서 가이드 생활을 해?"

"그건 모르지. 사업 접고 동남아로 사라졌다고 하더니만……."

머리도 식힐 겸 푹 쉬러 여행을 떠났지만, 노년을 앞둔 부부가 완전한 자유 속에서 얻을 수 있는 것은 딱히 없었다.

"내일은 뭐 할 건데?"

"글세, 마사지나 받고 천천히 생각해 보지 뭐."

특별히 남자 마사지사에게 마사지를 받고 와서 다음날 일어나니 이번엔 너무 세게 받은 듯 몸살 기운이 있었다. 죽 한 사발로 간단히 아침을 마치고 진통제를 복용하자 나아지긴 했지만 만사가 귀찮았다. 침대에 누워있는 내게 아내가 바닷바람이나 쐬러 다녀오자고 조른다.

보홀에서 바닷바람을 쐬려면 다이빙 포인트로 유명한 발라카삭으로 호핑 투어를 떠나야 한다. 거북이와 함께 헤엄칠 수 있는 청정 해역이다. 그런데 오가는 방법이 복잡했다. 차를 타고 이동해서 부두에서 다시 방카라고 부르는 투어용 보트를 빌려 타고 나가야 한다. 트라이씨클을 타야 하나?

갑자기 머리가 지끈거렸다. 고민 끝에 발라카삭까지 갈 수 있는 가장 쉬운 방법을 떠올리고 리조트 바깥으로 나갔다. 여러 투어 부스 가운데 한국인이 운영하는 곳을 찾아 무작정 들어갔다.

"혹시 통차이 아세요?"

"통차이라뇨? 그게 뭐죠?"

부스를 지키던 직원은 통차이를 다이빙 장비로 오해한 듯했다. 아차 싶었다. 필리핀에서 태국에서 사용하던 닉네임을 사용할 리 없는 것이다.

"통차이가 아니라 그러니까…… 이동찬씨요."

"이동찬씨요?"

"네, 투어 가이드하시는 분."

"이동찬? 아, 프레디…… 그 분은 다른 여행사 소속인데요."

직원은 그러면서 한 블록 더 가서 한비투어 여행부스를 찾으라고 친절하게 일러줬다. 하지만 그를 만날 수가 없었다. 이미 단체 관광객을 인솔하고 초컬릿 힐로 떠났다고 한다.

"마침…… 운이 좋으시군요. 저희가 다이빙 전문 가이드로 모실게요. 발리카삭은 운이 좋지 않아도 돌고래와 커다란 바다 거북이를 볼 수 있는 곳입니다. 운이 좋으면 무리를 만나실 수도 있고요. 어느 리조트에 계시죠? 몇 시에 모실까요? 장비는 저희 것을 쓰시면 되니까, 저희는 장비도 최고급을 써요. 결제만 해주시면 지금 바로 떠나실 수도 있습니다."

수정 같은 바다가 비단처럼 펼쳐져 있었다. 방카는 그 바다 위를 달음박칠쳤다. 엉덩이가 들썩거릴 때마다 디스코 팡팡에 올라탄 듯 몸의 중심을 잡기가 어려웠다.

가이드는 우리나라에서 대학을 마치고 필리핀으로 왔다는 딸 같은 아가씨였다. 체대에서 태권도를 전공했고 스쿠버 경력은 오 년이라고 했다.

"답답한 체육관에서 아이들 발차기 자세 가르치는 것보다 탁 트인 바다에서 거북이랑 노는 게 좋을 것 같아서요."

작년에 보라카이에서 가이드 생활을 시작했다는 그녀는 얼마 전에 보홀에 들어왔다고 했다. 팔라완 제도의 부수앙가섬을 아느냐고 물었더니, 바다가 정말 깨끗하고 좋은 곳이라고 들었다고 말한다.

"덕분에 아주 편안하게 고생 안 하고 잘 다녀왔어요."

리조트 현관 앞에서 작별인사하며 팁을 건네는 우리 부부에게 그녀가 돌아가시면 소개해 달라며 명함을 준다. 거북이가 헤엄치는 발리카삭의 바다처럼 머리가 맑아졌다.

의원면직

1

일주일에 한 번 정도 그녀와 따로 만나서 저녁 먹고 술 마시고 모텔 가서 섹스하기. 병섭 씨의 삶의 공식이었다. 매번 나오는 시험 문제처럼 익숙한 패턴이었다. 그런데도 서투른 축구선수가 때린 공이 골문 근처에 이르지 못하듯 오답을 냈다. 신촌에서 그 녀석을 만나고부터 오답이 잦다. 하필 그때 마주칠 것이 뭐람. 개자식, 차라리 어떤 관계냐고 물어보기라도 하든지.

"괜찮아. 뭐 그럴 수도 있지. 그런데 무슨 일 있어?"

겸연쩍게 천정을 보고 있는 병섭 씨 쪽으로 돌아누우며 지수경이 팔베개했다.

"뭐야, 웬 식은땀을 이렇게 흘러. 힘들었어? 고작 요거하고?"

그녀가 병섭 씨의 귓가를 타고 흘러내리는 땀을 자신의 손바닥으로 닦아주었다.

괜찮다더니, '고작 요거?' 병섭 씨는 지수경의 마음을 헤아릴 수가 없다.

"한 번 더 할까?"

병섭 씨는 한 번 더 힘껏 지르고 싶은 축구선수의 심정이었다.

"한 번 더 하면 잘할 수 있겠어?"

기회를 더 준다는 뜻인가. 그만하자는 말인가. 병섭 씨는 침대에서 몸을 일으켰다.

"왜 그만하려고? 같은 문제만 반복해서 푸니까 지겨워졌어?"

"아니……."

기회를 더 준다는 뜻이었나? 일어선 병섭 씨는 아무렇게나 벗어 던진 옷가지를 챙겼다. 한 번 틀리는 것은 실수라고 해도 두 번 틀리면 실력이다. 그러면 쪽팔린다. 자존심은 지켜야 하지 않겠는가.

"같이 일하는데, 스트레스는 혼자만 받나 뭐?"

카피라이터인 병섭 씨와 같은 팀에서 아트디렉터로 일하는 그녀도 투덜거리면서 따라서 몸을 일으켰다.

"해장국이나 먹고 들어가지."

어쩌면 소주 한 병 더하게 될지도 모르겠다.

친구들은 열 살 가까이 나이 차이가 나는 젊은 연인을 둔 병섭 씨를 부러워했다. 친구들은 병섭 씨를 만나면 젊은 애인이랑 어떻게 지내는지 궁금해했다.

"니들 주변에는 아무도 없나? 사랑을 먼 데서 찾지 마. 사랑은 항상 주변에 있다고. 가까이에서 못 찾으면 멀리서는 더 못 찾아."

"너한테는 사랑이 무슨 유행가 가사냐?"

"유행가처럼 쉬운 게 사랑이야."

"너 집에서는 잘해?"

"뭘?"

"애인이랑 하는 거."

"왜, 넌 집에서 안 하나?"

젊은 애인을 둔 병섭 씨가 가정을 소홀히 할 것이라 여길 수도 있지만 그렇지 않았다. 병섭 씨는 좋은 남편이자 아빠였다. 물론 병섭 씨가 생각하기에 그렇다는 말이지만, 일주일에 한 번은 홈 경기도 뛰니 좋은 남편이 아닌가 말이다. 좋은 남편은 자동적으로 좋은 아버지다. 바꿔 말하면 나쁜 남편치고 좋은 아빠가 없다는 말도 되겠다. 가정에서도 오피스에도 행복했으니 그만하면 완벽한 것 아닌가.

병섭 씨는 휴대전화 비밀번호 바꾸듯 한 번씩 삶의 패턴을 바꾸기도 했다. 화요일에 만나다가 목요일에 만나는 식으로. 그러다가 가끔은 만남을 거르기도 했다. 시험 문제는 무엇보다 보안이 중요하고 출제 경향을 읽히면 안 되기 때문이다.

하루는 병섭 씨의 사주를 보고 온 아내가 관상쟁이에게 들었다는 말을 전했다.

"당신 등 뒤에 사람이 있다는데?"

"무슨 사람?"

"여자."

순간 병섭 씨는 오금이 저렸지만, 태연하게 말했다.

"내 등 뒤에는 그림자밖에 없는데."

속으로는 참으로 용하다고 생각했지만, 관상쟁이가 본 것이 지수경이 아닐 수도 있겠다는 생각이 퍼뜩 들었다.

"신통방통하네."

"뭐가?"

아내가 도끼눈을 떴다.

"내 뒤에 우리 국장이 앉아 있잖아."

"그런가? 결혼 안 했다는 그 여자. 그러면 그 여자랑 무슨 일이 있나?"

"내가 미쳤어?"

그림자는 앞에 앉아 있었다. 관상쟁이가 왜 앞은 보지 못했을까.

"그리고 이별수가 있대."

"이별수라니?"

"보통은 이성이랑 헤어지는 건데, 직장인은 이직하는 것을 이별수로 해석하기도 한대."

"이직?"

신통하다 했더니, 삶의 공식이 척척 들어맞는데 그림자랑 떨어질 이유가 없었다. 그 관상쟁이가 뒤는 보고 앞은 전혀 못 보는구나, 이런 생각이 들자 피식 헛웃음이 나왔다.

삶의 공식이 척척 맞아떨어져 정답을 도출할 때는 자신감과 활력이 넘쳤다. 취업, 실업, 해고, 경제가 어려우니 온통 고용에 관련된 기사가 조석간으로 뉴스를 도배했지만, 그동안 병섭 씨는 이런 문제를 공무원처럼 그저 남의 일로만 보고 듣고 넘겼다.

2

병섭 씨의 아버지는 공무원이었다. 기상청 기술직 공무원으로 40년 가까이 봉직하고 정년퇴직했다. 아버지는 평소 신문의 경제면을 보지 않았다. 실업자가 넘쳐나든 무역수지가 적자를 기록하든 그래서 환율이 오르고 주가가 급락하든 아무런 상관이 없었다. 물가가 오르면 씀씀이를 약간 줄이면 되었고 금리가 오르면 통장이 조금 두둑해질 뿐이었다.

안동기상대에서 근무하던 아버지는 병섭 씨가 중학교 2학년 때 서울로 전근했다. 병섭 씨는 그때 서울 땅을 처음 밟았다. 차를 타고 한강을 건너다 국회의사당을 보고는 순간적으로 청와대라고 착각했다. 서울 사람이라면 이런 병섭 씨를 바보 취급할 수도 있지만, 영상을 통해 수 없이 봤어도 시골 아이들이 서울에 와서 헷갈리는 것이 청와대와 국회의사당이다. 병섭 씨는 국회의사당의 푸른색 돔을 보고 청와대라고 착각한 것이다.

"안녕하시니껴? 김병섭입니더. 반갑시더."

병섭 씨가 자신을 소개하자 서울 아이들이 허리를 젖히고 손바닥으로 책상을 치면서 웃음을 터뜨렸다. 처음에 병섭 씨는 서울 아이들이 왜 웃는지조차 몰랐지만, 자신이 입만 열면 깔깔댄다는 것을 알고서는 서울 친구들에게 먼저 말을 붙이지 못했다.

서울에서 낯선 것 가운데 하나는 지하철이었다. 병섭 씨는 뉴스에서나 보던 지하철을 처음 타봤다. 신기했다. 열차가 땅속으로 지나다니는 게.

한번은 경복궁으로 사생대회에 나갔다가 친구들과 떨어져 혼자 지하철을 타고 집으로 돌아온 적이 있었다.

서울 사람처럼 지하철을 타긴 했는데 3호선은 집이 있는 이촌 방향으로 가는 게 아니었다. 노선도를 아무리 들여봐도 어디서 환승하는 게 옳은지 알 수가 없었다.

이촌 가려면 어디서 갈아타니껴, 아니지, 갈아탑니까, 타나요, 서울 사람들은 이럴 때 뭐라고 묻지? 속으로 말을 바꾸며 연습해 보았지만, 억양은 고쳐지지 않았다. 가만히 있으면 얼굴에 출신지가 쓰여 있질 않으니 당당한 서울 사람이었다. 그런데 입만 열면 그만 촌놈 티가 나는 것이다.

'얘, 너 지하철 처음 타는구나.'

서울 사람들이 세련된 서울 말씨로 이렇게 말하며 비웃을 것만 같았다.

사투리가 부끄러워서 결국 서울 사람들에게 환승역을 물어보지 못한 병섭은 종점인 수서까지 갔다가 지하철을 두 번이나 갈아탄 끝에 겨우 집으로 돌아갔다. 왜 이렇게 늦었냐며 어머니가 타박했지만, 서울 사람들에게 길을 물어볼 수 없어서 수서까지 다녀 왔다고 차마 말하지 못하고 혼자 지하철 타고 왔다는 것만 강조했다.

"이 머스마야, 니, 길 잃아뿐 거 아이래?"

"아이래."

3

언젠가 섹스를 마치고 누워 있는데 지수경이 뜬금없는 질문을 던졌다.

"만약 회사에서 구조조정하면 어떻게 할 거야?"

"뭘 어떻게 해?"

"자기가 해고 당사자면 어떻게 할 거냐고?"

"그럴 일 없어"

한동안 뜸을 들이던 병섭 씨가 돌아누우며 얼굴을 삼 분의 일쯤 가린 그녀의 머리칼을 쓸어넘겼다.

"왜? 그렇게 자신만만해?"

"그게 아니라…… 나 같으면 잘리기 전에 그만둔다. 자존심이 있지."

이렇게 말하면서 병섭은 그녀를 다시 끌어당겼다.

"남자의 자존심?"

그러면서 그녀는 병섭 씨의 아랫도리로 손을 가져갔다.

"쪽팔리그로 우에 잘리노."

"어머, 자기 사투리 잘 쓴다."

서울 토박이인 그녀가 깔깔 웃으며 두 팔을 벌려 그의 등을 감싸 안았다.

병섭씨의 남성은 다시 크게 기지개를 켰다.

그런데 코로나로 말미암아 광고 수주 물량이 크게 감소하자 회사에서 정말 구조조정 계획을 발표했다.

제목 : 희망퇴직 신청 접수

당사는 경영상의 이유로 다음과 같이 희망퇴직 신청을 접수합니다.

- 다 음 -

가. 대상

- 당연 신청 대상 : 40세 이상, 근무연수 10년 이상인 자

- 희망 신청 대상 : 근무연수 5년 이상인 자

나. 신청 기한

- 2023년 5월 30일 한

다. 기타

- 희망퇴직 시 최대 12개월 치의 기본급을 지급 (당연 신청 대상 12개월, 희망 신청 대상 9개월)

- 희망퇴직 신청자가 경영상의 목표에 미달 시에는 정리해고 대상자를 선별할 예정. 끝.

40세면 만 나인가? 병섭 씨는 올해로 딱 마흔이었다. 경영상의 목표란 전 직원의 20% 감원이었다. 퇴직 희망자가 20%에 미달하면 희망퇴직 당연 신청 대상자 가운데 정리해고 대상자를 우선 선별하지 않겠는가. 그렇게 되면 당연 대상자의 절반 정도는 회사를 떠나야 한다는 말이다. 입사한 지 10년이 지난 병섭 씨는 어느 모로 보나 희망퇴직 당연 신청 대상자였다.

병섭 씨는 혹시 회사에 잘못하거나 윗사람들에게 찍힐 만한 일을 한 적이 없는지 곰곰 생각해 보았다. 아무리 생각해봐도 딱히 그럴만한 일은 없었다. 가정에서 좋은 가장인 그는 회사에서는 성실한 직원이었다. 그리고 젊은 애인을 둔 능력 있는 남성이었다. 그런데 그 능력 때문에 조금 짚이는 부분이 있기는 했다.

몇 달 전의 일이었다. 술 마시고 그녀를 부축해서 모텔로 데려가다가 동기 놈에게 딱 걸린 것이다. 평소 병섭 씨는 회사가 있는 영등포역 근처에서 그녀를 만나지 않고 멀찌감치 떨어진 곳에서 밀회했다. 이를테면 여의도나 노량진이나 신촌 같은 곳 말이다. 그런데 신촌에서 그녀를 만난 날 우연히 동기에게 발각된 것이다.

"어이, 김병섭 씨, 거기서 둘이 뭐해? 그림 좋은데."

동기 녀석도 술이 머리끝까지 차오른 모양이었다.

"뭐하긴? 집에 데려다주는 길이지……."

"그래? 거기가 집이야?"

병섭 씨 뒤로는 모텔의 휘황찬란한 네온사인이 번쩍거리고 있었다.

조금 늦게 발각되었더라면 같이 모텔로 들어가는 걸 들킬뻔했다.

"무슨 소리야. 여기서 택시 잡으려고 하는데, 이리 와봐. 좀 거들어. 무거워 죽겠다."

그 순간 그녀가 깨어나더니 지나가는 택시 안으로 사라져버렸다.

회사에서 병섭 씨가 그녀를 잘 챙긴다는 건 소문난 사실이었다. 하지만 남녀 막론하고 같은 부서에서 같은 일을 하는 직원을 챙기는 건 당연한 거 아닌가.

평소에 스스럼없이 허탕 짓거리도 하는 동기 녀석이 어떤 관계냐고 더는 캐묻지 않아 크게 괘념치 않았는데 그래도 때가 때인 만큼 은근히 걱정된다.

자식이 눈치를 챘을까? 아니야, 눈치챘으면 불렀을 리가 없지 않은가. 그녀의 낯도 있는데. 하지만 그 순간은 몰랐더라도 이후에 알아차리지 않았을까. 알았더라도 입 다물고 있으면 다행이지만 그런 일은 터널을 통과하는 열차처럼 자꾸만 목구멍을 빠져나오게 마련이다. 동기 놈의 컴컴한 입속을 빠져나온 말은 다른 사람의 귓구멍으로 들어갔다가 다시 그의 입을 통해 빠져나온다. 이 과정에서 객차를 더 매달고 늘어난 열차는 인사부를 경유해 사장의 귀에 도달할 것이다.

김병섭 씨가 같은 팀의 지수경 씨랑 그런 사이랍니다. 김병섭 씨가 프로덕션 직원과도 심각한 관계라는 소문이 있습니다. 심지어 광고주도 사귀고 있답니다……

김병섭 씨 당신, 이상한 소문이 돌던데, 때가 때인 만큼 조심하는 게 좋지 않았겠어요? 정리해고 대상자를 솎아내야 하는 인사부로서는 뭐라도 잡아야 수월할 것이다. 이런 상황에 이르면 일단 딱 잡아떼고 볼 일이지만 아무튼 마음이 영 개운하지 않았다.

불편한 상상이 열차처럼 이어졌다. 다른 직원들에게 결정적인 순간을 들켰을 수도 있지 않을까. 예컨대 모텔 문을 들어가거나 나오는 순간 말이다. 그 순간을 목격하고 누가 그 자리에서 부르겠는가. 만약 복수에게 발각되었다면 상황은 꽤 심각하다. 총살형을 집행할 때는 여러 사수 가운데 한 사람의 사수에게만 실탄이 장착된 총을 지급한다. 사수의 마음의 짐을 덜어주어 조금이라도 쉽게 방아쇠를 당기게 하기 위해서다. 마찬가지 이치로 목격자가 복수라면, 누군가가 단독으로 목격했을 때보다 아무래도 발설되었을 가능성이 훨씬 높지 않겠는가.

그러고 보니 인사부 박 과장이 자신을 보는 표정이 수상한 것도 같다. 인사부 직원이야 직원들 동태 살피는 게 업무라고는 하지만 언제부턴가 자신을 보는 표정 속에 얼핏 미세한 경멸이 담긴 것도 같다.

크리에이티브 파트에서 일하는 병섭 씨는 일반 직원에 비하면 근태 시간 등이 자유로운 편이었다. 업무의 속성상 야근이 잦고 광고주의 요청으로 급하게 처리해야 할 일도 많아 회사에서 소소한 편의를 봐주는 편이었다. 그런 만큼 평소 박 과장과 사석에서는 형, 아우라고 부르는 사이로 지냈는데 왠지 요즘 뜸했다.

어쩌면 암행어사처럼 감찰을 담당하는 직원들에게 걸렸을지도 모를 일이다. 직원들 뒤를 캐는 것이 그들의 일이다. 부서 회식이 있거나 외부

프로덕션 등 거래처로부터 접대받는 자리에서 감찰팀을 조심하라는 말이 있었다. 심지어는 몰래 골프장까지 쫓아가서 한 건씩 올린다는 것이다. 평소 식사는커녕 말도 잘 섞지 않는 그들의 레이다에 이미 포착되었을 수도 있다. 그렇다면 왜 진작 감찰팀으로 호출하지 않았지?

퇴직 신청 기한이 다가오자 병섭 씨는 총살형을 앞둔 사형수가 된 심정으로 어느 총구에서 총알이 날아오는지 심각하게 고민했다.

정작, 황급히 택시 안으로 사라졌던 지수경은 그날의 사정을 전혀 인식하지 못하는지 이후로도 병섭 씨와의 만남을 주저하지 않았다.

- 오늘은 신촌 차례야. 라스베이거스, 지난번에 가보지 못한 곳. ㅋㅋㅋ

병섭 씨와 지수경은 자주 늦게까지 함께 일했다. 병섭 씨는 집에서 보내는 시간보다 회사에서 일하는 시간이 많았고 아내보다 그녀와 더욱 많은 대화를 나눴다. 카피라이터인 병섭 씨가 카피를 작성하면 아트디렉터인 그녀가 비주얼 작업을 했다. 궁합이 잘 맞아야 했다.

병섭 씨의 광고주 가운데 수십 년 전통의 의류 브랜드가 있었다. 특히 속옷으로 유명한 브랜드였는데 아이돌 스타를 광고 모델로 내세운 신생 업체에게 그동안 압도적으로 점유하던 남성용 속옷 시장을 위협받게 되었다. 한동안 광고도 뜸하던 광고주는 그제야 마치 대행사 잘못이라는 듯 광고영업 담당 임원을 호출해서 당장 새로운 광고안을 마련하라며 난리를 쳤다.

회사에서는 급하게 크리에이티브 회의를 열었다.

"마켓 셰어가 얼마나 떨어졌어요?"

제작국장이 영업 담당 임원에게 물어보며 얼굴 가득 난감한 표정을 지었다.

"대략 십 퍼센트 포인트 정도 빠졌다고 합니다."

"그럼 아직도 우리나라 남성 열 사람 가운데 네 명은 ○○ 브랜드를 착용한다는 말이잖아요."

"십 퍼센트 포인트 빠진 게 문제죠. 광고주는 주가 빠진 것보다 심각하게 받아들이더라고요."

○○은 우리나라 남성이 태어나서 죽을 때까지 착용하는 속옷이라는 이미지를 가진 브랜드였다. 물론 그 이미지는 광고가 만들어낸 것이다. 크리에이티브 디렉터인 제작국장은 평생 속옷이라는 ○○의 이미지를 살짝 비틀어보자고 했다.

국장은 먼저 들어가고 카피라이터인 병섭 씨와 아트디렉터인 그녀가 남아서 스토리보드를 제작했다.

"남자에게는 바꿀 수 없는 것이 있다. 이런 콘셉트로 나가보면 어때?"

"남자가 바꿀 수 없는 것?"

병섭 씨의 아이디어에 이렇게 대답한 그녀는 종이 위에 팬티만 착용하고 있는 남성의 모습을 쓱쓱 그렸다.

"언젠가 모 재벌 회장이 아내 빼고 바꿀 수 있는 거 다 바꾸라고 한 적 있지?"

"들어 본 거 같아요."

"우린 속옷으로 가지. 그런데 속옷만 바꾸지 말라고 하는 건 좀 약하지 않아. 아내가 사준 속옷?"

"굿 아이디어! 그런데 아내라고 하면 안 될 것 같아요. ○○은 안 그래
도 올드한 이미지라 노인네들만 입는다는 인식이 있는데, 아내 말고 여자
친구로 가면 어떨까요?"

여자친구가 사준 속옷, 듣고 보니 괜찮다는 생각이 들었다.

"그럼 여자친구가 군에 가는 남자친구에게 속옷을 선물하는 콘셉트?"

"군바리 팬티? 보급품 대신에 여자친구가 선물한 팬티를 입는다? 나
쁘진 않네요. 그런데 군에서 팬티 지급 안 해줘요?"

"지급하지."

"그럼 군인 상대로는 시장성이 없어 보이는데…… 남자가 바꾸지 못
하는 거, 여자친구, 팬티 또……."

"아, 맞어. 남자가 버리지 못하는 거, 여자친구, 팬티 그리고 자존심
어때?"

병섭 씨가 손가락으로 딱 소리를 냈다.

"팬티를 못 버린다고 하니까 좀 웃겨요."

"참, 버리지 못하는 게 아니라 바꾸지 못하는 거."

두 사람이 함께 소리 내며 웃었다.

"그런데 자존심? 무슨 의미지?"

"성적인 코드를 심어 넣자는 말이지."

"팬티는 남성의 자존심이다? 그 뜻이에요? 그러니까 못 버린다, 아니
바꾸지 못한다……."

결국 남자가 바꿀 수 없는 세 가지, 자존심, 여자친구, 그리고 ○○ 브랜드를 소재로 두 사람은 다음 날 사내에서 발표할 스토리보드를 만들었다.

남성과 여성이 만나고 있다.

무슨 일인지 남성이 여성 곁을 떠난다.

여성은 돌아서 가는 남성을 한참 동안 그저 물끄러미 바라본다.

(장면이 바뀌고) 무언가 잘 풀리지 않은듯한 풀죽은 모습으로 남성이 거리를 지나간다.

(아웃 포커스 상태의) 많은 여성이 남성 주변을 스쳐 지나가며 카메라 앞으로 다가오고 남성은 점점 멀어져 보이지 않을 정도로 작게 된다.

(다시 장면이 바뀌고) 헤어진 여자친구를 그리워하던 남성이 서랍을 열어 무엇인가를 마구 찾고 있다. (이때 카메라가 ○○ 브랜드를 잡아 준다)

(다시 장면이 바뀌어) 남성이 오토바이를 타고 어디론가 달려간다.

재회한 남성과 여성이 격하게 포옹한다.

(장면이 바뀌고 자막이 나간다)

남자에게는 바꿀 수 없는 세 가지가 있다.

자존심, 여자친구 그리고 ○○

자정을 넘겨 스토리보드를 겨우 완성한 두 사람은 회사 근처의 호프집에서 1차를 마치고 24시간 해장국을 찾아 또 소주를 마셨다.

"맥주 마신 다음에 소주 마셔도 돼요? 소주 마신 다음에 맥주 마시는 게 옳은 거 아네요?"

"이게 원래 정석이야. 술은 도수가 낮은 것부터 마셔야 해."

"그런 거예요?"

"그렇지. 점층법 모르나?"

"그런데 팬티가 남성의 자존심이에요? ○○의 자존심이라면 모를까⋯⋯."

"남잔 쪽팔리면 끝이야."

어느 순간부턴가 두 사람의 대화가 매끄럽지 못한 스토리보드처럼 잘 이어지지 않았다. 그래도 병섭 씨는 소주 한 병을 더 시켰다.

"혹시 지금 ○○ 입고 있어요?"

"으응?"

"그럼 아이돌이 광고하는 거요?"

"ㅎㅎㅎ"

"빠지는 이유가 다 있네. 광고 담당자부터 다른 제품을 입고 있으니⋯⋯." 이렇게 말하는 그녀를 바라보는데 취기가 점층법으로 올라왔다.

인생의 한 점이 인생의 선을 바꾸는 순간이 있다. 어느 순간 병섭 씨의 인생 열차는 선로를 바꾸어 달리기 시작했다. 낯선 길의 풍경은 아름다웠다. 그대로 그 풍경이 지속되었으면 싶었다.

술과 달리 두 사람의 관계는 점층법으로 전개되지 않았다. 서론에서 시작해서 본론으로 진행한 것이 아니라 본론부터 나오고 이어서 결말이 따르는 과정이었다. 두 사람의 관계가 물처럼 높은 곳에서 낮은 곳으로 흐르면서 내리막을 달리던 병섭 씨의 인생 열차는 다시 선로를 바꿀 순간에 이르렀다.

만약 관계가 문제 된다면 어떻게 될까. 그녀는 빠져나갈 수 있을지도 모른다. 만일 그녀가 나와의 관계를 위계에 의한 간음이라고 주장한다면…… 아냐, 그런 어이없는 일이 발생하지는 않을 것이다. 아무튼 인생 환승역이었다. 환승역을 놓치면 둘러 가든가, 돌아가기 어렵게 된다.

4

병섭 씨는 사내 불륜이 징계나 해고 사유가 되는지 관련 판례와 사례를 검색하기 시작했다.

원고는 피고(회사)에 근무하면서 같은 직장의 동료와 장기간 불륜관계를 맺었고 이 같은 사실이 사내 게시판을 통해 드러나고 피고의 거래처에도 알려져 피고로부터 면직되었다. 원고는 피고의 징계규정에 징계 사유로서 불륜이 명시되어 있지 않은 점을 들어 피고가 재량권을 남용하였으며 징계의 정도가 부당하다는 주장이다. 반면 피고는 징계규정에서 정한 절차를 거쳐 징계위원회의 결정으로 원고를 징계하였으며, 징계 사유로서 원고가 복무규정에서 정한 의무사항을 위반해 회사의 질서를 흩트리고 명예를 실추시킨 점, 근무 분위기를 고려할 때 원고와 불륜관계를 맺은 직원을 격리 조치할 필요가 있으나 단일 영업점에서 모든 임직원이 근무하는 피고의 여건상 불가능하여 원고를 면직 처분하는 방법 외에는 달리 방법이 없다는 점을 주장한다. 이러한 사정에 비추어볼 때 원고에 대한 피고의 징계는 절차가 정당하며 그 정도가 타당하다고 할 것이다.

원고는 직장 동료와 불륜관계를 맺고 이러한 사실로 인해 피고로부터 면직 처분을 받았다. 원고는 불륜은 사생활의 문제이며 이로 인해 업무를 소홀히 한 적이 없고 인사규정이나 직원의무수칙 등에 불륜에 관한 것이 정해진 바가 없으며 원고의 불륜으로 사내 질서가 흐트러지고 회사의 명예가 실추되었다는 피고의 주장에 근거가 없고 피고가 원고를 징계하지 않았더라면 사내외에 원고의 불륜 사실이 알려지지 않았을 것이므로 피고가 원고를 면직한 것은 부당하다는 주장이다. 이에 대해 피고는 부서장으로서 부하직원을 관리할 책임이 있는 원고가 직원과 불륜관계를 맺어 근무질서를 어지럽혔으며 원고의 불륜 사실이 알려져 회사의 명예가 실추된 점을 들어 원고에 대한 면직 처분은 정당하다는 주장이다. 제반 사정을 고려할 때 사내 규정상 명시적으로 정해진 바 없는 불륜을 사유로 피고가 원고를 면직 처분한 것은 재량권의 범위를 일탈한 것이며 원고의 불륜으로 근무질서가 문란하게 되고 회사의 명예가 실추되었다는 피고의 주장도 타당한 근거가 없다고 할 것이다.

사내 불륜에 관련된 징계나 해고에 대해 법원의 판결은 엇갈렸다. 정리하자면 불륜 그 자체는 징계의 사유가 될 수 없으나 불륜으로 업무에 지장을 초래한다거나 명백히 회사의 명예가 훼손되면 복무규정 등의 위반을 사유로 징계가 가능하다는 말 같았다. 각 법원의 판결문을 보고 헷갈린 병섭 씨는 이번엔 입사 이후 처음으로 회사의 내규를 들여봤다.

불륜, 불륜, 불륜, 병섭 씨는 손가락에 침을 묻혀 가며 사규를 넘겼으나 복무규정에서 불륜이라는 단어를 찾을 수는 없었다. 직원은 상사의 정당한 지시에 순응하여 성실하게 근무할 것, 사내 기강을 흩트리거나 회사의 명예를 훼손하는 어떠한 행위도 하여서는 안 된다는 등의 선언적인 규정이 나열돼 있었다.

그렇다면 불륜을 저질러도 사내 기강을 흩트리지 않거나 회사의 명예를 훼손하지 않았으면 징계 사유가 될 수 없다는 말이었다. 그런데 사내 기강을 흩트린다거나 회사의 명예를 훼손한다는 뜻이 애매했다.

결국은 귀에 걸면 귀걸이, 코에 걸면 코걸이였다. 이래서 다툼이 있는 것이구나. 규정을 확인한 병섭 씨는 이번엔 자신의 사례를 규정에 대입해 보기로 했다.

먼저 사내 불륜을 금지하는 규정이 없고 사생활이라 불륜 자체를 사유로 해고할 수는 없을 것 같다. 하지만 때가 때인 만큼 불안하다. 잘리면 노동부에 진정도 하고 나아가 회사를 상대로 소송도 불사해야 하는데, 다른 일도 아니고 무척 쪽팔릴 것이다. 만약 불륜 사실이 사내외에 이미 퍼졌다면, 불륜이 근무 기강과 회사의 명예에 영향을 주었는지 여부를 판단해야 한다. 이 문제는 병섭 씨의 생각과 다른 직원들 그리고 회사의 판단이 각각 다를 것이다. 일단은 자신이 저지른 불륜을 회사 안팎에서 인지하고 있느냐가 문제였다. 이미 거래처에서까지 알고 있었다면 회사에서 손을 쓰지 않았을 리가 없으므로 명예 훼손 부분은 접어두기로 했다.

5

'너와 내가 아니면'이 아니라 '너 아니면 나일 수밖에 없는' 죽느냐 사느냐의 문제였다. 죽음을 눈앞에 둔 전장에서도 피어나는 전우애가 있지 않은가. 그런데 직장이라는 전장에서는 동기도 없고 동료도 없었다. 아군은 없고 오직 적군만이 있을 뿐이었다.

이번 광고 덕에 대박이에요, 지나가는 말이라도 광고주가 한마디 거들어주면 좋은데 자존심 팬티의 반응이 영 없는 것 같았다. 오히려 광고주가 대행사 갈아탈지도 모른다는 얘기까지 돌았다. 당사는 귀사와 계약을 연장할 의향이 없습니다, 이렇게 나오면 사형 선고나 마찬가지다.

병섭 씨의 속앓이가 깊어가는 가운데 희망퇴직 신청 마감일이 코앞에 닥쳤다. 병섭 씨는 직원들의 표정을 읽으며 총알이 날아올 방향을 탐색했다.

먼저 직속 상사인 제작국장, 한 직장에서 삼십 년째다. 이미 전설이다. 크리에이티브 디렉터라고 하지만 번뜩이는 감각은 소진됐다. 임원 승진 기회를 벌써 몇 번이나 놓쳤다. 어쩌면 이런 기회를 기다리고 있었을지도 모른다. 혹시 나와 지수경의 불륜관계를 눈치채고 있지 않을까. 아니야, 그렇다면 벌써 무슨 조치를 했겠지. 일에 대한 감각도 소진됐고 부하 직원들에 대해 관심도 보이지 않는다.

다음으로 지수경, 여의도, 신촌, 노량진. 한동안 계속해서 트라이앵글을 찍더니 분위기를 타는지 요즘 들어 얌전하다. 당사자인 만큼 먼저 총을 쏠 일은 없을 것이다.

동기 녀석, 누구보다 위험하다. 카피라이터로서 '촉'이 살아있다. 능글 능글한 표정 속에 무언가 감추고 있는 것 같다. 모든 것을 알고도 시치미 떼고 있을 수도 있다. 그렇다면 인사부 박 과장한테 벌써 슬쩍 흘렸겠지. 누군가의 위기는 누군가에게는 기회다. 구조조정이 끝나면 곧 승진 인사가 따를 것이다. 마치 테트리스처럼 빈틈을 다른 블록으로 채워 넣어야 게임을 계속할 수 있을 테니까. 아마도 녀석은 크리에이티브 디렉터의 빈자리를 노리고 있을 것이다. 그런데 아무리 너 아니면 내가 죽는 세상이라고 해도 신촌에서 혼자 목격하고서 그 사실을 흘릴 수 있을까? 아냐, 어쩌면 그 자리에 내가 보지 못한 누군가와 함께 있었을지도 모르는 일이다.

박 과장, 광고 기획도 제작 파트도 아니지만, 꽤 오랫동안 가까이 지낸 후배다. 인사 담당자 한 명쯤 잘 알아두면 회사 생활이 편하다. 그래서 광고주 접대하는 척하며 박 과장에게 술을 사주기도 했다. 늘 생글생글

한 표정이었는데 언제부턴지 야릇한 표정을 짓더니 요즘은 눈도 마주치지 않는다. 내가 블랙리스트에 오른 것일까. 하긴 블랙리스트에 올랐든 화이트리스트에 있든 요즘 같은 때 인사부 직원이라면 표정 관리는 필수일 것이다.

끝으로 감찰팀 직원들, 그룹 본사 소속이고 자주 바뀌어서 잘 모른다. 이들의 목표는 오직 하나 바로 건수 올리기다. 이미 몇 차례 내 뒤를 밟았을지도 모른다. 사생활이라 건들지 않았는지 몰라도 자기들끼리는 키득거리며 즐겼겠지.

그 밖의 다른 직원들, 요즘 들어 한결같이 모두 우울한 표정을 짓고 있으니 속마음을 읽어낼 수가 없다.

어느 총구로부터 총알이 날아올지 알 수 없으니 병섭 씨는 미칠 노릇이었다. 안다고 한들 피할 수 있겠는가마는.

조건이 좋지 않아서 그런지 희망퇴직 신청이 저조하다고 한다. 회사에서 칼을 빼 들었다. 인사부에 대상자 솎아내라는 경영진의 지시가 떨어졌다고 한다. 예상대로 희망퇴직을 신청한 제작국장 자리는 비어있다. 베트남으로 휴가를 다녀오겠다고 했다.

드디어 인사부에서 정리해고 대상자를 통보한다고 한다. 인사부의 연락을 받으면 대상자라고 해서 모두 숨죽이며 긴장하고 있다. 병섭 씨가 앞자리의 지수경을 흘긋 쳐다보니 의자를 뒤로 젖힌 자세로 앉아 있다. 그래픽 작업에 열중일 때의 자세다.

전화벨이 울린다. 인사부 박 과장의 내선 번호가 찍혀있다. 올 것이 오고야 말았다. 병섭 씨는 벨이 몇 번 더 울리고 나서 송수화기를 들었다.

"김병섭입니다."

"김 팀장님."

"그만두려고 하는데요."

"……."

"그만둔다고요. 안 그래도 먼저 말하려고 했는데 그만……."

"그래요?"

그 순간, 병섭 씨는 지수경과 눈이 딱 마주쳤다.

병섭 씨는 의원면직(依願免職) 처리되었다.

벽소령의 여름

1

레종 블루 한 '보루'를 챙겨서 출판사를 찾았을 때, 남은 이야기는 세 편뿐이었다. 주로 어린이용 학습 도서와 그림책 등을 발간하는 박 선배는 전래동화 전집을 기획하고 있었다. 시중에 널린 게 동화책이라 안 팔릴 것 같아도 새 부모들은 새 아이들을 위해 새 책을 고른다는 거였다.

"옛날얘기 책이라 이것저것 똑같을 것 같아도 책이 아이보다 나이가 많으면 제쳐 놓고 보는 거지. 헌책 사는 것도 아니고 새로 나온 책들이 쌔고 쌨는데."

"사람이나 책이나 새것이 헌것 밀어내는 건 똑같네요."

"그치, 안 밀려나려면 대체 불가능한 뭔가가 있어야 해. 그런데 회사를 그만뒀어? 그 좋은 직장을 왜?"

"관둔 게 아니라 잘렸다니까요."

다니던 직장은 여행 관련 신문사였다. 정부와 지자체, 여행사 등을 출입하고 국내외의 관광 명소를 취재해서 소개하는 것이 일이었다. 남들은 놀러 가는 곳을 일하러 가는 거지만 돈 안 들이고 가보고 싶은 곳을 원 없이 다니니 이보다 나은 직장이 있을까 싶었다. 지자체에서는 기자들을 초청해 지역 명소를 홍보했으며 여행사에서는 '핫 플레이스'를 띄우려 기자들부터 비행기에 태웠다.

잘 나가던 신문사가 고꾸라진 원인은 1인 미디어의 발달과 관련이 있었다. 신문보다 유튜브나 블로그가 더 신뢰를 얻기 시작하면서 여행신문은 관광업 종사자들의 회보나 마찬가지였다. 그러다 보니 모든 것이 치솟아도 광고 단가는 제자리걸음을 하다가 언제부턴가 뒷걸음질 치기 시작했다. 가끔씩 데스크에서는 교통 등 관광 인프라가 열악하다, 숙소가 비좁고 방음이 되지 않는다 등 부정적인 기사 생산을 요구했다. 관계자들을 빼면 아무도 읽지 않음에도 부정적인 기사가 나가면 광고주들은 빼달라, (광고) 빼겠다고 했다. 그러다가도 시간이 지나면 다시 광고가 들어왔다.

꾸역꾸역 신문사를 운영해 나가던 경영진은 견디다 못해 결국 구조조정을 단행했다. 말은 명예퇴직이었지만 나이 마흔 언저리에 명예로운 은퇴가 가당한 말인가.

나는 박 선배에게 한 해 전에 다니던 신문사에서 나왔다는 것, 아내는 아이들을 데리고 친정으로 돌아갔다는 것, 그래서 솔직히 일거리가 필요하다는 것 등의 이야기를 늘어놓았다.

사연을 듣고 난 선배는 레종 블루를 까더니 대뜸 동화 같은 거 써봤냐며 책상 서랍에서 기획안을 꺼냈다.

"동화요? 설화 같은 건 더러 기사에 소개해봤죠. 여기저기 발품 들여다녀 보니 삼천리 방방곡곡에 사연 없는 곳이 없더라고요."

편당 원고지 사십 매 분량이라고 했다. 동화는 써본 적도 없고 분량도 만만치 않을 것 같다는 생각이 들었지만, 일단 좋다고 했다.

"도깨비와 혹부리 영감, 구렁이 신랑 그리고 선녀와 나무꾼이 남았는데, 우선 한 편만 써서 보여줘 봐."

욕심을 내는 내게 그는 한 편만 고르라고 했다.

특별한 이유는 없었다. 가장 널리 알려진 이야기라 그래도 쓰기가 수월할 것 같아 선녀와 나무꾼을 선택하고 돌아와 인터넷을 뒤적거렸다. 그 이야기도 연고지가 있었다. 하늘 아래 첫 동네라는 지리산 자락에 숨은 하정마을이라는 오지였다. 남원에서 함양 방면으로 가다가 내를 건너고 산길로 수 킬로나 접어들어야 나오는 전설의 고향이 될만한 곳이었다. 박 선배에게 전화를 걸어 자전거로 바람 쐬듯 다녀오겠다며 용기를 내서 취재비 조로 선불을 요구해봤다.

"뭐, 자전거로 지리산을 올라가? 당신 지금 미쳤어? 동화 쓰기는 기사 작성이 아냐. 현장 가서 나무꾼이라도 만나 취재하고 돌아오려고? 나무꾼을 만나든 선녀를 만나든 암튼 원고 늦지 않도록 해."

선배는 애들 동화 쓰는데 현장 답사가 꼭 필요하냐고 볼멘소리를 내면서도 선불을 보내줬다.

신문사에 갓 입사했을 때 마침 정부에서는 4대강 사업을 추진 중이었다. 토목회사 사장 출신의 대통령은 서울에서 부산을 잇는 대운하 건설을 공약으로 걸고 집권했다. 하지만 야당과 환경 단체의 강력한 반발에 직면하자 슬그머니 사업계획을 바꾸었다. 그것이 흔히 4대강 사업이라고 하는 한강, 금강, 낙동강, 영산강 등 4대강 유역 종합개발 사업이었다. 그리고 그 4대강 사업의 부산물로 강줄기를 따라 자전거 길이 깔렸다. 자전거 길이라고 해서 완전히 새로 깐 구간은 드물고 기존의 이면 도로에 선을 긋거나 농로 등을 연결한 것이 대부분이지만 아무튼 인천 앞바다에서 낙동강 하구까지 자전거로 갈 수 있다는 사실은 신세계였다. 그때 자전거 국토 종주 여행을 취재하면서 자연스럽게 자전거와 친해졌다.

"김 기자, 자전거 탈 줄 알지?"

데스크는 신참 기자를 비행기 태우는 대신 자전거에 올렸다. 한 자전거 동호회에서 종주단을 모집해 인천에서 부산까지 달리는데 동행 취재하라는 것이었다. 인천에서 부산까지 자전거 길로 633킬로, 데스크도 나도 633킬로를 자전거로 달리는 것의 의미를 몰랐다.

자전거에 대한 정보를 입수하러 자전거 카페에 가입했다. 우선 자전거를 장만해야겠는데 MTB니 로드니 하이브리드니 픽시니 자전거 종류가 많기도 했다. 뿐만이 아니라 브랜드도 다양하고 등급도 어지러웠다. 데오레, SLX, XT, XTR…… 3대만 올라가면 집안 족보도 꿰기 어려운데 이 복잡한 자전거 족보를 어떻게 외운단 말인가. 가격대는 더욱 천차만별이었다. 신문 구독하면 끼워주는 십만 원대 보급형 자전거부터 항공기 소재로 쓰이는 티타늄으로 만들었다는 경차 한 대 값과 맞먹는 귀한 몸도 있었다. 카페에 물어봤다.

- 뚜르 드 프랑스에 나가는 것도 아니고 강 길 따라 달릴 거면서 수백, 수천짜리 자전거가 필요한가요?

자전거의 월드컵이라는 뚜르 드 프랑스에 출전할 것도 아니면서 도대체 왜 고가의 자전거가 필요하냐는 물음에 다양한 답글이 달렸다.

- 타보면 알게 돼요. 비싼 자전거가 얼마나 제 값어치를 하는지.

- 무릎이 나가봐야 이딴 소리를 안 한다니까.

- 그럼, 싼 자전거 끌고 나가보시든가.

- 자전거는 '간지'죠.

- 맞아요. 사치예요.

- 자전거보다 중요한 건 심장과 다리입니다.

어차피 주머니 사정은 뻔했다. 퇴근길에 아파트 단지 앞 자전거 샵에서 천장에 매달려 있는 MTB를 구입했다.

"사장님, 저 자전거 비싼 거예요?"

"아, 저놈, '가성비' 최곱니다. 헤헤."

"얼만데요?"

"백이십인데, 현찰로 백만 원만 주세요. 헤헤."

자전거 샵 주인은 막 문을 닫으려는 찰라 굴러 들어온 손님을 놓치기

싫은지 연신 헤벌쭉 웃음을 지어 보였다.

"이놈도 기어, 브레이크 모두 일제거든요. 한 마디로 우리나라에 사는 일본인이라고 할 수 있죠."

"국토 종주하려면 어떤 자전거 타야 해요?"

"어이구, 국토 종주하시게요? 에, 그렇게 먼 길 가려면 수백짜리는 타야 하는데, 뭐 이놈도 괜찮습니다. 헤헤."

"백만 원이요?"

"네, 한두 해 타다가 마실 거 아니라면 그렇게 비싼 건 아니죠. 타다가 싫증나면 중고로 다시 내놓으셔도 되고. 헤헤."

"타보시면 승차감이 오실 거예요. 서스펜션이 충격을 다 먹어주거든요."

계좌이체로 결제하고 자전거를 타고 가는데 바로 승차감이 오긴 왔다. 엉덩이가 아파서 백 미터에 불과한 집까지도 갈 수 없었던 거다.

"저, 엉덩이가 너무 아파서요."

이미 셈이 끝난 자전거를 도로 물리자 할 수도 없고 울상이 되어 샵 주인에게 호소했다.

표정을 보더니 주인은 팔을 뻗어 내가 사는 아파트를 집게손가락으로 가리켰다.

"아니, 여기서 저기도 못 가요?"

이죽거리던 주인은 묵직한 잠금장치에 이어 안장에 씌우는 두툼한 패드를 사례품이라며 건네주었다.

"모양은 좀 빠지더라도 안 아픈 게 최고죠."

겨우 십 킬로 남짓한 자전거를 신줏단지 모시듯 들고 들어오는 나를 보더니 아내는 그거 얼마짜리냐며 가격부터 물어봤다.

"이거…… 백만 원짜리야."

"뭐? 자전거가 다 자전거지. 백만 원짜리는 금으로 만들었나, 은으로 만들었나, 아니면 모터라도 달렸어?"

"진짜 모터 달린 전기 자전거도 있어."

자전거를 사고 처음에 빈 학교 운동장에서 중심 잡기부터 다시 시작했다. 엉덩이 통증은 좀처럼 나아질 기미를 보이지 않았다. 카페에 물어보니 엉덩이 통증은 없어지는 게 아니라 견디고 익숙해지는 것이라는 답변이 돌아왔다.

'이 통증을 달고 부산까지 달린다고?'

다음으로 자전거 분해, 조립과 타이어 펑크 때우는 법을 학습했다. 한적한 곳에서 타이어가 찢어지기라도 하면 자전거를 떠메고 갈 수는 없으니 간단한 응급조치는 필수였다. 거실에서 자전거를 분해해서 부품 하나하나를 닦고 조이고 윤이 나게 기름칠하는 모습을 보더니 아내는 기겁했다.

"그 자전거는 실내용이야? 밖에 두고, 나가서 하란 말이야."

"무슨 소리, 라이더에게 자전거는 생명이야. 방에 두는 사람들도 많아."

"그럼, 자전거랑 살든지. 하여튼 내 눈에 안 띄게 하란 말이야."

자전거로 경험한 국토의 속살은 걷거나 자동차를 타면서 느끼는 것과는 달랐다. 자전거 여행가로도 유명한 소설가 김훈은 '자전거를 타고 저어갈 때 세상의 길들은 몸속으로 흘러들어 온다'고 했다.

내가 처음으로 소유한 자가용 자전거는 흐릿한 흑백 사진 같은 기억 속에 남은 보조 바퀴가 달린 어린이용 자전거다. 이 자전거를 타고 온 동네를 누비고 다녔다. 그렇게 애마처럼 부리던 자전거를 일곱 살 무렵 잃어버렸다. 집 앞 공터에 세워둔 것을 누군가 가져가 버린 것이다. 가끔 동네를 돌면서 강냉이를 주고 빈병이나 폐품 등을 걷어가는 고물장수가 수레에 싣고 가는 걸 봤다는 사람이 있었지만, 고물장수의 가위질 소리도 들을 수 없었다. 혼날까 봐 자전거 잃어버렸다는 말을 하지 못하고 방구석에서 불안에 떨고 있는 내게 시장에서 돌아온 엄마가 자전거가 보이지 않는다며 어디 두었냐고 물었다.

"요 앞 공터에."

"자전거를 공터에 두면 어떻게 해? 어서 가져오렴."

엄마 손에 이끌려 온 동네를 이 잡듯이 뒤졌지만 끝내 자전거를 발견하지 못했다.

"어떻게 산 자전건데 그걸 잃어버려."

집으로 돌아온 엄만 내 머릴 쥐어박더니 세간살이를 도둑맞은 듯 낙심해서 마루에 주저앉았다.

"자기 물건을 스스로 간수할 줄 알아야지."

그러면서 엄마는 매를 찾았다.

며칠 후 다시 고물장수가 나타났다는 소식을 듣고 슬리퍼를 신고 나가서 수레의 적재함을 자세히 살폈다. 고장 난 텔레비전도 라디오도 전기밥솥도 그 안에 있었지만 내 자전거는 없었다. 설령 고물장수가 훔쳤다고 해도 있을 리 없지만. 어린 마음이 매 맞은 종아리보다 더 아렸다.

"뭘 그렇게 쳐다보고 있어? 버릴 거 있으면 얼른 가져와라"

고물장수가 강냉이를 한 움큼 집어 주더니 한동안 자리를 비웠다. 아마도 오줌 누러 간 모양이었다. 적재함에서 뾰족한 쇳조각을 발견한 난 그것으로 수레의 타이어를 찢어놓고 집으로 달아났다.

누군가 바닷물을 퍼와 자전거 앞 바퀴에 조금씩 뿌렸다.

"나흘 후에는 서해와 남해가 우리들의 자전거 바퀴에서 만나게 될 것입니다. 한 사람의 낙오자도 없이 건강하게 서해에서 남해까지 달려갑시다. 자, 출바알!"

단장의 구령에 맞춰 열여섯 개의 바퀴가 낙동강을 향해 일제히 구르기 시작했다. 아라서해갑문을 출발해서 낙동강 하구까지 633킬로를 오직 자전거에 의존한 채 달려야 하는 것이다. 첫날 일정은 한강 자전거 길을 따라 용문역까지의 114킬로, 이튿날은 남한강 자전거 길로 수안보까지 120킬로였다. 닷새 동안 이런 식으로 구간을 나누어 633킬로를 달리는 것이다. 여덟 사람의 라이더는 마치 한 몸처럼 왼 다리와 오른 다리를 번갈아 올렸다 내렸다 하면서 씩씩하게 바퀴를 굴려 나갔다.

양수리 근처에 이르자 승차감이 느껴졌다. 처음엔 회음 주변의 뼈에 무엇으로 찔린 듯한 자극이 왔다. 소위 말하는 안장통이다. 이럴 때는 가끔 엉덩이를 들어주는 수밖에 없다. 이렇게 자전거 타는 것을 가리켜 '댄싱' 친다고 한다. 뒤에서 보면 엉덩이가 춤추듯 좌우로 들썩여서 그렇게 부른다. 한동안 '댄싱'을 치자 허벅지 앞부위에 힘이 걸려 다시 자세를 낮췄다. 심한 통증에도 불구하고 기자가 폐를 끼칠 수 없어 안장에 닿는 부위를 바꾸고 '댄싱'으로 몸부림을 치며 엉덩이를 달랬다. 앉으면 엉덩이에 자극이 오고 일어서면 허벅지에 피로가 쌓였다. 세상의 길들이 몸속으로 흘러든다고? 그게 아니었다. 세상의 모든 통증이 엉덩이 속으로 파고들어 허벅지로 무릎으로 내려갔다가 손목으로 올라와 어깨에 이르렀다. 엉덩이를 들면 손목으로 상체를 지탱하고 어깨에 힘이 들어가기 때문이다. 도대체 이런 고생을 왜 사서 하는가, 엉덩이가 고통스러울 때마다 드는 의문이다. 자동차가 없으면 모를까, 종렬의 두 바퀴로 달리는 것은 사실 무척 불안하고 불편한 문명에 대한 반동이다.

"이런, 속옷을 입으셨군요. 원래 쇼츠 안에는 아무것도 입으시면 안 되는데."

이튿날 온천장에서 자전거 팬츠를 벗는 내게 단장이 바셀린을 건넸다.

"그럼 저 빼고 전부 노팬티란 말씀인가요? 여성 라이더들도 안 입어요?"

"여자들이라고 사정이 뭐가 다르겠습니까? 당연하죠. 패드는 눌림뿐만 아니라 쓸림을 방지해주기도 하거든요. 이거 써보세요. 엉덩이에 바르지 마시고 쇼츠 안의 패드에 묻히세요."

"자전거, 오래 타셨나 봐요."

"한 십 년 됩니다. 자전거 길이 없을 때는 서울서 부산까지 국도로 달린 적도 있습니다."

"자전거 타면 돈도 많이 들죠?"

"안 든다면 거짓이죠. 남의 눈도 의식해야 하니까."

자전거만 사면 되는 줄 알았는데 저지, 쇼츠, 바람막이, 점퍼, 슈즈, 헬멧, 캠핑 장비 등 필요한 용품이 한두 가지가 아니었다. 게다가 계절마다 용품이 따로 있으니 백만 원으로 틀어막으려던 계획은 얼마 지나지 않아 틀어지고 말았다.

강 길을 따라 달리던 자전거는 셋째 날, 산과 딱 마주쳤다. 수안보를 지나면 작은 새재라고 하는 소조령과 이화령을 거푸 넘어야 하는데 순 오르막만 7킬로가 넘는 언덕길이다.

"기어를 저단으로 내리시고요, 멀리 보지 마시고 그저 땅 보고 걷는다 생각하고 페달만 밟으세요. 한 사람의 낙오자도 없게 제가 맨 뒤에서 따라 가겠습니다."

소조령도 간신히 지났는데, 나는 화용도에서 관우를 만난 조조 꼴이 되어 이화령 앞에 섰다. 올라도 올라도 구불구불한 언덕길이 자꾸만 흘러내려와 몸을 칭칭 감았다. 숨이 막혔다. 어디까지 올라왔을까. 발아래에서 장난감만 한 자동차들이 구절양장을 달리고 있었다. 회음 주변의 안장이 닿는 곳이 찢어지는 듯 따가웠다. 앞으로 오르고 뒤로 빠지면서 단원들을 끌고 밀던 단장이 1킬로라며 정상까지 남은 거리를 불러 주었다. 아, 아직도 1킬로…… 이번엔 허벅지가 터질 듯이 아파왔다. 이제 자전거는 거의 걷는 속도로 정상을 향해 올라간다. 멈추면 자전거는 쓰러진다. 자전거가 쓰러질 것 같은 위기감이 들 무렵 저만치 이화령 생태 터널이 보였다. 마치 개선문을 지나듯 우리 일행은 나란히 이화령 생태 터널을 통과했다.

두 여성이 정상에서 여러 장의 '인증샷'을 남기고 있었다. 라이딩은 흘러가 구름처럼 흩어지는 것이고 결국은 사진이 기억의 한 자리를 차지할 것이다.

"두 분 이리 오셔서 표지석 앞에 함께 서보세요."

여성들은 이화령 정상에서 여신처럼 하늘로 날아오르는 포즈를 취했다. 당겨도 보고 밀어도 보고, 뷰파인더 뒤에서 몸의 굴곡이 그대로 드러나는 쇼츠와 저지 차림의 여신들을 살폈다.

종주의 마지막 날까지 단원들이 가장 신경 쓴 것은 자전거 보관이었다. 첫날, 함께 묶어 두면 간수가 쉬울 것 같아 내 자전거를 다른 자전거에 기대고 샵 주인이 잘 간수하라며 준 잠금장치를 채우려 할 때였다.

"기자님, 안 돼요."

내 자전거를 다른 자전거에 기대 놓자 자전거 주인이 그렇게 하면 '기스'난다며 기겁했다. 그는 종주 내내 다른 자전거가 자신의 자전거에 닿는 것을 극도로 꺼렸다.

"저 자전거 비싼 거예요?"

슬쩍 단장에게 물어봤다.

"기자님, 차 연식이 어떻게 됩니까?"

"제 차요? 아무렴, 차보다 비싸려구요."

"완제품은 아니고 휠셋까지 따로 장만해서 끼운 건데 돈 천은 들었을 거예요. 어지간한 중고차 가격이죠. 너무 언짢게 생각하지 마세요. 다들 자전거에 죽고 못 사는 사람들이거든요."

종주 나흘째, 도착지는 함안이었다. 이제 낙동강 하구까지 남은 거리는 100킬로에 불과했다. 마지막 날은 종주 구간 중 가장 짧은 코스였다.

마지막 밤이었다. 여덟 사람의 노팬티족이 마주 앉아 미리 축배를 들었다. 기사 제목을 생각해 봤다. 노팬티로 자전거를 타고 부산까지 달린 사람들, 좀 우습지만 사실이었다. 기차와 버스와 비행기로 다니던 곳을 자전거를 타고 가다니, 그것을 인간 승리라고 봐야 하나, 아니면 자전거의 승리일까.

"잘 따라오던데, 놀랐습니다."

"제가요? 아님 이 자전거가요?"

종주 내내 자전거를 따로 간수하던 라이더는 실은 석 달 치 급여를 따로 모아 아내 몰래 마련한 자전거라고 했다.

"쥐뿔도 없으면서 무슨 천만 원짜리 자전거를 타느냐며 속으로 웃으실 수도 있지만, 쥐뿔도 없어서 그러는 거예요. 안장에 앉는 순간 느낌이 확 달라요."

"뭐, 승차감이요?"

"아뇨, 그런 것이 아니라…… 내가 특별해진 느낌? 다른 세상에서 사는 느낌?"

누군가 건배 제의를 했다.

"자, 우리의 엉덩이를 위하여!"

엉덩이를 원숭이 엉덩이로 만들고서 겨우 낙동강 하구에 도착했다. 더 이상 자전거는 앞으로 나갈 수 없었다. 자전거로 갈 수 있는 한계가 그곳에 있었다.

'자전거로 서해와 남해를 잇다!'

다리로 아니 엉덩이를 바쳐 쓴 기사가 일으킨 반향은 적어도 나에겐 무척 컸다. 한 수입 자전거 업체에서 신제품 리뷰를 요청했다. 자전거계의 마이바흐라는 물건이 딸려왔다. 이후 마이바흐와 함께 국토의 삼면을 달리고 라이더의 로망이라는 설악산에서 지리산까지 육십여 개의 고갯길을 오르내려 백두대간 종주도 했다. 여행은 곧 기사로 탄생했으니 여행은 삶이었고 삶이 여행이었다.

일터에서 나온 후 여행은 뜸해졌지만, 자전거를 손보는 일은 더 잦아졌다. 분해했다가 조립하고 닦고 기름칠하면 반나절이 후딱 지나갔다. 십 년도 넘은 자전거는 늘 새것처럼 반들거렸다.

어느 날 라이딩을 마치고 돌아와 보니 아내가 옷가지를 챙겨 짐을 꾸리고 있었다. 그렇게 좋으면 자전거랑 살아, 아내가 친정으로 떠나며 말했다. 딱히 아내를 탓할 마음은 없었다. 전세 만기가 돌아오고 있었다.

텐트와 캠핑 장비를 싣고 지리산으로 향했다.

2

마치 하늘에라도 닿을 듯 길이 굽이쳐 오르고 있었다. 한고비를 넘을 때마다 주변 능선이 어깨에서 허리로 발아래로 자꾸만 낮아졌다. 고비가 왜 고비인 줄 알겠다. 아마도 구부러진 곳을 의미하는 굽이가 변형된 낱말일 것이다. 주변의 산이 낮아질수록 숨은 가쁘고 땀방울은 굵어졌다. 힘겹게 오르고 있으니 목적이 있었겠지만, 그 목적을 잊어버렸다. 산을 오르는 것은 그저 본능적 행위일 뿐이다. 페달링하는 동안은 도대체 왜 이곳까지 올라왔는지 생각할 여유조차 없다. 오른발이 올라가면 동시에 왼발이 내려가고 왼발이 올라가면 한 치의 오차도 없이 오른발이 내려간다. 다른 그 무엇도 끼어들 틈이 없는 것이다. 하늘과 땅 사이에는 오직 자전거와 하나 된 라이더가 있을 뿐이다. 그야말로 물아일체의 세계다.

어느덧 산등성이 위로 달이 차오르고 있었다. 온몸의 땀구멍에서 수도꼭지를 틀어놓은 듯이 땀이 쏟아져 나왔다. 저 고비를 넘어도 정상이 보이지 않으면 그만 안장에서 내려야겠다 싶었는데 드디어 정상이 모습을 드러낸다. 세상이 발아래에 시원하게 펼쳐졌다. 등산객들이 자전거를 타고 올라온 나를 신기하다는 듯 위아래로 훑어본다. 라이더가 희열을 느끼는 순간이다.

어둠이 내리자 푸른 산 위에 하얀 달이 둥실 떠올라 사위를 푸르스름하게 적셨다. 벽소령(碧霄嶺)이었다. 벽소령이란 푸른 산 위로 떠오르는 달빛이 희다 못해 푸르다고 해서 붙여진 이름이다. 어디선가 하늘을 머금은 시원한 바람이 불어왔다가 연기처럼 흩어진다. 어둠이 더 짙푸르러지기 전에 산을 내려가려 서둘러 안장에 올랐다. 얼마 후 푸른 어둠 속에서 희미한 빛을 발견했다. 다가갈수록 불빛이 점점 커지며 주변이 훤히 밝아졌다. 식당을 겸한 산장은 계곡 위에 자리 잡고 있었다.

산장에는 어린아이들을 데리고 휴가를 온 젊은 부부와 친구 사이로 보이는 아가씨 둘이 머물고 있었다. 아이들이 산장 아래 계곡에서 튜브를 타며 놀았다. 한 아이가 요란스럽게 물장구를 치자 튀어 오른 물방울이 꺼져 들어가는 역광 속에서 산란했다.

"어머, 여기까지 자전거 타고 오셨어요?"

한 여성이 땅에 끌리지 않도록 원피스 자락을 한 손으로 무릎까지 끌어 올리면서 계곡에서 올라왔다.

"아, 예, 맞습니다."

별채의 난간에 자전거를 단단히 묶으며 여성 쪽으로 고개를 돌렸다.

"어디에서 오시는 길이에요?"

"남원에서 왔습니다. 낮에는 정령치를 넘었구요."

"정령치요? 지리산 정령치 말씀인가요?"

"아, 출발은 서울에서 했습니다."

"서울에서 여기까지 오셨다구요? 그 먼길을…… 아저씨 혼자?"

정령치를 넘어왔다는 말에 믿을 수 없다는 표정을 짓던 여성은 서울에서 왔다고 하자 내 아랫도리와 자전거를 번갈아 쳐다봤다.

"네, 보다시피. 사흘이면 팔도강산 유람하듯 충분히 올 수 있거든요."

"이런데 혼자 다니시면 무섭거나 위험하지 않으세요? 아니면 외롭거나. 호호."

여인이 선 채로 발에 샌들을 끼웠다.

"무서운 건 사람이 젤 무섭죠. 외로움은 느낄 겨를이 없구요."

직장을 잃고 아내는 떠난 중년의 남성에게 사람보다 무서운 건 없었다. 신문사를 나오고도 한동안은 글을 썼다. '백두대간을 자전거로 넘다!', 설악산에서 지리산까지 자전거로 누빈 여행기를 책으로 출간하려 했다. 하지만 전직 여행기자의 책을 내주겠다는 출판사는 한 군데도 없었다. 출판 관계자들은 한결같이 요즘 누가 여행기를 읽고 자전거를 타느냐고 했다. 신문사가 경영난에 빠진 이유를 알 것 같았다. 그러면 저렇게 많은 세상의 책들은 다 어떻게 탄생한 것일까. 실은 독백이라고 봐야죠, 기자 시절 알고 지낸 출판사 대표는 출간 제의를 정중하게 거절하며 이렇게 대답했다. 하긴 홀로 자전거를 타고 다녔으니 그 또한 독백 같은 거 아닌가. 혼자 자전거 타면 외롭지 않냐고? 때로는 고독도 사치다.

여성은 의외의 대답을 들었다는 듯 말없이 눈웃음을 짓더니 가볍게 내 곁을 지나갔다. 얇은 원피스 자락이 날개옷처럼 나풀거렸다.

"이리 오셔서 같이 드시죠."

아이들의 아버지로 보이는 남성이 그릴 위의 목살을 뒤집고 있었다. 부부와 여성들은 차일 아래서 바비큐 파티를 벌이는 중이었다.

"그래요. 이리 앉으세요."

자전거 팬츠처럼 꼭 끼는 핫팬츠 차림의 여성이 자신의 옆자리를 권했다.

"고맙습니다. 그럼 염치 불구하고……."

거의 종일 산을 탔던 터라 사실 몹시 시장하기도 했다. 어차피 저녁 한끼를 해결하기 위해 들른 곳이었다. 핫팬츠의 옆에 앉은 나는 호기롭게 구레나룻이 덥수룩한 주인에게 목살과 술을 더 내오라고 했다. 옆자리의 여인에게서 나는 향수 냄새가 고기 굽는 냄새를 피해 코를 자극했다.

"어디까지 가십니까?"

아이 아버지가 컵을 쥐고 맥주와 소주를 혼합한 액체를 흔들었다.

"오늘은 여기서 보내고 내일 돌아가려고 합니다."

"이런 험한 곳에 오시려면, 자전거가 좋은 거지요?"

자전거 여행을 하면서 수없이 들어본 질문이다.

그릴 위에 고기를 올려놓던 아이 엄마가 내 자전거를 슬쩍 쳐다봤다.

"당신도 자전거 타고 운동 좀 해."

"저 자전거가 얼마짜린 줄 알고 하는 소리야? 낚싯대로 만든 것도 있고 비행기 부품이라나 그런 걸로 만든 것도 있다면서요?"

"맞습니다. 제 자전거도 차체가 항공기 소재죠. 혹시 누가 비행기를 처음으로 만들었는지 아니?"

"라이트 형제요."

엄마가 주는 고기를 집어 먹던 아이가 크게 대답했다.

"그래 맞다. 라이트 형제는 원래 자전거 기술자였습니다. 그러니까 비행기 소재가 자전거에 쓰이든 자전거 소재를 비행기에 쓰든 전혀 이상한 일이 아니죠."

"그럼 저 자전거, 날개만 달면 비행기네."

원피스가 팔꿈치 아래를 양옆으로 펴고 몸을 좌우로 흔들며 나는 시늉을 했다.

마침 산장 주인이 술을 가져오고 있었다.

"혹시 자전거 보관할 만한 곳 없습니까? 좀 특별해서요."

사람들이 고개를 돌려 '특별한' 자전거를 쳐다봤다. 특별하다는 말을 이 사람들은 어떻게 받아들일까? 고생하며 백두대간을 함께 누빈 자전거였다.

"고가품이죠? 여기선 걱정하지 않으셔도 됩니다. 훔쳐 가려면 고개를 넘어가든지 날아가든지 해야 하는데 누가 가져갈 수 있겠습니까."

지겨워진 아이가 자전거 쪽으로 다가가더니 손으로 페달을 역방향으로 돌렸다.

"그렇게 만지면 안 돼!"

깜짝 놀라 소리치자 아이 엄마가 고개를 휙 돌리더니 날 쳐다봤다.

민망했다.

"죄송합니다."

계곡을 흐르는 물소리가 마치 빗소리처럼 크게 귀를 때렸다. 젊은 부부는 아이들을 데리고 숙소로 들어가고 나와 젊은 여성 둘이 남았다.

"아저씨, 부자예요?"

핫팬츠가 자전거를 흘끔 보더니 자신의 술잔을 권했다.

"그건 왜 묻죠?"

"비싼 자전거 타고 이런 데 놀러 다니시는 거 보니 그럴 것 같아서요."

"놀러 온 게 아니고……."

밤이 더 깊어지자 한여름인데도 등골이 시렸다. 달이 파르라니 떨고 있었다. 화장실에 가기 위해 일어섰다.

"공기가 많이 차요. 술도 많이 남았는데 우리 방에 들어가서 한 잔 더 해요."

핫팬츠가 따라오라는 고갯짓을 하며 주섬주섬 술병을 챙기더니 숙소로 걸어갔다.

두 여성은 건물 외벽에 달린 계단으로 올라가는 2층의 숙소에서 묵고 있었다. 침대 위에 아무렇게나 벗어 던진 옷가지들이 널려 있었다. 여성들과 나는 거실 바닥에 퍼질러 앉았다. 찬장에서 사발을 꺼내온 원피스가 막걸리 통을 흔들더니 방바닥에 눕히고는 좌우로 서너 차례 굴렸다.

"이렇게 하면 넘치지 않거든요."

원피스가 마술이라도 하듯 천천히 막걸리 뚜껑을 돌렸다.

"자, 우리 짠!"

단숨에 막걸리 잔을 비운 원피스는 한쪽 무릎을 세우더니 깍지낀 양손을 올려놓았다. 핫팬츠는 양반다리로 앉아서 마른안주 포장을 뜯고 오징어를 잘게 찢었다. 자전거 복장의 내 차림도 만만치 않았지만, 민망해서 땅콩을 집어삼켰다.

"자전거에 좀 다녀와야겠어요."

"누가 훔쳐 갔을까 봐?"

"그게 아니라, 옷 좀 갈아입고 오려고."

패니어에는 여벌의 반바지가 들어있었다.

"하하하."

원피스와 핫팬츠가 동시에 웃음을 터뜨렸다.

"우린 괜찮으니까 그냥 계세요. 방석도 깔고 계시는데, 더 편하지 않
으세요?"

"……."

"근데 자전거 타는 사람들은 팬티를 안 입는다는 말이 사실이에요?"

원피스가 양반다리로 자세를 바꿔 앉으며 치맛자락을 내려 무릎을 가
렸다.

"어머, 언니 정말이야?"

"왜, 김 상무라고 있잖아. 배 나온 아저씨, 육백인가 칠백짜리 자전거
탄다는. 그 사람이 그러던데."

"맞아요?"

핫팬츠가 내가 입고 있는 쇼츠를 쳐다보더니 확인하듯 물었다.

"바지 안에 두툼한 패드가 있으니…… 그게 대용일 수도 있고."

"난 또. 그럼 수영복 같은 거네. 수영복 속에 팬티 입는 사람은 없잖
아. 그게 그거네."

듣고 보니 적절한 비유였다.

"비행기 소재라는 아저씨 자전거는 얼마짜리예요?"

핫팬츠가 두 무릎을 세우더니 양팔로 둘러 감쌌다.

"좀 비싼 편이에요. 한 천만 원 줘야 하는데 지금은 구할 수도 없는 물건이라……."

"천만 원요? 나도 타봤으면 좋겠다. 그런데 여긴 무슨 일로 오셨어요? 아까 놀러 온 게 아니라고 하셨잖아요."

"글 쓰러 왔어요."

"글?"

원피스가 오징어 다리를 잘근잘근 깨물었다.

"그럼 작가 선생님? 뭐 쓰셨어요?"

그 자전거 여행책이 출간 되었어야 했다. 그랬으면 여행작가라고 말했을 것 아닌가.

"말해줘도 모를 걸."

"참 나, 검색해보면 금방 나오는데. 저 책 읽는 거 좋아해요. 김○○ 팬이에요."

핫팬츠가 좋아한다는 김○○은 장르문학계에서 이름있는 작가다.

"그 자식은 작가도 아니야."

괜한 심통을 부렸다.

"어머 왜요? 얼마나 재미있는데, 아저씬 안 팔리는 책 쓰는구나. 어렵고 따분한."

김○○의 팬이라는 핫팬츠가 오른 쪽으로 고개를 살짝 기울이며 자기 잔에 막걸리를 따랐다.

"돈 벌려고 책 쓰는 줄 알아요? 돈이 목적이라면 글쓰기는 산출 효과 제로인 노동이에요."

"낭만 작가시구나."

이곳이 바로 선녀와 나무꾼이 살던 곳이다. 달빛이 희다 못해 오늘처럼 푸르르던 밤, 요 아래 계곡에서 목욕하던 선녀들을 발견한 나무꾼은 몰래 제일 예쁜 선녀의 날개옷을 감추었다. 이윽고 목욕을 마친 선녀들이 모두 날개옷을 입고 하늘나라로 돌아갔으나 날개옷을 찾지 못한 선녀는 손으로 몸을 가린 채 고개 숙여 울고 있었다. 이때 나무꾼이 나타나 선녀를 집으로 데려가서 제 각시로 삼았다. 세월이 흘러 어느덧 두 아이를 얻은 나무꾼은 선녀에게 실은 자신이 날개옷을 숨겼다고 털어놓았다. 이 말을 들은 선녀는 한 번만이라도 좋으니 옷을 보여 달라고 간청했다. 나무꾼이 날개옷을 가져오자 날개옷을 걸친 선녀는 양팔로 아이들을 안고서 하늘나라로 돌아가 버렸다. 아이들을 위한 동화를 쓰려고 이곳을 찾은 것이다. 전업 작가는 아니고 전직 기자였다. 자전거는 실은 기사 써주고 스폰서로부터 받은 것이다. 막걸리에 달빛에 취해서 여성들에게 길게 내 이야기를 쏟아냈다.

"호호호, 그럼 선녀는 나무꾼의 집으로 가는 내내 노팬티였겠네. 듣고 보니 애들 동화가 아니라 성인물이네요. 그치?"

이야기를 듣고 난 원피스가 잔을 비우며 핫팬츠를 쳐다봤다.

"차라리 웹 소설로 써보지 그러세요? 그런데 이야기가 거기서 끝이에요?"

"무슨 이야기?"

"선녀와 나무꾼, 뒤가 더 있지 않나?"

"이 이야기에도 여러 버전이 있어요. 선녀가 아이들과 함께 하늘나라로 돌아가자 나무꾼이 두레박을 타고 선녀를 쫓아간 버전, 혼자 돌아간 선녀를 나무꾼과 아이들이 기다리다가 돌로 변한 버전 등 무척 다양해."

"그래요? 그럼 아저씬 어떤 버전을 고르실 건가요?"

내 대답을 기다리던 원피스는 가방을 뒤지더니 명함을 꺼내 내밀었다. 엔젤스라는 상호가 찍혀 있었다.

"우린 거창에서 놀러 왔어요. 거창 오실 일 있으면 들르세요."

여성들은 나에 대해 더는 묻지 않았다. 벽에 머리를 대고 졸던 원피스가 그만 자야겠다며 침대 위에 아무렇게나 벗어놓은 옷가지들을 한옆으로 밀었다. 어쩌면 속옷일지도 아니면 패드가 부착된 수영복일지도 모르겠다는 생각이 들었다.

"아저씬 안 자요? 오늘 올라간다면서요."

얼마간 대작하던 핫팬츠가 손으로 입을 가리며 하품을 했다. 어느덧 푸르스름하던 하늘이 희부윰하게 변색해서 점점 창을 채워나갔다.

"그럼⋯⋯."

벗어 던진 옷가지처럼 늘어진 핫팬츠를 뒤로 하고 방을 나왔다. 자전거는 그 자리에 그대로 있었다. 다운 튜브(자전거 아래쪽 프레임)에 묻은 흙

먼지를 깨끗이 닦아낸 후 패니어에서 텐트를 꺼내 계곡가에 펴고 눈을 붙였다.

아이들이 떠드는 소리가 들려왔다. 텐트 밖으로 나갔다. 한 아이가 계곡에서 손으로 물을 뿌리고 있었다. 햇빛에 투영된 물방울이 높이 튀어올랐다. 선녀들이 목욕했다는 계곡으로 내려가 상의를 벗고 드러누웠다. 푸르스름한 계곡물이 간밤의 달처럼 서늘했다. 벽소령의 여름이었다.

페스카마

1

1996년 8월 2일 새벽 세 시경, 사모아 동북방 약 800마일 해상.

배는 한 치 앞도 볼 수 없는 짙은 구름 속을 뚫고 시속 10노트의 속도로 천천히 항해 중이었다. 차고 두꺼운 구름이 따듯한 해면까지 내려왔다가 연기처럼 피어올라 갑판 위를 구르고 있었다.

만선의 꿈을 품고 출항한 지 어느덧 3개월째였다. 하지만 254톤급 참치잡이 어선 페스카마(pescamar)의 어창은 아직 한 번도 채워지지 않았다.

"실수하면 아니 된다. 실수 없도록 단단히 해야 한다. 다들 알아들었니?"

김만전은 '알아들었니?'라고 말하며 조춘풍을 쳐다봤다. 그는 고개를 숙인 채 해머로 갑판을 꾹꾹 찍어누르고 있었다.

"야, 조춘풍이. 알아들었냐고."

김만전이 목소리를 높이자 조춘풍은 그제야 고개를 들어 씩 웃어 보였다. 깨진 이빨이 보기 흉했다.

"난 먼저 선장을 깨우러 간다."

김만전을 향해 짧게 말을 마친 이영춘은 곧장 선장실로 향했다. 마치 먹잇감을 쫓는 맹수처럼 그의 엉덩이가 실룩거렸다.

"선장님, 본사에서 연락 왔습니다."

이영춘이 방문을 두드리자 오성식 선장은 선원의 본능으로 벌떡 일어나면서 시간을 확인했다. 새벽 세 시가 조금 넘은 시간이었다. 한국도 열한 시가 넘은 늦은 밤일 것이었다.

"무슨 소리야? 이 시간에 무슨 연락이 와."

단잠을 자는 중이었으므로 오 선장은 짜증 섞인 목소리로 말하고는 문고리를 쥐고 있는 이영춘을 본체만체하고는 복도를 지나 조타실로 갔다.

오 선장이 조타실 문을 열자 어둠 속에서 갑자기 발이 날아왔다. 복부를 세게 가격당한 오 선장은 뒤로 나자빠졌다.

"이게 무슨 짓이야?"

오 선장은 자신을 찬 김만전을 쩌려보며 말했다. 같은 조선족 선원인 줄 알고 김만전이 장난친 것으로 오해한 것이다.

일갈한 오 선장이 일어서려 하자 이번엔 조춘풍이 해머로 그의 뒤통수를 때렸다. 오 선장은 머리를 잡고 바닥에 뒹굴었다. 이어 백봉식이 다가와 참치 처리에 쓰는 칼로 오 선장의 오른쪽 허벅다리를 쑤시고 김만전이 다시 가슴을 찔렀다.

새우처럼 웅크리고 있는 오 선장을 둘러싼 조선족 선원들의 입가에 핏빛 미소가 번져나갔다.

꿈틀대던 오 선장은 이내 숨이 끊어졌는지 더는 움직이지 않았다.

"이제 어떻게 해요?"

조춘풍이 쓰러진 오 선장을 내려다보며 깨진 이빨 사이로 찍 침을 뱉었다.

"바다가 넓지 않니?"

이렇게 말하고서 이영춘이 다시 칼을 드는 김만전을 제지하자 조선족들은 축 늘어진 오 선장을 갑판으로 끌고 가 난간 밖으로 던져버렸다. 조선족 선원들은 고된 일을 마친 평소처럼 난간 앞에 서서 나란히 몇 대씩 담배를 피웠다.

"수고들 했다. 다음은 기관장이다."

김만전이 꽁초를 바다에 던지며 조춘풍과 백봉식을 쳐다봤다.

이영춘은 기관장실로 내려갔다.

"기관장님, 선장님이 조타실에서 부르십니다."

"선장님이…… 왜?"

"이유는 모르겠습니다. 찾아오라고만 말씀하셔서."

"어디 동력이라도 나갔나? 이 시간에 왜 불러."

기관장 이성필은 투덜거리면서도 바지를 입고 방을 나섰다.

이 기관장이 '선장님 무슨 일입니까?'라며 조타실 문을 열자 기다리고
있던 조춘풍이 도끼를 휘둘렀다. 하지만 기관장이 재빨리 문을 닫는 바
람에 도끼가 문에 찍히고 말았다.

"뭐야……."

말을 마치기도 전에 칼날이 기관장의 등에 박혔다. 기관장이 고꾸라
지자 조선족 선원들이 그를 들어 바다에 던지려 했으나 정신을 차린 기관
장은 난간을 붙잡고 매달렸다.

"나한테 왜 이러는 거야. 사, 살려줘."

"니는 손이 없니 발이 없니."

평소 기관장의 자잘한 수발을 도맡던 백봉식이 살려 달라고 애원하며
필사적으로 난관에 매달려 있는 기관장 이 씨의 손가락을 가위로 내리찍
었다.

"으악……."

기관장의 절규가 남태평양의 고요한 바다를 찢었지만 바다가 입은 상
처는 곧 아물었다.

이번엔 조춘풍이 도끼를 들어 기관장의 오른손가락을 겨냥했다.

"안 돼…… 제발."

"그럼 그냥 스스로 떨어지라우."

백봉식이 피우던 담배를 이씨의 손등에 비벼 껐다.

그래도 이 씨가 매달려 있자 이번엔 손가락을 뒤로 꺾었다.

"이 새끼, 아주 끈질기구나."

"저리 비키라."

조춘풍이 다시 도끼를 번쩍 쳐들었다.

"살려 줘……"

기관장의 외마디를 바다가 집어삼켰다. 기관장을 삼킨 바다는 아무 일 없다는 듯 철썩철썩 페스카마호를 간질였다.

이어 이영춘이 갑판장 김선두의 방으로 가서 그를 깨웠다.

"이 시간에 선장이 날 왜 찾아? 고기떼라도 발견했나?"

갑판장이 기지개를 켜며 침대에서 일어섰다.

"무슨 일이야?"

갑판장이 하품을 하면서 나왔다.

"이유는 잘 모르겠습니다."

"이 시간에 사람을 깨우면서 이유를 몰라? 병신 같이……"

순간, 이영춘은 갑판장에게 맹렬한 살의를 느꼈다.

갑판장이 조타실 문을 벌컥 열자 쇠파이프가 그의 이마를 강타했다.

"어이쿠."

김만전이 주저앉은 갑판장의 목덜미와 머리를 쇠파이프로 마구 때렸다. 갑판장은 맞으면서도 손을 뻗쳐 쇠파이프를 잡았다.

"고개 쳐들고 나 똑바로 보라. 니, 내가 아직도 고기로 보이니. 이 씨 발놈아."

백봉식은 쇠파이프로 갑판장의 가슴을 찔러댔다.

"나한테는 고기보다 못한 놈이라 했어요."

조춘풍이 쇠파이프로 자신의 손바닥을 치면서 가래를 뱉어냈다.

"아, 아니야…… 그게 아니야."

사태를 파악한 갑판장은 고분고분했다.

"아, 이 새끼 봐라. 진작에 사람하고 고기를 구분할 줄 알았어야지. 조춘풍이 니 이 새끼 한번 회 쳐볼래."

조춘풍이 김만전이 준 칼을 휘두르자 갑판장이 안면을 잡고 쓰러졌다. 이어 백봉식이 쓰러진 갑판장의 이마를 도끼로 내려쳤다.

"에이 그러면 안 되지. 이 새끼 죽었나."

"힛힛, 등으로 쳤지요."

"이 새끼는 반드시 산 채로 버려야 해. 그래야 상어하고 좀 놀지."

김만전은 상의를 쥐고서 갑판장을 갑판으로 끌고 갔다.

"사, 살려 줘……."

갑판장이 이영춘에게 호소했다.

"헷도, 제발…… 미안해. 내가 잘못했어."

"이 씨발놈이, 이제 와서……."

김만전이 참치 처리 칼로 갑판장의 배를 찌르자 갑판장이 쓰러지면서 손으로 복부를 가렸다. 조춘풍과 백봉식의 칼탕이 이어졌다. 갑판장은 고통스럽게 몸부림쳤다.

"그만하면 됐다. 이제 그만 끝내자."

이영춘이 손가락으로 손목시계를 가리켰다.

"히히히히."

갑판장을 바다에 던진 조춘풍이 갑자기 웃음을 흘렸다.

"왜 웃니?"

김만전이 신경질적으로 반응했다.

"갑판장이 꼭 참치 같지 않소?"

"니는 다시 태어나더라도 꼭 참치로 태어나그라……."

김만전이 갑판장을 던진 바다를 보며 저주를 퍼부었다.

"야, 니 일 다 끝나면 그 바지 바다에 버리라."

조춘풍이 손에 묻은 피를 작업복 바지에 쓱 문질러 닦는 것을 본 이영춘이 인상을 쓰며 말했다.

다음은 항해사 차례였다.

"항해사는 죽이면 안 된다."

"어찌 살려주자는 말이오?"

이렇게 물은 김만전은 담배가 떨어졌는지 오른손 검지와 중지로 가위손을 만들어 조춘풍에게 담배 한 대 달라는 시늉을 했다.

"그걸 몰라서 묻니? 항해사가 있어야 일본이든 한국이든 돌아갈 수 있지 않겠는가 말이다. 또 외국 배랑 교신은 어떻게 할 거니? 영어가 돼야 교신을 하든가 하지."

"그럼 어찌 하시겠소?"

"내가 유인해서 데리고 올 테니 건드리지 말고 잘 묶어두라."

이영춘은 항해사에게로 가서 선장이 조타실에서 찾는다고 말했다. 이
영춘과 같은 띠인 항해사 박기영은 평소 이영춘을 형이라 부르기도 했다.
신혼의 단꿈에 부풀어 있는 박기영이 참치잡이 어선에 승선한 것은 이번
이 두 번째로 벌크선이나 컨테이너선의 선장이 되는 게 목표라고 했다.

"선장님은 어디 계신가요?"

조타실에서 항해사가 조선족 선원들을 둘러봤다.

"왜 모두 여기 있는 거죠?"

"묶으라우."

이영춘의 말에 조춘풍과 백봉식이 항해사를 꿇린 후 밧줄로 결박했다.

"왜 이래요?"

항해사가 눈을 부릅뜨고 이영춘을 처다봤다.

"간단히 말하지. 지금 선장과 기관장과 갑판장은 상어랑 놀고 있소."

고개를 돌린 이영춘을 대신해서 김만전이 말했다.

"뭐라구요? 그게 무슨 말이에요?"

박 항해사가 이영춘에게 묻자 조춘풍이 청테이프로 입을 막았다.

"더 묻지 말고 얌전하게 있으면 아무 일 없을 것이오."

이영춘은 항해사의 눈을 가리게 한 뒤 조타실에 묶어 두었다.

시간이 꽤 흘렀는지 멀리 수평선이 밝아오고 있었다.

"민석이는 어떻게 처리하죠?"

김만전의 눈은 시뻘겋게 충혈돼 있었다.

처리한다는 말은 살해 방법을 의미하는 것인가, 아니면 살릴 것이냐

죽일 것이냐를 묻는 말인가. 민석은 수산고등학교를 갓 졸업한 견습생으로 페스카마호에 오른 것이었다. 고향에 있는 아들보다 몇 살 많은 나이였다. 왜 대학에 안 가고 원양어선 선원이 되려 하냐는 질문에 어서 돈을 모아서 아버지의 낡은 트럭을 바꿔주겠다고 대답한 당찬 아이였다. 이영춘은 얼른 대답하지 못했다.

"일단 내가 데리고 나오겠다."

얼버무린 이영춘은 마찬가지 방법으로 신민석을 조선족이 모여있는 곳으로 데리고 나왔다.

"선장님이 불렀다고 하더니 왜 여기로 왔죠?"

민석이 이영춘에게 묻자 김만전이 조춘풍과 백봉식에게 붙들라고 지시했다. 그들은 이영춘이 민석을 데리러 갔을 때 이미 말을 맞췄다. 미안하더라도 이렇게 된 거 어쩔 수가 없다, 원한은 없으니 상처는 내지 말고 그냥 바다에 던져버리자고.

"왜 이래요."

조춘풍과 백봉식이 붙잡으려고 하자 살기를 느낀 민석이 거칠게 반항했다.

그때였다.

"아, 저 새끼들."

잠에서 깨어난 인도네시아 선원들에게 이 광경을 들킨 것이다. 조선족들은 해머와 쇠파이프, 도끼 등으로 그들을 위협해서 난간으로 몰았다. 영문을 모르는 인도네시아 선원들은 벌벌 떨었다.

"죽을래? 아니면 죽일래?"

김만전이 칼을 겨누며 한국말로 했음에도 인도네시아 사람들은 금방 알아들었다.

"이 새끼들 말귀 다 알아듣네."

인도네시아 선원들은 평소 말을 알아듣지 못한다며 갑판장에게 자주 기합받고 심하게 얻어맞았다. 조선족들은 평소 동병상련을 느꼈던 터라 그들까지 처리할 계획은 세워두지 않았다. 그런데 그만 현장을 목격당했으니 죽이든가 공범으로 만들어야 했다. 어쩌면 진작부터 다 보고 있었을지도 모른다.

"민석이까지 그럴 필요가 있니."

"무슨 말을 하고 있어요? 지금까지 일을 다 꾸며놓고는. 민석이를 살려두면 어쩌겠다는 거요."

"내가 무슨 일을 꾸며?"

"그럼 아무 일도 하지 않았다는 말이오?"

김만전은 이영춘에게 칼을 건넸다. 직접 처리하라는 뜻이었다.

하지만 조춘풍이 칼로 인도네시아 선원들을 위협하자 겁을 먹은 인도네시아 선원들이 난간을 잡고 버티는 민석을 순식간에 바다로 밀어버렸다.

광란의 살인극이 끝났을 무렵, 하늘과 바다는 온통 벌겋게 물들어 있었다.

2

김형섭 변호사는 자신의 사무실을 찾은 부산 지역에서 활동하는 인권 단체 한누리의 최만복 간사로부터 페스카마호 사건의 전모를 들었다. 언론 보도를 통해 접하긴 했으나 사실 크게 관심을 가지지 않은 사건이었다. 국선 변호인이 변론을 담당한 1심에서 이영춘을 비롯한 피고인 전원은 해상강도살인의 죄가 적용되어 사형을 선고받았다.

고등학교 선후배 사이인 최만복 간사와 인권변호사 모임인 인변(人辯) 소속의 김형섭 변호사는 가끔 사직야구장에서 롯데 자이언츠도 함께 응원하는 막역한 관계였다. 최 간사는 김 변호사에게 사건의 변론을 요청했다.

"그런 사건이라면 형사 쪽에 유능한 분들도 계신데, 굳이 저한테까지……."

들어보니 무도한 조선족들이 저지른 흉악 범죄라 김 변호사는 말끝을 흐리며 완곡하게 거절의 의사를 전했다.

"흉악 범죄인 건 맞지만 중국 교포사회에서도 워낙 화제가 된 사건이고 그래서 그런지 현지에서는 구명운동과 모금 운동이 활발하게 벌어지고 있다고 하네."

김 변호사는 고국의 무고한 선원들을 잔혹하게 살해한 자들을 위해 조선족 사회에서 구명 운동을 벌인다는 말에 솔깃했다.

'뭐가 있구나.' 그렇지 않다면 아무리 같은 조선족이라고 해도 흉악범들을 위해 구명운동을 전개하지는 않을 터였다. 김 변호사는 직감적으로 단순한 강도살인 사건으로 치부할 일이 아닐 수도 있다는 생각을 했다.

두 사람은 가끔 들르는 자갈치 시장의 회백반 집으로 자리를 옮겼다. 김 변호사는 사람 냄새 나는 재래시장에 있는 오래된 이 횟집을 좋아했다.

TV에서는 우리나라가 드디어 선진국 클럽이라는 OECD에 가입했음을 집중적 보도하며 국민과 각계각층의 반응을 소개했다.

이제 나도 선진국민이다, 대한민국 만세입니다, 대한민국 국민이라는 사실이 너무나도 자랑스럽습니다.

6.25 참전 용사라는 한 노인은 죽기 전에 선진국 국민이 되어 너무나 다행이라며 눈시울을 적시기도 했다.

"저는 잘 몰라서 그러는데, 저기 가입하면 선진국이 되는 겁니까? 아니면 선진국이 되어서 저기 가입하는 겁니까?"

"터키도 멕시코도 다 가입했는데, 선진국 클럽은 무슨 선진국 클럽."

최 간사가 뉴스에는 눈도 돌리지 않은 채 냉소적으로 말하며 김 변호사에게 술을 권했다.

"두고 보라고. 경제 체질 개선이니 글로벌 스탠더드 준수니 하며 앞으로 숙제만 잔뜩 짊어질 테니까. 숙제를 받아오는 건 정부지만 숙제를 하는 건 국민의 몫이 될 거야."

"숙제라구요?"

김 변호사는 OECD에 가입하면 국민이 숙제를 해야 한다는 최 간사의 말을 이해할 수 없었다.

"어쩌면 말이야. 병원이고 법률 서비스 시장도 개방하라고 나올지도 모른다 이 말씀이야."

"법률 시장을 개방한다구요?"

"그렇지. 외국 대형 로펌들이 국내에 진출할 수도 있지. 상법이나 금융법도 외국법을 따라가야 할 테고."

최 간사는 김 변호사에게 잔을 건네며 반찬으로 나온 다시마 무침을 씹어 먹었다.

"그럼 저 같은 개인 변호사는 어떻게 된다고 보십니까?"

김 변호사는 외국의 대형 로펌이 들어온다는 말에 지레 겁부터 났다.

"뭐가 어떻게 돼. 자네는 지금도 동네 변호사 아닌가. 외국 로펌에서 소소한 사건이야 수임하겠는가."

"하하하, 우리 동네는 제가 지키겠습니다. 선배님, 제가 피고인들을 한번 만나 보겠습니다"

"그래, 그래 주면 고맙겠네. 우리 동네 김형섭 변호사. 그럼 자, 브라보!"

'원샷'하고 나서 최만복 간사는 두 손으로 김 변호사의 손을 꼭 잡았다.

경찰 조서를 열람한 김 변호사는 피고인들을 만나기에 앞서 유일한 한국인 선원 생존자인 항해사 박기영을 만나보기로 했다. 잔혹한 살인 사건이 발생한 페스카마호의 선상 생활과 피고인들에 대한 이야기를 들어보기 위해서였다.

박기영은 김 변호사가 전화를 걸어 신분을 밝히자 할 말이 없다며 끊었다. 몇 차례의 시도 끝에 김 변호사는 박기영을 만나러 그가 사는 곳으로 찾아갔다. 박기영은 사건의 충격에서 벗어나지 못한 듯 보였다.

"저에게 무슨 말을 듣길 원하십니까?"

박기영이 떨떠름한 표정을 지었다. 잔혹한 범죄를 저지른 흉악범을 변론하는 것에 상당한 거부감을 가지고 있는 듯했다. 그 역시도 하마터면 그들에게 목숨을 잃을 뻔하지 않았는가.

"경찰 조서에 다 나와 있을 텐데요."

"그건 저도 이미 확인했습니다."

"그러면 왜 저를 찾아오신 거죠?"

"경찰 조서는 사건 위주로만 나열되어 있어서 그렇습니다. 제가 알고 싶은 건 사건이 발생한 배경이라든가 피고인들에 대해서……."

"배경을 알고 나서 그들이 무죄라고 주장하실 건가요?"

박기영이 김 변호사의 말을 끊었다.

"꼭 그런 건 아닙니다."

이때 박기영의 처가 아이를 업고 집으로 들어왔다.

"어머, 미안해요. 전 손님이 와 계신 줄 모르고……."

"아닙니다. 제가 실례죠."

김 변호사는 커피를 내오는 박기영의 처에게 들고 온 쇼핑 백을 전했다.

"아이 옷입니다. 받아 주시면 고맙겠습니다."

"뭘 이런 걸 다……."

"혹시 담배 태우십니까?"

"뱃놈이 뭘 못하겠습니까."

김 변호사는 박기영과 함께 밖으로 나왔다.

"아까 제게 피고인들의 무죄를 주장할 거냐고 물으셨죠. 제가 항해사님을 뵙자고 한 것은 그들이 무죄라는 걸 입증하기 위해서가 아닙니다. 저도 알죠. 그들이 저지른 범죄가 극악무도하다는 것을. 다만 저는 변호사로서 스스로 변호할 능력이 없는 그들에게 제대로 된 소명 기회를 주고 재판 과정에서 사실오인과 법리오해가 없도록 하고자 하는 것입니다. 사건의 원인과 배경을 낱낱이 파악해야 이런 사건의 재발을 막을 수도 있지 않겠습니까. 하지만 항해사님이 내키지 않으신다면 저로선 어쩔 수가 없죠."

"사건의 재발을 막는다구요? 혹시 참치 좋아하십니까?"

"왜요? 우리 참치 한번 먹으러 갈까요?"

"아뇨, 저는 참치 먹지 않습니다. 원인이라면 참치가 원인이죠."

"참치가요?"

"24시간 참치 전쟁이 벌어지는 곳, 그곳이 남태평양이거든요."

3

김 변호사는 피고인들도 차례로 면회했다. 이영춘을 제외한 나머지

셋의 증언은 대체로 일치했다. 자신들은 이영춘의 지시에 따랐을 뿐이라는 것이다. 반면 주범으로 기소된 이영춘은 예상외로 다른 피고인들과 달리 사건에 대해 입을 다물고 진술을 완강히 거부하고 있었다.

"왜 죽으려고만 하십니까? 대한민국의 법률은 이 선생의 인권을 지켜주지 못했지만, 목숨은 보장해 드릴 수도 있습니다."

"저는 살기를 원하지 않습니다."

이영춘은 그냥 죽게 내버려 달라며 쓸쓸한 미소를 지었다.

"이 선생, 지금 교포사회에서 활발한 구명 운동이 전개되고 있습니다. 제가 사건을 맡은 것도 교포사회와 국내 인권단체의 호소가 있었기 때문입니다. 제가 변론한다고 해서 결과가 달라진다고 장담할 수는 없지만, 설령 그렇다고 하더라도 2백만 조선족 동포와 가족들의 명예를 위해서라도 사건의 진실을 밝혀봐야 하지 않겠습니까."

김 변호사는 가족이라는 말에 찰나적으로 흔들리는 이영춘의 눈빛을 놓치지 않았다.

"다음 공판 때는 중국에 계신 가족들이 참관하실 수 있도록 노력해 보겠습니다. 잘 생각해보시기 바랍니다."

면담을 마친 김형섭 변호사는 한누리의 최만복 간사에게 중국교포사회에 연락해 이영춘과 다른 피고들의 가족 방문을 주선해달라고 요청했다.

변론에 협조적이지 않던 이영춘은 가족들을 초청하겠다는 말에 심적으로 크게 흔들렸는지 다음 접견 때부터 조금씩 입을 열기 시작했다.

이영춘은 자신은 범행을 주도할만한 위치에 있지 않았다고 했다. 그
날 우발적으로 사건에 휘말렸을 뿐이며 선장을 비롯해 한국인 선원들을
불러낸 건 그렇게 하지 않으면 자신도 죽을 것 같은 위험을 느꼈기 때문
이라고 했다. 자신은 '헷도'라고 불리는 조선족 선원들의 대표라 평소에
도 간부 선원들의 방 출입이 자유로웠기 때문에 자신이 유인책을 맡았을
뿐이라는 것이다. 한국인 선원들이 조선족 가운데 나이가 가장 많고 대
학까지 졸업한 이영춘에게 거친 하급 선원들을 관리하도록 하고 그를 통
해 지시를 하달한 것은 모든 선원의 한결같은 증언이었다. 하지만 사건
당일 이영춘의 역할을 두고 다른 조선족 선원들과 이영춘 본인의 말이 어
긋나고 있었다.

유일한 한국인 생존자인 박기영의 비협조적인 태도와 이영춘의 상세
진술 거부로 김 변호사가 사건의 전모와 진실에 접근하는 데 어려움을 겪
고 있을 때였다. 한누리의 최만복 간사로부터 연락이 왔다.

"피고인들의 가족은 다음 공판 기일에 맞춰 방문할 예정이네. 거부하
는 사람들이 없더군. 피고인들의 가족을 초청한다는 생각, 그거 아주 굿
아이디어야."

"선배님, 수고하셨습니다."

"그러고 말이야. 박기영 씨도 만나 봤는데, 김변을 한번 만날 의향이
있더군."

"그래요? 잘 되었네요."

다음 날 박기영으로부터 만날 수 있느냐는 연락이 왔다.

"만날 수 있다마다요. 제가 전화를 드려서 그렇게 여쭤야 할 판인데."

"생각해보니 그날은 제가 변호사님을 오해한 것 같습니다. 조선족들을 위해서가 아니라 저를 위해서도 사건의 전모를 밝혀둘 필요가 있는 것 같습니다."

이렇게 말하며 박기영은 김 변호사에게 대학 노트 한 권 분량의 수기를 건넸다. 감천항을 떠나 부산으로 돌아오기까지의 과정을 기록한 항해 노트 같은 것이었다. 손글씨임에도 매우 반듯했다. 박기영의 꼼꼼한 성격을 보는 듯했다. 드러내기 어려운 사사로운 부분은 들어냈는지 군데군데가 뜯겨 있었지만, 사건을 재구성하는 데는 큰 어려움이 없었다. 다음은 박기영의 진술과 수기 내용이다.

해양대학교를 졸업한 박기영이 거듭 원양어선에 승선한 것은 예식 비용을 마련하기 위해서였다. 아내와 사실혼 관계인 그는 남부럽지 않은 식을 올리고 싶었다. 더구나 아이까지 태어나 돈이 들어갔다. 참치잡이 어선을 타면 목돈을 만들기가 쉬웠다. 어획량에 따라 임금을 받는 보합제(步合制) 계약이기 때문이었다. 광활한 태평양 어장은 고기를 건져 올리는 곳이 아니라 돈을 건져 올리는 곳이었다.

페스카마호가 부산 감천항을 출발한 것은 사건이 발생하기 약 3개월 전인 1996년 5월 1일이었다. 페스카마호는 열흘 후에 사이판의 부속 섬인 티니안에 도착했다. 잡역을 할 조선족 선원들을 싣고 가기 위해서였다.

갑판장 김선두는 티니안에 내린 선원들을 단골 클럽이라는 '씨맨스 클럽'으로 안내했다.

"민석이는 어떻게 할까요?"

박기영은 아직 어린 신민석이 마음에 걸렸다.

"뭘 어떻게 해? 민석이는 남자 아뇨? 데리고 가야지. 이것도 다 실습이요."

부산을 떠나기 전에 선사로부터 받은 선급금을 노름으로 몽땅 날린 갑판장 김선두는 기분이 몹시 좋지 않아 보였다.

"날씨 한번 드럽게 좋네."

김선두는 티니안의 밝은 햇살 속에서 인상을 쓰며 가래를 끌어올려 침을 뱉었다.

각국의 뱃사람들이 빈번하게 오가는 곳인데도 여주인이 용케 김선두를 알아보고 반겼다. 실은 알아보는 척인지도 모른다.

선원들은 이곳에서 이틀 동안 술과 여자를 마음껏 즐길 예정이었다. 반라 차림의 원주민 처녀들의 골반 춤이 시작됐다.

초당 몇 회를 흔드는지 처녀들의 골반이 풍뎅이 날갯짓하듯 떨렸다. 해외가 처음인 민석은 무희들에게서 눈을 떼지 못했다.

"야, 민석이. 정신 차려 임마. 진짜 재미있는 건 있다가 보여줄 테니까."

갑판장은 생긴 것은 달라도 춤은 이곳 마리아나 제도고 솔로몬 제도고 멀리 쿡 제도고 간에 다 똑같다며, 여자는 있다가 실컷 보고 술이나 마시자고 했다.

"그런데 조선족들 말이야. 하나 빼고는 모두 이번에 배 처음 타는 거라지."

조선족 선원들에게 어구를 만들고 모릿줄과 아릿줄을 치고 걷어 올리는 투양승(投揚繩) 작업을 지도하는 건 갑판장 담당이었다. 조선족과 달리 인도네시아나 필리핀 선원들은 어부 출신이 많아 바다에 대한 이해가 있었으며 이번에 승선한 인도네시아 인력도 큰 배를 탄 경험이 있다고 했다.

"그 새끼들, 논매고 밭 갈다가 어떻게 바닷일을 해보겠다고. 바닷일이 만만한 줄 아나. 기관장 형님이 좀 잘 가르쳐봐요."

그러면서 김선두가 기관장 이성필의 잔을 채워 주었다.

"이 사람이, 그게 왜 내 일인가."

이성필이 잔을 쥔 손을 거두었다.

"에이, 그런다고 빼기는…… 어차피 애들 시켜서 기관실 삐까번쩍하게 광부터 낼 거면서. 하여튼 다들 잘 들어요. 이번 조업 결과는 조선족들 어떻게 다루는가에 달려 있다는 걸."

출어에 앞서 페스카마호의 선원들은 만선을 기원하는 풍어제를 준비했다. 돼지머리가 필요했으므로 선원들은 마을에서 살아 있는 돼지를 샀다. 네 발이 묶여 작대기에 매달린 돼지가 곧 닥칠 자신의 운명을 예감했는지 비명을 질러댔다.

"고향에서 돼지 잡아본 사람."

김선두가 갑판에서 참치 처리용 칼을 조선족 선원들에게 겨누며 물었다.

"인도네시아 사람들은 어디 있습니까?"

민석이 박기영에게 묻는 걸 들었는지 김선두가 씩 웃었다.

"걔들은 이슬람이라 돼지 안 먹잖아. 그러니 잡아봤겠어."

"그 칼 이리 내봐요."

김만전이 김선두로부터 칼을 받아 들더니 눈 깜작할 사이에 돼지 멱을 따고는 '바께스'에 피를 받았다. 피가 멎자 김만전은 돼지의 배를 가르고 능숙하게 가죽을 벗겨냈다.

"저 새끼 저거, 칼 잘 쓰네. 한두 번 해본 솜씨가 아닌데. 저 새끼한테 참치 처리 맡기면 되겠는데."

가죽을 벗기고 해체하는 과정에서 갑판에 한 방울의 피도 흘리지 않은 김만전의 솜씨를 보고 한국 선원들이 감탄하며 말했다. 처리란 아가미를 제거하고 내장을 빼내는 해체 작업을 말하는 것이다. 소형 참치잡이 어선인 페스카마호에서는 잡아 올린 참치를 그 자리에서 바로 해체해서 냉동 보관했다.

제수 준비를 마친 선원들은 고사를 지냈다.

"태평양 바다의 모든 생명을 주관하시는 용왕님이시어. 오늘 페스카마호의 출어에 앞서 우리 선원들이 이렇게 술과 음식을 정성껏 장만하였습니다. 모쪼록 이번 조업에 풍어를 주시옵고 험한 바람과 높은 파도는 거두시길 바라옵니다. 또 한국으로 돌아가는 날까지 우리 선원들 모두의 안전을 기원하며 가족들의 건강을 바라는 바입니다. 페스카마호 선장 오성식 이하 선원 일동 용왕님께 제물을 올리니 받아 주소서."

축문을 읽은 선장은 백 달러짜리 지폐를 돼지머리 앞에 놓고 절을 올렸다. 뒤이어 기관장과 갑판장, 항해사 등의 차례로 절을 올리고 조선족 선원들도 단체로 절을 했다.

고사를 마친 선원들은 음복하고 술을 바다에 뿌렸다. 조선족 선원 가운데 가장 나이가 적은 백봉식이 통째로 막걸리를 바다에 붓자 기관장 이성필이 돼지를 꿰던 나무 작대기로 백봉식의 엉덩이를 쿡 찔렀다.

"술 그만 부어라. 자슥아. 용왕님이 대취하시면 바다가 춤춘다."

"남의 엉덩이 찌르지 말아요."

백봉식이 손으로 엉덩이를 가리더니 펄쩍 뛰었다.

"뭐? 뭐라고 이 새끼야, 남의 엉덩이를 찌르지 마? 그래 찔렀다. 찔렀으면 어쩔래."

이성필은 이번엔 작대기로 백봉식의 아랫배를 쿡쿡 쑤셨다.

"에…… 하지 말아요. 아파요."

백봉식이 아랫도리를 손으로 가리며 몇 걸음 뒤로 물러났다.

"어쭈, 이 새끼 봐라. 이거. 뒈지고 싶어 환장했나. 아프라고 찔렀다. 씨발놈아. 선장님, 한따까리하고 떠날까요."

나무 작대기를 갑판에 내던진 이성필이 소매를 걷어 올렸다.

인도네시아 선원들은 익숙한 모습이라는 듯 자기들끼리 웃었다.

"됐소. 고마하소. 지도는 차차 하고 오늘은 첫날이고 고사도 지냈으니 먹고 마십시다."

선장이 이성필을 말리더니 조타실로 올라갔다.

"렛고!"(Let's Go!)

페스카마호는 힘찬 뱃고동을 울리며 선수를 수평선으로 향했다. 출발이다.

더는 아무 일도 없었지만 출항제에서 일어난 일은 어쩌면 석 달 뒤에 벌어질 비극적 사건의 예시일지도 몰랐다.

다음 날 아침, 오 선장이 한국 선원들을 모두 조타실로 불렀다.

"조선족들 말이야. 신원 좀 알아봤어요?"

"지금 당장 알아보겠습니다. 하나 빼고는 뱃일을 처음 하는 애들이라 그 부분이 좀 걸리긴 합니다."

갑판장 김선두가 대답하고 나서 삐져나온 코털을 쑥 뽑았다.

"그래요. 애들 너무 심하게 다루진 말고 잘 지도해 주세요. 전에는 조선족들 없었는데, 들어보니 조선족들 다루기가 영 쉽지 않은 모양이야."

조선족 선원들을 식당으로 불러 한국 선원들이 돌아가며 물었다.

김만전, 나이 27세, 직업 농부, 주거지 중국 길림성 연변조선족자치주 연길……

"칼 잘 쓰던데, 중국에서 뭐 하다가 왔어?"

"농사짓다가 왔어요."

"어디서 칼질하다가 온 건 아니고?"

"아, 아니에요."

"배는 왜 탔어?"

"돈 벌어서 돌아가려구요."

"결혼했어?"

"네."

"아이는?"

"큰 애는 네 살, 작은 애는 뱃속에……."

"그래? 어깨가 무겁겠네. 와이프 이뻐?"

김만전은 대답을 하지 않고 뻐드렁니를 드러내며 웃기만 했다.

"새끼가…… 내 말이 웃기게 들려?"

기관장 이성필은 버럭 소리를 질렀다.

"아닙니다."

"나 중국 가면 너네 집에서 하룻밤 재워주라. 와이프도 한번 보고."

"예, 오시기만 한다면요."

조춘풍, 나이 24세. 직업 농부, 주거지 중국 길림성 연변조선족자치주 연길……

백봉식, 나이 22세, 직업 이발사, 주거지 중국 길림성 연변조선족자치주 연길……

"잠깐, 이것들, 전부 한 동네 출신이잖아."

이력서를 넘겨보던 갑판장 김선두가 사진과 백봉식의 얼굴을 대조하면서 말했다.

"니들 서로 아는 사이야?"

"예."

"아주 단체로 유람선을 타셨구만. 누가 맨 처음 타자고 했어?"

"만전이 형님요."

"넌 이발사야? 그럼 머리나 깎지, 고기는 잡아서 뭐 하게?"

"돈 벌려고 왔지요."

"앞으로 이발이나 빨래 같은 건 니 담당이다. 알았어?"

이성필이 흡족한 표정을 지어 보였다.

끝으로 이영춘의 차례가 돌아왔다.

나이 43세, 직업 항해사, 주거지 중국 길림성 집안현……

"항해사 자격도 취득하고 나이가 많구만. 뭐하다가 고깃배를 탔나?"

"교사였습니다."

"선생님? 학교에서 뭘 가르쳤는데?"

"조선어 가르쳤습니다. 조선어 교사였어요."

"그런데 선생님이 어쩐 일로 배를 타셨나?"

"중국도 작년부터 제도가 바뀌어서 학비를 개인적으로 부담해야 합니다. 큰 애가 고등학생인데 대학 학자금을 마련하려고."

"애들 공부시키려고 배를 탔다 이거지. 왜, 교사 월급으로는 안 되나?"

"애가 셋이나 돼요. 어머니는 병석에 누워 계시고 또 살림하다가 보면 아무래도 이래저래 돈 들어갈 일만 자꾸 생기고."

"사람 사는 게 다 그렇지 뭐. 나도 애가 셋이야. 위로 둘은 딸, 막내가 아들이고."

갑판장이 이영춘의 말에 맞장구를 쳤다.

"저도 똑같습니다. 막내가 아들, 소학교 다니고 있습니다. 막내 태어나서 벌금 물었어요."

"벌금이라고? 막내가 태어났는데 왜 벌금을 내?"

"중국은 산아제한국가예요. 그래서 몰래 키우다가 들켜서 교육국으로부터 조사도 받고 그랬어요. 그때 벌금을 만원 물었는데, 선생님들, 우리 아들 별명이 뭔지 알아요?"

"그걸 우리가 어떻게 알아?"

"벌금 만원 냈다고 별명이 만원이에요. 이만원."

이영춘의 말을 듣고서 모두 크게 웃었다.

"선생님들, 앞으로 잘 좀 부탁드리겠습니다. 중국에 살면서 하두 설움을 많이 받아서리. 조선족이라고 중국놈들이 어찌나 깔보는지. 우리 조선족들은 항상 조심해서 살아야 합니다. 중국인과 조선족이 같은 사고를 쳐도 항상 조선족이 손해를 봅니다. 그런데 고국이 잘 산다는 말을 듣고서 조선사람들 기분이 얼마나 좋은지……."

4

박기영은 같은 항해사인 이영춘과 많은 얘기를 나누었는지 특히 그에 대해 수기의 많은 부분을 할애하고 있었다.

경남 통영이 고향인 이영춘의 할아버지 이백규는 상해 임시정부가 수

립될 무렵 중국으로 건너가서 항일 독립운동을 벌였다. 중국에서 태어난 아버지 이상호는 1950년대 초에 동포들이 사는 길림성으로 이주하여 이영춘의 어머니 민금자를 만났다. 광개토대왕비가 세워져 있는 곳인 집안(集安)에 자리 잡은 이상호는 벌판을 개간하여 논밭을 일구고 살았다. 인구가 증가하자 이상호는 마을 이름을 한 번도 가보지 못한 고향의 이름을 따서 통영마을이라 지었다. 그로부터 얼마 뒤 이영춘이 태어났다. 이영춘이 교사라는 안정적인 직업을 접고 원양어선에 오른 것은 아마도 조상 대대로 바닷가에서 산 내력과 할아버지와 아버지의 모험적인 성격이 작용한 결과인지도 모른다.

이영춘의 일생은 빈곤의 나날이었다. 이영춘이 태어나던 해에 마을에 콜레라가 창궐하자 아버지 이상호와 어머니 민금자는 애써 일군 논과 밭을 버리고 유랑의 길을 떠났다. 이 과정에서 중국인으로부터 갖은 멸시를 받으며 소수민족의 설움을 겪어야 했다. 아버지 이상호는 밥상머리에서 이영춘에게 비록 몸은 중국에 있더라도 조선인의 피가 흐름을 한시라도 잊어서는 안 된다며 민족정신을 강조하곤 했는데 나중에 이영춘이 조선어를 공부하고 조선어를 가르친 것은 그 영향일 것이다.

마을을 버리고 얼마간 떠돌던 이상호는 어린 이영춘을 데리고 집안(集安)으로 돌아와서 돼지를 치며 살았다. 이 무렵은 일대에 대기근이 들어 사람들은 나무껍질을 벗겨 죽을 끓이고 빻아서 떡을 만들어 먹었다. 감자가 가장 고급 음식이었는데 그나마 생산되는 것은 모조리 소련으로 보내졌다. 왜 그랬는지 정확한 이유는 모르지만 사람들은 빚을 갚는 데

쓴다고 했다.

평생 험한 일만 하던 아버지 이상호는 몇 년 뒤 중풍으로 쓰러지고 말았다. 병원에 입원하긴 했으나 제대로 된 치료를 못 받았다. 병원에서는 할 수 있는 게 없다며 집으로 돌아가라고 했다. 집에서 몇 년간이나 대소변을 쏟아내던 이상호는 아무런 말도 남기지 않고 눈을 감았다. 그 무렵 중학생이 된 이영춘은 동생과 함께 배추밭으로 가 몰래 배춧잎을 따서 집으로 가지고 왔다. 그것으로 죽을 끓이면 한 끼 정도는 먹을 수 있었다.

팍팍한 환경에서도 이영춘은 공부를 잘해서 사범대학에 진학했다. 장래가 보장되는 사범대학에 들어갔으니 온 마을의 경사였다. 어머니는 할아버지와 아버지가 이 사실을 알면 얼마나 좋아하시겠느냐며 아버지의 사진을 껴안고 눈물을 흘렸다. 마을 사람이 모두 와서 이영춘의 장도를 축하하며 달걀 꾸러미를 놓고 갔다.

이영춘은 사범대학에 다니면서 술과 담배를 하지 않았다. 그럴 돈도 없었지만, 돈이 생기더라도 고생하는 어머니를 생각하면 그럴 수가 없었던 것이다.

이영춘은 2학년이 되어 같은 학교에 다니는 중국인 여학생과 교제를 시작했다. 시험을 앞두고 여학생이 아파서 한동안 학교에 나오지 못한 적이 있었는데 이영춘은 그녀의 집으로 가서 노트를 전해줬다.

"나한테 이렇게 주면 너는 뭘로 공부할 거야?"

고맙긴 하지만 받을 수 없다며 여학생은 이영춘에게 물었다.

"걱정하지마. 나는 한 권 더 있으니까."

실은 공부하는 셈 치고 자신의 노트를 필사해서 여학생에게 준 것이었다.

이렇게 두 사람의 사랑이 시작되었고 이영춘은 어머니에게 인사를 시키러 여학생을 집으로 데려갔다.

"참, 곱구나."

이영춘은 그 후로도 여학생을 몇 번이나 자신의 집으로 데려갔다. 어머닌 여학생에게 잘 해주었으며 여학생도 어머니를 좋아했다. 하지만 어머니는 교제를 반대하지는 않으면서도 절대로 결혼만은 안 된다고 못 박았다. 여학생이 조선인이 아니라는 이유였다.

"조선인은 조선인과 혼례를 올려야 한다. 그래야 이 땅에서 민족을 이어나갈 수가 있어. 네 아버지도 지하에서 그렇게 생각하실 거다."

친척과 마을 사람들도 야단이었다. 중국인에 대한 반감 그리고 민족 감정 같은 것도 어머니와 사람들이 반대하는 이유였을 것이다. 이영춘은 학교를 졸업하면서 여학생으로부터도 떠났다.

사범대학을 졸업한 이영춘은 고향의 중학교에 조선어 교사로 부임했다. 조선 아이들에게 조선말과 글을 강습하는 일은 큰 보람이었다. 조선어를 가르치다 보면 자연스레 조선의 역사에 대해서 말하지 않을 수가 없었다.

'우리가 사는 이곳은 중국 땅이 아니라 원래 조선 땅이다.'

이영춘은 아이들에게 고구려와 발해의 역사며 간도 개간의 역사를 알려주었다.

첫 월급이 많지는 않았지만, 이영춘은 한 푼도 쓰지 않고 그대로 어머니에게 드렸다. 어머니는 이영춘의 월급봉투를 상에 올려놓고 아버지의 위패 앞에서 절을 올렸다.

이영춘은 군에 다녀와서 이웃의 소개로 지금의 아내를 만나 결혼했다. 교사 박봉으로는 집안을 건사하기가 어려웠다. 하지만 아래 동생들을 차례로 시집, 장가보내는 것은 모두 가장인 이영춘의 몫이었으며 딸아이도 둘이나 생겨 쓸 일만 늘어가니 돈이 모일 새가 없었다.

사정이 이러한데도 어머니는 대를 이어야 한다며 자꾸만 아이를 더 가지기를 요구했다. 중국 당국의 강력한 산아 제한 조치로 인해 아이를 더 가지는 일은 어려웠지만, 손주 보고 죽으면 원이 없겠다는 어머니의 마지막 소원을 들어드리기 위해 이영춘은 아내와 상의하여 아이를 더 가지게 되었다. 다행히 아들이었다. 어머니는 조상 신이 도우셨다며 눈물을 흘렸다. 어렵게 낳은 아들은 출생 신고도 못 한 채 몰래 키웠다. 하지만 아이가 자라나 더는 감출 수 없게 되면서 모든 사실이 드러났다. 교사인 이영춘은 교육 당국으로부터 징계를 받고 만원이라는 거액의 벌금까지 물었다.

이후 이영춘은 가족의 생계를 위해 여기저기서 돈을 빌려 채소도 떼어다 팔고 주말이면 택시 운전도 했다.

그렇게 살아서 돈이 좀 모이는가 싶었는데 이번엔 아들이 교통사고를 당하고 말았다. 치료를 위해 모아 둔 돈을 다 써버리고 또 빚을 졌다.

막막했다. 더는 이대로 살 수 없다는 생각이 들었다. 마침 세상이 바꿰어 한중수교가 되었다. 잘산다고 듣기는 했어도 조선족들은 생각보다 훨씬 잘사는 고국의 모습에 놀라지 않을 수 없었다. 비록 중국 땅에서 손이 발이 되도록 고생을 하며 살았지만, 잘사는 고국의 모습을 보니 마음 뿌듯하지 않을 수 없었다. 그동안 중국인에게 받았던 설움이 모두 사라지는 듯했다. 이때부터 조선족들에게 나는 중국 사람이 아닌 한국인이라는 자부심이 팽배해지면서 '코리안 드림'이 전염병처럼 번지기 시작했다.

어느 집의 누구누구가 한국에 가서 큰돈을 벌었다는 소문이 조선족 사회에서 돌기 시작했다. 남녀노소 할 것 없이 숟가락 들 힘만 있으면 한국행 비행기를 타길 열망했다. 말이 통한다는 것도 조선족들이 한국행을 주저하지 않는 큰 요인이었다.

그런가 하면 한국인들은 조선족 사회에서 열렬한 환대를 받았다. 그들은 백마를 타고 와서 금화를 뿌리고 가는 왕자이자 공주였다. 한국인이 하는 말이라면 팥으로 메주를 쑨다고 해도 믿었다. 고국에 있는 친지를 만나게 해주겠다는 달콤한 말에 속고 산업 연수생으로 보내주겠다는 유혹에 넘어가 순진하고 어리숙한 조선족들은 아무런 의심도 하지 않고 중국에서는 몇 년을 벌어도 모으기 어려운 수수료를 척척 건넸다. 영수증도 받지 않고 수령인의 연락처도 물어보지 않았다. 왜? 그들은 잘살고 자랑스러운 한국인이며 피를 나눈 겨레이자 동포니까. 그리고 한국에만 가면 그까짓 돈은 얼마든지 모을 수 있을 테니까.

돈이 아쉬운 이영춘에게 한국행은 거부하기 어려운 강렬한 유혹이었다. 마침 한국 원양어선의 선원을 모집한다는 공고를 보게 됐다. 배는 한

번도 타본 적이 없고 땅으로만 둘러싸인 길림성에서 바다를 실제로 본 적도 없지만, 왠지 할만할 것 같았다. 산골짜기에서 애들만 가리키며 박봉에 시달리는 것보다 돈도 만지면서 너른 오대양 바다를 누비는 일은 너무나 멋지지 않겠는가 말이다.

선원 급여는 중국에서 교사로 받는 봉급의 다섯 배 가까운 수준이었다. 딱 2년만 한국 배를 타면 중국에서 앞으로 10년 동안 교사로 일해야 벌 수 있는 목돈을 건지는 셈이었다. 이영춘의 가슴은 마구 방망이질 치기 시작했다.

이영춘은 그래도 아내와 먼저 상의했다. 당연히 뱃일이 뭔지 모르는 아내는 한국 배냐며 반기는 눈치였다. 떨어져 지내는 것이 아쉽긴 하지만 2년만 일하면 10년을 버틸 수 있다 하니 나중엔 언제 떠나느냐고 물었다. 하지만 어머니는, 우리가 언제 있어서 살아왔느냐며 없으면 없는 대로 사는 거지, 바다 근처에도 가보지 못한 네가 배에서 무얼 어찌하겠느냐고 아들인 이영춘의 소매를 붙잡고 목놓아 울었다. 그러던 어머니는 병석에 눕자, 그저 내가 어서 죽어야지, 라고 말했다.

이영춘은 교사직을 던지고 배에 타기 위해 서너 달 한국인이 운영하는 수산학원에 등록했다. 수입이 끊긴 상태에서 학원에도 적지 않은 돈이 들어갔지만, 꿈에 그리던 원양어선을 탈 수 있다는 생각에 하나도 아깝지 않았다. 기초적인 항해술과 갑판, 기관 일 등을 배우고 나서 학원 수료식 날 전직 원양어선 선장이었다는 원장이 발급하는 해기사 자격증도 받았다. 나중에 알게 되었지만, 이것은 한국에서는 전혀 인정되지 않는 아무런 쓸모없는 종잇조각일 뿐이었다. 그래도 배를 탄다는 생각에 크게 아쉽지는 않았다.

아이들에게 각각 필요한 것을 물어봤다. 큰아이와 작은아이는 그저 건강하게 돌아오라고 답했지만, 막내는 롤러스케이트를 사서 오라고 보챘다.

1993년 10월, 어머니와 아내의 눈물을 뒤로 하고 이영춘은 한국행 비행기에 올랐다. 낯선 환경에서 한 번도 해보지 않은 일을 할 생각을 하니 걱정이 앞섰지만, 비행기를 처음 타는 이영춘의 마음은 이내 날아갈 듯 가벼워졌다.

각오는 했지만 선상 생활은 생각보다 훨씬 고되었다. 사소한 실수에도 옮기기도 어려운 욕설을 듣고 중국에 있을 때는 상상도 할 수 없는 견디기 어려운 체벌에 시달렸다. 왜 때리는지 이유도 알 수 없었고 항의를 하면 더욱 심하게 맞았다. 노예 취급이나 마찬가지였다. 어떻게 동족한테 이럴 수가 있나 하는 생각이 들었지만, 고향에 있는 가족들을 생각하며 꾹 참았다.

이영춘은 지옥과도 같았던 2년 가까운 선원 생활을 마치고 중국 돈으로 8만원 가량을 쥐게 되었다. 평생 한 번도 만져보지 못한 거금이었다. 이 돈을 들고 나는 듯이 고향으로 돌아갔다. 아껴 쓰면서 다시는 배에 타지 않을 생각이었다.

그런데 그 무렵 중국의 교육 정책이 바뀌어서 학자금이 자비 부담으로 바뀌었다. 아이들은 공부를 잘했다. 대학에 들어갈 일만 남았는데 보낼 것을 생각하면 눈앞이 캄캄하고 정신이 아득했다. 2년 후면 마침 큰아이가 대학에 들어가는 해였다.

고민 끝에 이영춘은 딱 한 번만 더 배에 오르기로 했다. 이번엔 중국의 수산학원을 다니고 정식으로 3등 항해사 자격도 취득했다. 항해사로 승선하게 되면 험한 일을 덜 하고 험한 꼴도 덜 당할 뿐만 아니라 무엇보다 봉급이 많았다. 항해사의 경우 중국 교사 봉급의 열 배 정도를 받을 수 있었다. 딱 2년만 눈감고 고생하면 무려 20년 치의 봉급을 버는 것이다.

이영춘은 빨리 배에 타려고 인력송출회사에 뇌물을 쓰고 살던 집을 담보로 잡혔다.

1996년 5월 8일, 이영춘은 다시 한국행 비행기에 탑승했다. 마침 그날은 중국에서는 '무친지에'(어머니날)라고 부르는 한국의 어버이날이라고 했다. 자주 편찮으신 어머니를 다시 못 보게 될지도 모른다는 생각에 마음이 우울했다.

5

바다는 천국의 빛깔을 띠고 있었다. 돌고래가 무리를 지어 유영하며 수면 위로 뛰어오르고 있었다. 천국과 지옥이 원래 붙어 있다고는 해도 사흘 후면 지옥의 바다를 겪게 될 줄 그 누구도 짐작조차 하지 못했다.

조선족 선원들은 프로펠러가 달린 경비행기를 타고 사이판에서 남쪽으로 약 8km 떨어진 티니안으로 가고 있었다. 그곳에서 페스카마호에 승선할 예정이었다. 중국에서 한국을 경유해 사이판에 온 후 다시 미니 비행기로 갈아타고 티니안으로 이동하는 강행군이었다. 그래도 비행기 타는 맛에 조선족 선원들은 모두 아이처럼 즐거워했다.

경비행기 조종사는 한국인 3세라며 자신의 신분을 밝혔다. 징용으로 끌려온 할아버지가 끝내 고국으로 돌아가지 못하고 이곳에 머물렀다고 했다. 이영춘은 자신의 처지와 비교해 보았다. 자신의 할아버지는 중국으로 건너와 무장 독립투쟁을 벌이다가 조국으로 돌아가지 못했으며 그 결과 자신이 중국에서 태어나지 않았는가 말이다. 조상의 발길이 향한 곳은 달랐지만, 조선인 3세들이 우연히 작은 비행기 안에서 만난 셈이었다. 잠시 스쳐 지나가는 인연이지만 기구한 만남이라면 기구한 만남이라는 생각이 들었다.

조종사는 티니안에 대해 많은 조선인이 징용으로 끌려와 비행장을 닦은 곳이라고 했다. 조선인의 손으로 건설한 비행장을 이륙한 미국의 폭격기가 히로시마와 나가사키에 원자탄을 투하해 일제가 패망했으니 결국 일제가 조선인에 의해 패망한 것이라고 하면 과언인가.

마치 땅이 흔들리는 느낌이었다. 먼바다에서 배가 파도를 넘으며 나아가자 조선족 선원들은 제대로 서 있기조차 어려웠다. 배는 거대한 파도에 올라탔다가 그대로 곤두박질쳤다.

"어이, 선생님."

이영춘은 자신을 부르는 것 같아 고개를 돌려 기관장을 쳐다봤다.

"저 말입니까?"

"그래, 중국에선 선생님이었다며. 이리와 바."

"무슨 일입니까?"

"와 보라면 군소리 없이 뛰어올 것이지. 것 참 말 많네. 선장님이 부르신다."

조타실에서 항해사 박기영과 뭔가 이야기를 나누고 있던 선장은 이영춘을 보고 말했다.

"니 오늘부터 헷도해라."

"네? 헷도라구요?"

"그래, 헷도."

'헷도'는 헤드(head sailor)로 선장의 말은 외국인 선원의 헤드가 되어 그들을 관리하고 한국 선원들의 지시 사항을 전달하라는 것이었다.

"네. 알겠습니다."

교사 출신의 항해사라는 신분이 이렇게 도움이 되는구나, 이영춘은 일이 잘 풀린다는 느낌이 들었다.

"대신 모범을 좀 보여야 돼."

"물론입니다."

"그럼 가 봐."

조타실에서 나오니 갑판장 김선두가 쇠파이프로 조선족 선원들의 엉덩이를 때리고 있었다.

'무슨 일이지?'

"이런 병신 새끼들, 그러기에 배는 왜 탔어?"

한 선원이 갑판에 토사물을 쏟는 것을 보고 김선두가 화를 낸 것이다.

갑자기 이영춘의 이마에서도 땀이 번지고 하늘이 빙글빙글 돌았다. 이영춘은 재빨리 난간을 붙들고 고개를 바다로 내밀었다.

우엑, 어제, 그제 먹은 것도 모두 올라오는 느낌이었다. 눈물과 콧물까지 쏙 빠졌다.

"뭐야, 저 새낀⋯⋯."

이 모습을 본 김선두가 쇠파이프를 들고 이영춘에게 천천히 다가왔다.

"니가 헷도야?"

김선두가 들고 있던 쇠파이프로 이영춘의 옆구리를 쿡쿡 쑤셨다.

"배도 타봤다며. 근데 뭐가 이래. 이거."

출항 사흘째 되는 날부터 갑판장은 바늘에 '이깝'(미끼) 끼우는 방법, '스나뿌'(snap)를 이용해 아릿줄을 모릿줄에 거는 방법, '요리도리'(회전 고리)를 이용해 각각의 아릿줄을 연결하고 '에다'(아릿줄 세트)를 만드는 방법, 아릿줄 끝에 낚싯바늘을 끼우는 방법, '학가'라고 하는 쇠갈고리로 고기 건져 올리는 방법 등을 가르쳤다.

"잘 들어. 두 번 말하지 않을 테니. 학가로 고기 끌어 올릴 때는 반드시 머리나 꼬리 쪽을 찍어야 한다. 왜 그러겠나?"

"몸통을 찍으면 상품성이 떨어지니까 그렇습니다."

참치를 먹어본 적이 없는 조선족들이 입을 다물고 있자 이영춘이 대답했다.

"씨발, 누가 헷도한테 물었어? 지금 애들 가르치는 중이잖아."

"죄송합니다."

"앞으로 내 앞에서 알은체하지 마. 알았어?"

"네. 명심하겠습니다."

조선족 선원들은 처음 하는 일임에도 불구하고 인도네시아 선원들의 도움을 받아 어구 만드는 방법과 고기 잡는 방법을 습득해 갔지만, 조춘풍만은 특이하다 싶을 정도로 손도 서툴고 일을 잘 배우지 못했다.

"이 새끼, 이깝 끼워 놓은 거 봐라. 깊숙이 끼워야지 빠지지 않지. 이렇게 헐겁게 끼우면 고기가 이깝만 쏙 빼먹는다고 내가 몇 번 말했냐. 이 고기 대가리보다 못한 새끼야."

김선두가 조춘풍이 끼워 놓은 이깝을 보더니 쇠파이프로 그의 머리를 갈겼다.

예기치 못한 일격을 당한 조춘풍이 두손으로 머리를 감싸 쥐고 쓰러졌다.

"대가리 박아 새꺄."

김선두는 쓰러진 조춘풍의 엉덩이를 발로 차며 '대가리 박아'를 명령했다.

조선족 선원들에게 '대가리 박아', '깍지 끼우고 엎드려뻗쳐' 등은 중국에서는 한 번도 경험해 보지 못한 체벌이었다. 무슨 말인지 알아듣지도 못하는 조춘풍을 위해 인도네시아의 한 선원이 시범을 보였다.

"다들 봤지. 이렇게 하는 거다."

이마가 터진 듯 선혈이 조춘풍의 손가락 사이를 타고 흘러나오자 김선두는 깍지 끼우고 엎드려 뻗치라고 명령했다.

6

페스카마호는 모릿줄에 아릿줄을 연결하고 그 끝에 낚시를 달아 고기를 잡는 연승어선(延繩漁船)이었다. 한 번 투승(投繩)할 때마다 페스카마호는 길면 백오십 킬로미터도 넘는 어마어마한 길이의 모릿줄을 바다에 던졌다. 말하자면 서울에서 대전까지를 밧줄로 잇는 일이었다. 이렇게 긴 모릿줄에 수천 개의 아릿줄을 다는 일도 보통이 아니었다. 양승(揚繩)을 마치면 사린다고 하는 아릿줄을 정리하는 작업을 했다. 아무렇게나 사려 한 군데라도 밧줄이 꼬이면 다음 투승 때 어려워지므로 매우 조심해서 작업해야 했다. 투승에서 양승까지 한 차례 조업에만 열 너덧 시간은 족히 걸리는 강도 높은 노동이 매일 같이 이어졌다. 멈추면 호흡이 멎는 참치는 평생을 빠른 속도로 바다에서 쉬지 않고 움직였다. 그 참치를 쫓는 페스카마호의 선원들도 쉴 새가 없었다. 바다에는 밤낮이 따로 없었으며 주중과 주말의 구분도 있을 수 없었다.

하지만 사회주의 체제에서 교육을 받은 조선족들은 바다의 법칙을 이해하지 못했다. 아니 OECD 가입을 앞두고 멈추면 죽는 참치처럼 쉬지 않고 움직이는 한국 사회를 이해하지 못했다. 보합제인 한국인 선원들과 달리 정액의 급여를 받는 그들은 사실 고기를 더 많이 잡을 필요가 없었다. 그 점이 한 마리라도 더 건져 올려야 하는 한국 선원들과의 가장 큰 차이였다. 만약 조선족 선원들이 어획량에 따라 중국에서는 상상조차 할 수 없는 수입을 올릴 수도 있는 보합제 계약을 맺었다면 아무리 힘든 노동이라도 견디기 어려운 체벌이라도 감수했을 것이다. 그리고 비극이 일어나지 않았을지도 모른다.

페스카마호가 티니안 항을 출항한 지 약 이십일 정도 지났을 무렵, 견디기 힘든 폭력과 하루에 서너 시간밖에 잘 수 없는 극악의 노동 환경이 이어지자 조선족 선원들은 조업을 거부하면서 자신들의 요구사항을 한국 선원들에게 전달했다.

- 우리는 인간이다.

- 우리는 잠자고 싶어요.

- 우리를 때리지 말아요.

페스카마호에서 어구 정리와 갑판 청소까지 모두 마치려면 스무 시간 가까운 노동 시간이 필요했다. 조선족이나 인도네시아 선원들은 식사 준비나 빨래 같은 기타 선상 생활에 필요한 잡일까지 도맡아 했기 때문에 하루에 서너 시간 이상 눈을 붙이기가 어려웠다. 선원 수가 넉넉하면 비번을 정해 휴식을 주고 2교대나 3교대도 가능하겠지만 그렇게 하면 인건비 증가로 이어져 조선족이나 동남아 선원들을 쓰는 효과가 없었다. 잠을 자게 해달라는 조선족 선원들의 요구는 강한 노동을 요구하고 저임금을 추구하는 한국의 조업 사정에 대한 몰이해에서 나왔다.

"한국 사람들은 왜 자꾸 때려요? 그리고 잠 안 자요?"

시위에 앞서 김만전은 사소한 실수에도 한국 선원들이 구타하고 잠도 안 자면서 일하는 이유를 모르겠다며 박기영에게 하소연한 적이 있었다. 한국 선원 가운데 조선족들에게 제일 우호적인 박기영이기에 물어봤던 것이다. 예상치 못한 질문에 박기영은 얼른 대답 거리를 찾지 못했다.

"씨발, 그런 건 헷도에게 물어봐. 내가 만만하게 보여?"

오히려 박기영은 진지한 표정의 김만전에게 해서는 안 될 말까지 하고서는 곧 후회했다.

四當五落

박기영의 고3 담임은 첫 시간에 칠판에 이렇게 쓰더니 한 학생을 지목해 읽어보라고 했다.

"에라이, 자슥아, 고3이 이리 쉬운 글자도 못 읽나. 앞에 나와서 손들고 꿇어앉아. 사당오락, 네 시간 자면 대학에 붙고 다섯 시간 자면 떨어진다는 말이야. 근데 니는 사당오락이 아니라 삼당사락이야. 알았어."

담임은 제자들에게 잠을 아껴 공부에 매진하라고 하며 꿇어앉은 학생에게는 특별히 삼당사락을 강조했다. 그 아이의 별명은 '사락이'가 되었다.

중간쯤 가던 박기영은 잠을 줄여 공부한 결과 가까스로 국립 해양대에 합격했다. 그런데 그해 대학 입시에서 전국 수석을 차지한 학생은 잠을 충분히 자서 맑은 정신으로 공부에 집중할 수 있었다며 자신은 매일 적어도 일곱 시간 이상 수면을 취했다고 뉴스에 나와서 고백했다. 진실은 알 수 없지만 아마도 사실일 것이었다. 일곱 시간이나 자도 될 만큼 월등한 실력이니 그랬을 것이다. '삼당이'나 '사당이'처럼 분발이 필요한 학생들과는 사정이 딴 판이니 충분한 수면 시간을 취할 수 있었던 것 아니겠는가.

박기영은 四當五落을 한자로 써 보이며 자신의 일화를 빗대 한국인들이 잠 안 자고 열심히 일하는 이유를 설명했으나 김만전은 사당오락이라는 한국식 사자성어를 이해하지 못했다.

"지금 뭐하는 거야, 저 새끼들."

조선족들이 어설프게 종이에 써서 시위를 벌이자 갑판장 김선두가 지껄였다.

"헛 참, 세상 졸라 좋아졌네. 민주주의가 좋긴 좋아. 그런데 중국은 민주국가 아니잖아."

김선두는 그러면서 쇠파이프를 휘둘러 김만전의 안면을 강타했다. 김만전의 코에서 피가 쏟아졌다.

"고기 두 마리 값도 안 나가는 새끼들…… 다 엎드려뻗쳐. 이 새끼들아."

김선두는 조선족들의 엉덩이를 쇠파이프로 마구 내리쳤다.

그때까지는 한 사람씩에 대해 명백한 실수를 저지를 때 행해지던 폭력은 조선족들이 조업을 거부하고부터는 시도 때도 없이 가해졌으며 체벌은 단체로 주어졌다. 조춘풍 혼자 잘못해도 전체가 벌을 받는 식이었다. 조춘풍은 '이깝'을 끼우고 어구를 만드는 작업에 여전히 서툴렀으므로 그로 인해 조선족과 인도네시아 선원들 전체가 겪는 고통은 이루 말할 수가 없었다.

"이 등신 새끼, 아직 모릿줄과 아릿줄도 구분 못해."

어구를 정리하던 중 말을 잘 알아듣지 못하자 김선두가 조춘풍의 따귀를 때렸다. 이어 다들 정신 똑바로 차리라며 조선족 전원에게 체벌을 가한 김선두는 조춘풍의 손을 묶어 난간에 매달려고 했다.

"이 빨래 같은 자식, 넌 밥도 아깝다. 오늘 저녁 식사 금지."

먹을 물도 귀한 페스카마호에서 맑은 물로 빨래를 하는 건 생각할 수 없었다. 그래서 가끔은 빨래를 매달아 바다에 띄웠다. 이렇게 하면 바닷물이 빨래를 때려 때가 빠졌다.

"저 사람, 수영할 줄 몰라요. 그러다가 바다에 빠지기라도 하면 큰일 나잖아요."

보다 못한 이영춘이 김선두에게 조춘풍을 풀어 주라고 간청했다.

"헷도, 씨발, 내 앞에서 알은체하지 말라 그랬지."

김선두는 이영춘마저 난간에 매달려고 했으나 박기영의 중재로 다행히 어려운 상황을 모면할 수 있었다. 하지만 이후 김선두는 이영춘에게도 갑판 일을 하라고 요구했다.

"헷도는 고기 안 잡아도 된다고 누가 그래? 씨발, 배에 탔으면 전부 고기 잡는 거지. 니기미 누구는 조타실에서 바다 구경이나 하고 있고, 고깃배가 유람선이야."

초등학교 졸업이 학력의 전부인 김선두는 중국에서 대학을 나온 항해사 이영춘에게 열등감을 느끼고 있었다. 김선두 자신의 말로는 중학교에 입학은 했으나 선생을 패고 퇴학을 당했다고 하는데 사실을 확인할 수 없었다. 어쨌든 어촌 출신인 그는 초등학교를 졸업하고서 어선을 타기 시작했다. 그러니 바다 생활 삼십 년 가까운 베테랑이었다.

그는 조선족인 중국인과 필리핀, 인도네시아 등 동남아 선원들에 대해 강한 편견을 가지고 있었다. 중국에서 대학을 졸업했든 필리핀에서 대학 공부를 했든 한국인보다는 수준이 낮고 열등하다는 편견이었다. 해양대학교를 졸업하고 정식 항해사 자격을 취득한 박기영이 첫 출항 때 만난 필리핀 선원들로부터 2년간 영어를 배운 것과는 큰 차이였다. 갑판 일을 하는 선원들에게 작업 지시를 내릴 일이 없는 박기영은 필리핀 선원들과 주로 영어로 일상적인 수준의 대화를 나누었다. 처음에는 많이 서툴렀으나 2년이 지나 박기영의 영어 실력은 크게 늘었다. 이때 익힌 박기영의 영어 실력이 페스카마호에서 그를 살린 한 가지 원인이 된 것이다.

김선두가 조선족이나 동남아 선원들에게 가지고 있는 또 다른 편견은 그들이 게으르다는 인식이었다. 그렇기 때문에 군기를 잡아야 말을 듣고 때려야 일을 한다는 것이었다. 체벌과 폭력은 때로 효과를 발휘하기는 했다. '빨리빨리'는 그가 조선족과 인도네시아 선원들에게 가장 자주 쓰는 한국어였다. 뭐든 빨리해야 참치를 한 마리라도 더 잡을 수 있고 체벌로 군기를 잡아야 사고가 나지 않는다는 그의 주장을 페스카마호에서 반박하거나 적극적으로 부정하는 사람은 선장 이하 아무도 없었다.

"내가 왜 이러는지 알아요? 저 새끼들 군기 안 잡으면 일 안 하는 건 둘째 치고 사고 친다고. 저 새끼들 사고 쳐서 머리 터지고 손목 잘리고 그런 거 한두 번 보고 들은 줄 알아요. 고기 두 마리 값도 안 나가는 애들이지만, 뱃일하다가 애들 사고 쳐봐. 그 수습은 누가 해? 그러니 내가 이러지 않을 수 있겠어?"

언젠가 조선족 선원들을 너무 가혹하게 다루는 거 아니냐는 박기영의 말에 김선두가 젊은 항해사는 모르는 소리 말라며 대거리했다.

"일항사도 나중에 선장도 하고 그럴 거 아니오. 보합제이면서 고기 안 잡히면 선원들 볼 낯도 없고 분위기도 싸하고 어쩌겠소. 내가 이래 안 하면 저것들은 일 안 해요. 특히 조선족들은 공산주의 국가에서 와서 그런지 영 일을 하지 않으려고만 든다고. 그러니 내가 가만히 있으면 어찌 되겠냐고. 누가 일을 시키겠냐고. 일항사가 선사로부터 받은 선급금 그거 토해내도 좋겠소?"

노름으로 선급금을 싹 날리고 거액의 보증 빚까지 짊어졌다는 김선두의 절박한 처지도 그가 조선족과 인도네시아 선원들을 혹독하게 다루는 원인이기도 했다. 평소 그는 술만 마시면 참치 처리용 칼을 들고 내 손에 붙잡히기만 하면 '뱃대지'를 확 그어 버린다고 입버릇처럼 말하고는 했다. 전에 배를 함께 탔던 선장이 수산조합에서 빚을 내어 헌 배를 샀는데, 함께 승선한 그와 기관장이 연대보증을 섰다는 거였다. 하지만 조업 실적이 기대했던 것만큼 만큼 오르지 않아 이자만 차곡차곡 쌓여가자 견디다 못한 선장이 바다에 몸을 던졌다. 빚은 그와 기관장의 몫이었지만 기관장이 달아나버려 오로지 그의 몫으로 남았다. 그러니 참치 한 마리라도 더 끌어올려야 하는 형편이었다.

페스카마호의 선장 오성식은 일흔 살이 넘은 고령이었다. 거의 십 년만에 다시 원양어선에 탔다고 했다. 선사로부터 일반 원양어선 선장이 받는 급여의 80% 수준을 받기로 하고 조타기를 잡았다는 말이 들렸다. 그는 자신이 바로 원양어업 1세대라며 첫 출어 시 잡은 황다랑어를 경무대에 진상한 일을 자랑삼아 떠벌이기도 했다. 오래전에 원양어선 선장에서 사실상 은퇴한 그는 몇 년간 연근해에서 작은 오징어잡이 어선을 지휘하다가 이마저도 끊기자 아파트에서 갇혀 지냈다. 평생 너른 바다를 누비다가 좁은 아파트에 갇히자 답답해서 당최 견딜 수가 없었다. 하지만 물리적 공간보다 그를 더 견딜 수 없게 만든 건 가족들과의 관계였다. 어려서부터 함께 하지 못한 아이들과는 남처럼 서먹서먹했다. 혼인 후 같이 산 날보다 떨어져서 산 날이 더 많은 부인은 정작 붙어 있게 되자 이혼을 요구했다. 결국 평생 모은 아파트 한 채 내주고 자신은 다시 배에 올랐다는 거였다.

'뱃사람은 배에서 살고 배에서 죽어야 한다. 민석아, 이 생활이 고달프나. 바다가 제일 편한 거야. 앞으로 육지에 올라가면 적응 안 된다. 왜 그런 줄 아나. 육지는 자꾸만 변해. 하지만 바다는 말야, 언제나 그대로야. 그리고 바다는 정직해. 딱 노력한 것만큼 대가를 줘. 바다는 절대로 사람을 배신하지 않아. 그래서 내가 다시 배를 탄 거야.'

선장은 견습생 신민석을 불러다 놓고 자신의 경험담과 바다에 대한 철학을 늘어놓기도 했다.

선장은 조업 현황을 보고 받는 한국 선원 회의 시간에 이따금 조선족이나 인도네시아 선원들을 너무 심하게 다루지는 말라고 이르기도 했지만 공염불이었다. 특히 갑판장 김선두에게는 씨알도 먹히지 않았다. 그는 선장으로서 조업 실적이 떨어지는 것도 하급 선원들이 다치는 것도 모두 원치 않았지만 그렇다고 조업을 독려하거나 적극적으로 선원을 보호하는 편도 아니었다.

"선장은 인센티브가 없어."

"그럼 뭐야, 월급 또박 받고 마는 거야."

"그러니 우리끼리 잘해야 한다고."

"일항사, 알았지."

항해 초기 박기영은 갑판장과 기관장이 은밀하게 나누는 대화에 우연히 끼어든 적이 있다. 사실이라면 선장은 다른 한국 선원들과 달리 굳이 참치를 많이 잡을 이유가 없는 것이다.

무주공산의 어장을 두고 각국의 참치잡이 어선들은 치열한 경쟁을 벌였다. 태평양이 아무리 넓다 해도 참치 어장은 한정되어 있기 때문에 어선들이 벌이는 경쟁은 전쟁을 방불케 했다. 한 차례 조업에 적어도 백 킬로미터 이상의 주낙을 띄우는 연승어선들이 같은 어장에서 경쟁을 벌일 경우, 위험하기 짝이 없었다. 어구가 엉키기라도 하면 큰 사고로 이어지기 때문이다. 따라서 어느 한쪽에서 먼저 주낙을 치면 다른 배들은 아쉬워도 입맛만 다시고 철수하는 수밖에 없었다.

오성식 선장과 김선두 갑판장은 대만의 연승어선이 먼저 조업을 시작한 곳에서 배를 돌리느냐 경쟁 조업을 하느냐로 붙은 적이 있었다. 어탐 (魚探)하여 도착한 곳에서 먼저 와있던 대만 배가 이미 고기를 끌어 올리고 있었던 것이다.

"고마, 안 되겠다. 배 돌리자."

다른 어장을 찾아 배를 돌리려는 오 선장에게 김선두가 대들듯이 말했다.

"선장님은 텅텅 빈 어창 보고도 지금 그런 말이 나와요? 또 어디 가면 이만한 어장을 찾겠소."

"그래도 어쩌겠소."

"어쩌긴, 상대가 퍼세이너(Purse Seiner, 대형 그물로 고기를 퍼담는 선망어선, 旋網漁船)도 아니고 같은 연승어선인데 흘러나오는 고기도 있을 거고. 나누어 먹는 거지."

"그러다 사고라도 나면 어쩌려고……."

"사고는 무슨, 어디 한두 번 해봐요. 나더라도 조업 손실만 하겠소. 하여튼 내가 책임질 테니 어서 투승 지시나 내려요."

"……."

"어서!"

선장이 망설이자 김선두가 심하게 채근했다.

"기관장은 어떻게 생각하나?"

오 선장은 팔짱을 끼고 있는 이성필에게 물었다.

"나야 갑판 일을 잘 모르지. 하지만 되니까 된다고 하겠지."

"박 항해사는?"

"선장님, 한번 믿어 보시죠. 갑판장이 경험이 있어 그러는 거 같은데……."

페스카마의 빈 어창을 볼 때마다 박기영도 배가 고팠다.

"그래? 사고 나면 대만 어선에 보상해줘야 할 텐데…… 자네들은 나보다 오래도록 배 타야 할 사람들 아닌가."

그러면서 선장은 힘없는 목소리로 투승을 지시했다.

조선족이나 인도네시아 선원들도 험악한 조타실 분위기와 위험을 감지했는지 그날은 조춘풍마저도 아무런 실수도 없이 맡은 임무를 해냈다.

"씨발, 안 되는 게 어디 있어? 대한민국에서."

김선두는 휘파람을 불면서 조업을 독려했다. 어황은 기대 이상이었다.

다음 날은 이동일이기도 했지만, 김선두는 선장에게 건의해 모든 선원에게 하루 휴식을 줬다. 오 선장만 빼고 모처럼 선원들은 갑판 위에 둘러앉아 새우를 넣은 해물라면을 끓이고 참치 대가리를 구워 술을 마셨다. 그릴 위에서 익어가는 참치 대가리에서 구수한 냄새가 피어오르자 선원들의 빈창자가 요동쳤다. 커다란 참치 한 마리에서 겨우 20그램 나오는 아가미 살은 한국 선원들 앞에 차려졌다. 오직 배에서만 혀를 호강시킬 수 있는 진미 가운데 진미였다.

막내 민석이 녹음기로 틀어놓은 음악에 맞춰 테크노 댄스를 추면서 흥을 돋우자 인도네시아 선원들이 일어서 따라 하고 조선족들도 어울려 춤추었다.

"백봉식이, 얼른 라면 한 그릇 가지고 선장님께 가서 드리고 와. 우리끼리만 먹으면 그게 목에 넘어가냐?"

어느덧 구름을 비집고 나온 달이 올리브유처럼 부드러운 금빛을 바다에 쏟으며 선상을 밝히고 있었다.

7

민석은 자신보다 두 살 위인 백봉식과 자주 어울려 이야기를 나누었다. 중국이 급속히 자본주의화 되던 무렵이라 백봉식은 우리나라 사회에 대해 궁금한 점이 많았다.

"중국에서도 한국 방송 보고 노래 들어요."

룰라와 서태지와 아이들의 팬이라는 백봉식은 민석에게 우리 가요와 춤에 관해 이것저것 묻곤 했다.

교사 출신 이영춘도 두 사람의 대화에 끼어들어 우리나라의 대중문화에 관심을 보였다.

"중학교 다니는 우리 아들도 한국 노래 좋아해. 그런데 쿵따리 샤바라, 그게 무슨 말이야. 명색이 조선어 선생인 나도 당최 알아들을 수가 없어."

민석은 이따금 조선족들과 인도네시아 선원들의 허드렛일도 도왔다.

하루는 조선족들과 함께 어창 정리를 하는 민석을 보고 갑판장 김선두가 혀를 차더니 말했다.

"민석이, 이리 와 봐. 지금 뭐 하냐? 얌마, 넌 간부 선원 후보생이야. 헷도가 하라고 하디?"

"그게 아니라, 선원들이 쉬지도 못하고 일하는 것 같아서 좀 거들어 준 것 뿐이에요."

"허 참, 니 역할은 저들의 일을 돕는 게 아니라 지시 감독하는 거야. 저 인간들은 말이야, 니가 그런다고 해서 절대로 고마워하거나 그러지 않아. 그러면 그럴수록 오히려 널 우습게 본다고. 넌, 우리나라 선원들의 지시만 따르면 된다. 알았어? 조선족들 다루는 건 나한테 맡기고."

박기영과 신민석은 조선족들의 처지를 안타깝게 여겼지만, 그들을 적극적으로 돕지는 못했다. 한국 선원들의 계속되는 폭력과 강도 높은 노동 그리고 수면 부족을 견디다 못한 조선족들은 아프다며 조업에 빠지기 시작했다.

"조춘풍이는 머리가 백봉식이는 배가 김만전이 너는 또 어디가 아픈데? 이 새끼들이 빠져서 아주 돌아가면서 아프네. 전부 박아."

조선족들은 몸이 아프다는 호소에도 갑판장이 쉬는 것을 허락하지 않자 연명의 편지를 써서 이영춘을 통해 선장에게 전달했다. 아마도 조선어 교사였던 이영춘이 정리했을 것이다. 때리지 말라는 그리고 잠잘 수 있게 해달라는 호소였다.

선장님, 김만전, 조춘풍, 백봉식입니다. 중국의 가난한 시골에서 농사를 짓던 우리들이 돈을 벌기 위해 고국의 고깃배를 탄 지 어느덧 두 달이 지났어요. 우리는 페스카마호에 타면서 바다를 처음 보았어요. 그래서 농사밖에 모르던 우리는 뱃일이 서툴러요. 그래도 중국에 있는 가족들을 생각하며 배우면서 일을 하고 있어요.

선장님, 우리 때문에 조업 실적이 좋지 않다고 들었어요. 죄송합니다. 우리들도 분발할게요. 그러니 제발 때리지는 말아주세요. 에다 만드는 일이 서툴러서 조춘풍은 갑판장님께 맞아서 머리가 찢어지고 이빨이 깨지고 백봉식은 기절하기도 했어요. 김만전은 큰 고기의 뿔로 얼굴을 맞아서 코가 부러졌어요. 변기가 더럽다며 백봉식은 기관장님으로부터 변기에 머리를 박으라는 지시를 받고 기관실의 먼지를 혀로 핥은 적도 있어요. 백봉식은 기관장님과 갑판장님 안마도 해드리고 빨래도 해요. 그런 것은 다 할 수 있으니 때리지 말아 주세요. 대가리 박아, 깍지 끼우고 엎드려뻗쳐도 중국에서는 한 번도 안 해 봤어요. 잠도 자고 싶어요. 중국에서는 잠 충분히 잤어요. 잠이 와서 조업하기가 어려워요. 중국 가면 우리도 가족 있어요. 가족을 생각하면서 어려움을 견디고 있어요. 우리는 중국인이지만 외국인은 아니에요. 같은 민족이에요. 부탁합니다.

김만전, 조춘풍, 백봉식 올림

항해사로 승선한 이영춘은 박기영의 비호 덕에 심한 체벌을 받거나 잦은 구타를 당하진 않았지만, 세 사람을 가엾게 여기며 중국을 떠날 때 아내가 찔러준 영양제를 편지와 함께 선장에게 전달했다. 그렇게 해서라도 선장의 마음을 사려 한 것이다.

편지를 읽고 이영춘으로부터 사정을 들은 선장은 앞으로는 폭력이 없도록 하겠다면서도 조선족들도 원양어업의 특성을 이해해야 한다고 했다.

"전에는 이보다 더 강도가 심했지. 그래도 갑판장의 지도가 좀 옛날 방식이긴 해. 하지만 나쁜 사람은 아니야. 일도 잘하고. 잘 배워두라고. 여기서 견디면 다음엔 훨씬 쉬워져. 세상살이 어디서든 다 똑같아. 중국이 왜 못사는 줄 알아? 한국이 왜 잘 사는 줄 알아? 악착같이 하기 때문에 잘살게 된 거야. 하여튼 알았어. 그만 가 봐. 이거 내 먹으라고 주는 거야? 고맙다."

조선족들의 호소문을 읽고 선장이 갑판장이나 기관장에게 무슨 지시를 했는지 혹은 아무런 지시도 하지 않았는지는 알 수 없는 일이다. 분명한 사실은 그 후로도 갑판장이나 기관장의 태도가 눈에 띄게 달라지는 않았으며 비극을 막을 수 있었던 마지막 기회가 날아가 버렸다는 것이다.

페스카마호는 폭풍의 한복판으로 그렇게 빨려 들어가고 있었다.

8

하늘과 바다가 한 빛깔로 이어져 있었다. 하늘과 바다를 분간하기가 어려웠다. 새떼가 날아들었다. 멀리서 백파(白波)가 피어올랐다. 참치 군

(群)이었다. 바닷새와 참치는 멸치라는 먹이를 공유한다. 그래서 바닷새가 있는 곳에는 참치도 있었다. 결과적으로 바닷새가 참치가 있는 곳을 인간에게 알려주는 척후병 역할을 하는 것이다. 어쩌면 멸치라는 공통의 먹이를 두고 경쟁을 벌이는 바닷새로서는 그렇게 하는 것이 경쟁에서 승리하고 살아남기 위한 진화적 차원의 행위인지도 모른다.

"렛고"

코파(망루)에서 백파를 확인한 갑판장 김선두가 크게 외쳤다. 배에서는 출발할 때든 조업을 시작할 때든 뭐든 시작할 때 '렛고'라고 했다. 페스카마호가 속력을 내며 모릿줄을 흘릴 때였다. 멀리서 무려 3천 톤 급으로 보이는 일본의 퍼세이너 선이 선미에서 스키프 보트를 흘리며 둘레가 2킬로를 넘는 두릿그물을 치고 있었다. 그 안에 참치 떼를 가두어 싹쓸이하겠다는 의도였다.

"뭐야, 저 새끼들."

망원경으로 퍼세이너 선을 확인한 김선두가 침을 찍 뱉었다.

연승어업을 하는 페스카마호는 적재 톤수만 해도 열 배가 넘게 차이가 나는 퍼세이너 선의 상대가 되지 못했다. 연승어업은 고기가 낚시에 걸려들기를 기다리며 한 마리씩 건져 올리는 데 비해 선망어업은 둘레가 2킬로를 넘고 깊이는 2~300미터나 되는 거대한 어망을 치고 그물 아래를 조여 어군을 가둔 뒤 한 번에 5톤 무게의 참치를 담을 수 있는 '다마대'로 퍼 올리는 조업 기법이었다.

투망하는 데 세 시간, 거대한 어망을 조이는데 겨우 20분 정도밖에 걸리지 않았다. 페스카마호로서는 참치 군을 확인하고도 퍼세이너 선이 참치를 퍼 올리는 장면을 물끄러미 지켜볼 수밖에 도리가 없었다. 해마다 참치 어획량은 증가했지만, 출어 척수는 감소했다. 그만큼 어선이 대형화되고 있다는 증거였다. 바다에 긴 주낙을 드리우고 참치가 물어주기를 기다리는 페스카마호의 조업 방식은 저인망식 조업에 비하면 차라리 참치를 보호하는 수준이라 할만했다. 3천 톤이면 전통적인 조업 방식에 의존하는 태평양의 작은 섬나라 국가들 전체의 연간 어획량에 맞먹는 엄청난 규모였다. 퍼세이너 선이 등장하고부터 섬나라 연안에서는 참치가 잡히지 않는다는 말까지 나왔다. 먼바다에서 몽땅 쓸어 담기 때문이다.

일본 어선이 수백 톤의 참치를 퍼담는 장면을 보고 있는 김선두는 속이 쓰렸다.

"씨발 새끼들, 아예 씨를 말려라."

용케 일본 어선의 거대한 그물에 걸리지 않은 참치들은 페스카마호가 쳐놓은 아릿줄을 빠져나가지 못했다. 연승어업은 고기가 미끼를 물면 힘이 빠지길 기다렸다가 학가를 사용해서 한 마리씩 찍어 올리는 조업이다. 대형어종을 끌어 올리려면 시간도 오래 걸리고 엄청난 노동력이 소비되었다.

모처럼 '빅아이'라 부르는 눈다랑어가 걸렸다. 몸길이가 2m나 되는 고급어종이다. 무거운 것은 수백 킬로나 나가는 대형 참치는 '학가'로 찍어 여럿이 끌어 올렸는데 잘못하면 다 된 밥에 코 빠트리듯 애써 잡은 고기를 놓칠 수도 있어 '학가질'이 아주 중요했다. 그런데 백봉식이 빅아이를 끌어 올리는 과정에서 그만 '학가'로 눈을 찍어 버렸다. 고기의 상태를 확인한 김선두가 백봉식의 뺨을 칼로 후려쳤다. 백봉식은 재빠르게 피했지만, 뺨을 살짝 긁혀 생채기가 났다.

"너, 참치 눈 먹는 거 몰라? 소주에 타서."

화가 덜 풀린 김선두는 참치 처리 칼로 백봉식의 눈을 찌를 듯 위협했다.

"눈까리를 확 빼불라."

처리 담당인 김만전은 갑판 위에서 버둥거리는 빅아이의 정수리를 해머로 쳐서 기절시킨 후 구멍을 뚫고 꼬챙이를 쑤셔 넣었다. 손이 날랜 김만전은 보통은 참치가 고통을 느낄 새도 없이 순식간에 처리하는데 이때는 여러 차례 꼬챙이를 쑤셔 참치가 심한 몸부림을 치며 죽어 갔다.

"야, 씨발놈, 졸라 잔인하기는. 아무리 고기라도 그렇지."

김선두가 그런 김만전에게 핀잔을 주며 멀리 침을 내뱉었다.

참치가 몸부림치는 모습을 볼 수 없어 박기영은 고개를 돌렸다.

9

페스카마호가 감천항을 출항한 지 넉 달째가 다가오고 있었다. 하지만 페스카마호는 아직 어창을 삼 분의 일도 채우지 못하고 있었다. 김선두는 조바심이 났다.

'에다'에 걸린 청새리상어 한 마리가 끌려 올라왔다. 상어는 참치잡이 어선의 조업 목표가 아니다. 그래서 상어가 올라오면 지느러미만 잘라 보관하고 몸통은 그대로 바다로 던져버리는데 이번에 올라온 상어는 아예 지느러미가 없었다. 가끔 있는 일이었다. 어떻게 죽지 않고 버텼는지는 모르지만, 지느러미를 잘리고 바다에 던져져서 표류하던 녀석이 그만 미끼의 유혹을 이기지 못하고 다시 바늘을 덥석 문 것이다.

"씨발, 재수가 없으려니까 이딴 게 다 걸리고……."

이리저리 상어를 굴려보던 갑판장은 김만전에게 상어 해체를 지시했다. 정말이지 운 없는 놈이었다. 하지만 놈이 다시 바늘을 문 것을 단지 운이 작용한 결과로만 볼 수 있을까? 이영춘은 갑판 위에서 뒹구는 상어의 모습을 물끄러미 지켜보았다. 원양어선은 한 번만 타려고 했다. 뭣도 모르고 탄 첫 배는 지옥이었다. 다시는 배를 안 타겠다고 다짐했지만, 교사 봉급의 열 배가 넘는 간부 선원의 수입은 너무나도 강렬한 유혹이었다. 남양(南洋)의 푸른 달을 보고 있으니 고향 생각이 간절했다. 고향에서도 같은 달을 보고 있을 것이다.

페스카마호는 곧 사모아에 입항할 예정이었다. 만선은 아니었지만, 그동안 잡은 참치를 창고로 옮기고 조선족 선원들도 하선시킬 예정이었다.

이영춘을 제외한 조선족 선원들은 때리지 말고 과도한 노동을 시키지 말아 달라는 자신들의 요구가 받아들여지지 않자 결국 선장에게 하선을 요구했다.

"하선? 누구 맘대로? 니들 하선하면 어떻게 되는 줄 아나? 그거 국제 해양법 위반이야."

조선족들이 하선을 요구하자 선장은 국제해양법 위반이라며 사모아에 도착하는 즉시 경찰에 체포될 거라고 협박했다. 게다가 사모아까지의 항해료와 조업 손실비용까지 요구했다. 실은 국제해양법 위반은 조선족들을 놀리기 위해 거짓으로 지어낸 말이었으며 항해료나 조업 손실비용도 조선족들이 물 이유가 없었다. 페스카마호로서는 조선족들을 가까운 항구에 내려주고 선사에 연락해서 새로운 선원들을 받으면 될 일이었다.

선장의 거짓말에 잔뜩 겁을 먹은 조선족들은 선장을 찾아가 자신들의 요구를 취소할 테니 한 번만 봐달라고 사정했다. 하지만 이참에 조선족들을 고분고분한 동남아 선원으로 교체하자는 갑판장의 의견을 선장이 수용한 뒤였다.

"안 돼. 이미 본사에 다 통보했어. 하선 즉시 경찰이 니들을 체포할 꺼야. 석 달 구류가 기본이야. 그러고 나서 석방 비용을 내놓지 않으면 내놓을 때까지 니들은 절대로 못 돌아가. 국제해양법이란 게 그렇게 무서운 거야. 물론 늦으면 늦을수록 비용은 자꾸만 늘어난다."

선장은 애원하는 조선족들에게 다시 엄포를 놓았다.

사모아까지의 기름값과 현지 체류비, 조업 손실비용까지 물어낼 일을 생각하니 조선족들은 정신이 아득해졌다. 그것만 해도 자자손손 갚아도 다 갚지 못할 빚인데 인력송출회사에 담보로 맡긴 집까지 날아갈 것을 생각하니 조선족들의 눈에는 아무것도 들어오지 않았다. 앞으로 사흘 후면 사모아에 도착할 것이다. 어떻게 할 것인가? 돈을 벌어 중국으로 돌아가 가족들을 잘 먹여 살리겠다는 꿈은 거품으로 돌아갔다. 가족들을 먹여 살리기는커녕 천문학적인 빚까지 지고 길거리에 나앉게 생겼으니 이를 어쩌면 좋다는 말인가. 대취한 조선족들은 나이가 많고 대학까지 나온 이영춘을 불렀다.

그때 김만전 등 조선족들이 이영춘과 무슨 상의를 어떻게 했는지 이영춘의 반응은 어땠는지 박기영의 수기에는 그 부분에 대한 언급이 빠져 있었다. 아마도 사건이 터지고 나서 누구에게 물어볼 수도 없었고 짐작하기도 어려웠을 것이다.

박기영의 수기는 광란의 살인극으로부터 약 3주가 지난 시점에서 재개되었다.

8월 23일, 일본 도리시마 북서쪽 약 5마일 해상. 좌현 쪽 연료를 완전히 소진한 페스카마호는 중심을 잃고 오른쪽으로 심하게 기울어진 채 표류하고 있었다. 조선족들은 뗏목까지 만드는 등 일본에 밀입국하기 위한 채비를 마쳤다. 지금까지는 항해에 필요해서 자신을 살려두었겠지만, 일본에 거의 다다른 이제부터는 조선족들이 언제든 자신을 죽일 수 있다는 생각에 박기영은 심한 불안감을 떨칠 수 없었다. 신민석을 바다에 던진 인도네시아 선원들도 죽이려는 조선족들을 박기영이 겨우 말린 적도 있었다.

"그들은 무인도에 내려줍시다. 그러면 죽을 것이오."

조선족들도 살인에 가담한 인도네시아 선원들까지 자신들의 손으로 죽일 필요는 없다고 생각했는지 박기영의 말에 동의했다.

조선족들이 몰라서 그렇지, 이미 일본 영해였다. 결단을 내린 박기영은 이영춘을 조타실로 불렀다.

"형, 이대로는 더는 항해가 어려울 것 같아요."

"그럼 어떻게 하면 좋소."

"배가 심하게 기울었으니 우선 균형을 맞추어야죠. 선원들 데리고 어창 정리 좀 해요. 고기를 왼쪽으로 옮겨놓을 필요가 있을 것 같아요."

"알겠어. 내 바로 지시를 내리지."

박기영의 말을 듣고 이영춘이 조선족들을 부르러 갑판으로 내려갔다. 이때 박기영은 같은 지시를 내리는 척하며 인도네시아 선원 한 사람을 불러 영어로 은밀히 말했다. 조선족들과 함께 가되, 먼저 어창에 들어가지 말고 그들이 내려가면 밖에서 어창을 닫아 버리라고. 지시를 받은 인도네시아 선원은 아무 말 없이 굳은 표정으로 고개만 끄덕였다.

배의 균형을 잡아야 한다는 이영춘의 말을 듣고 아무 생각 없이 어창으로 내려간 조선족들은 그대로 갇히고 말았다.

"문 열어……"

조선족들의 절박한 외침은 어창을 벗어나지 못했다.

이로써 3주간의 긴 악몽이 끝났다.

박기영의 수기는 여기까지였다.

10

사건을 수임한 김형섭 변호사는 1심 판결에 불복하여 항소했다.

"피고인들은 페스카마호를 강취할 의사가 없었으므로 1심에서 적용한 해상강도살인의 죄를 물을 수 없습니다. 그들이 페스카마호를 강취할 의사가 있었다면 왜 뗏목을 만들었겠습니까. 이 사건은 피고인들이 한국 선원들의 가혹한 폭행과 열악한 노동 환경을 견디지 못해 저지른 우발적인 살인이며, 피고인들이 한국의 노동 환경 그리고 정서와 문화에 익숙하지 않은 외국인이라는 사실을 감안해서 극형만은 면하게 해주실 것을 본 변호인은 재판부에 간곡히 호소합니다."

2심 재판부는 해상강도살인의 죄를 적용하지 않았다. 주범으로 지목된 이영춘을 제외한 조선족들에게는 무기징역이 선고되었다. 김형섭 변호사는 즉시 상고했다. 김 변호사는 상고심에서 이영춘은 항해사로서 다른 조선족들에 비해 가혹 행위를 덜 받았고 하선도 요구하지 않은 점 등 제반 사정을 고려할 때 한국 선원들을 살해할 직접적인 동기가 없으며 따라서 검찰 측의 주장대로 주범일 수 없다는 점을 강조했다. 하지만 대법원은 김 변호사의 상고 이유를 받아들이지 않았다.

김형섭 변호사는 수기를 돌려주기 위해 박기영을 만났다.

"많은 도움을 받았습니다. 이 수기가 네 사람의 목숨을 살렸습니다."

"네 사람이라뇨?"

"김만전, 조춘풍, 백봉식 그리고……."

"그리고?"

"박 항해사 본인이죠. 수기를 읽어보니 박 항해사 스스로 박 항해사의 목숨을 구한 것입니다. 평소 조선족들을 멸시했더라면 사건 당일 살아남을 수 없었을 것입니다."

"……."

"박 항해사의 인격과 행적은 이 수기를 통해 재판 과정에서 다 드러났습니다."

"그건 변호사님이 애쓰신 덕입니다. 고맙습니다."

"아마 이영춘은 박기영 씨를 살려주려고 항해를 위해 남겨 두자고 다른 조선족들에게 주장했을 겁니다."

"과연 그랬을까요?"

"그는 페스카마호가 일본 영해에 들어섰다는 사실도 알고 있었습니다. 괴로우시더라도 시간이 흐르고 나서 면회 한번 가보시길 바랍니다."

대통령으로서 국민 여러분께 참으로 송구스러울 뿐입니다. 우리 모두가 다시 한번 허리띠 졸라매고 고통을 분담하여 위기 극복에 나서야 할 때입니다.

대통령의 특별 담화가 방송을 탔다.

페스카마호 사건에 대한 대법원 판결이 선고되고 몇 달 후, OECD 가입국은 좌초하고 말았다.

변론서를 작성하던 김 변호사가 잠시 의자 등받이를 젖힌 뒤 눈을 붙이고 있을 때 한 통의 전화가 걸려 왔다.

"네, 김형섭 변호사입니다."

김 변호사가 마른 목소리로 전화를 받았다.

"박기영입니다."

"오, 박기영 씨. 그래 어떻게 지냈습니까?"

김 변호사가 눈을 비비면서 반갑게 물었다.

"이영춘에게는 다녀왔습니다."

"그래요? 잘 하셨습니다."

"변호사님께 수고하셨고 감사하다는 말을 꼭 전해달라고 하더군요."

"변호인으로서 제 역할을 했을 뿐인데요."

"그리고 그동안 참 갑갑했습니다. 땅에서는 할 줄 아는 일도 없고 그래서 다시 배를 타려고 합니다. 요즘 환율이 치솟아서 외국 배에 오르기로 했습니다."

"그러시군요. 언제요? 우리 그전에 한번 만납시다. 자갈치 시장에 제가 잘 아는 맛있는 회백반 집이……."

"인사 한번 드린다는 게 그만…… 실은 오늘 출항입니다. 한 이십 개월 후에나 뵙게 되겠네요. 그때 회백반 한번 사주세요."

"꼭 그러겠습니다. 몸 건강히 잘 다녀오시기 바랍니다."

이 소설은 1996년 8월 2일, 남태평양의 공해상에서 실제로 일어난 페스카마15호 선상 반란을 모티프로 하고 있으나 등장인물은 창조된 캐릭터이며 소설 속의 사건은 허구입니다. 다만, 살해 장면 등 일부는 법원 판결문 등을 참조해서 꾸몄으며, 이영춘의 중국 생활 일부는 범인이 법원에 제출한 탄원서 등을 참조해서 작성했음을 밝혀둡니다.

소설 집필 시 참고하거나 도움받은 자료는 다음과 같습니다. 원양어업과 사건에 관심 있는 독자들을 위해 남겨 둡니다.

최희철, 동부태평양어장 가는 길, 해피북미디어, 2021년
양근만, 망망대해에서 벌어진 피비린내 나는 살인극, 월간조선 1996년 10월호
문재인, 변론요지서
조봉, 二審辯護詞
전재천, 탄원서
대법원 판결문, 97도1142
부산고등법원 제2형사부 판결문, 97노36
부산지방법원 제3형사부 판결문, 96고합492

작가가 작품 이외의 글로써 의중을 드러내는 것을 마땅히 경계하지만, 첫 소설집인 이 작품집을 발간하면서 소회를 남기지 않을 수 없을 것 같다.

도서출판 예미에서 노동과 직장, 고용 등 일정한 콘셉트를 가진 소설집을 기획하고 있음을 필자에게 말했을 때, 한번 써보겠다고 대답한 것은 그러한 콘셉트에 부합하는 소설을 쓴 적이 있었으며 마침 유사 콘셉트의 다른 소설들도 몇 편 계획하고 있었기 때문이다.

고용은 가정과 사회를 지탱하는 근간이자 경제 성장의 동력이다. 하지만 지금 우리 사회는 고용의 위기를 겪고 있다. 직장인들은 채 오십 세도 되지 않아 거리로 내몰리고 있으며, 과거에는 사람이 차지했던 여러 일자리를 인공지능이나 로봇에게 빼앗기고 있다. 이러한 사실은 우리가 추구하는 경제 성장이 실은 자본의 성장이라는 말이다.

과거 산업화의 사다리를 오르지 못한 자들이 빈민층으로 낙오되었다면 지금은 부와 고용의 편중으로 인한 양극화로 굳건해야 할 중산층이 붕괴하고 있으며 이는 가정의 파괴로 이어진다.

표제작인 『페스카마』는 1996년 8월, 남태평양의 먼바다에서 실제로 발생한 페스카마15호 선상 반란 사건을 모티프로 한 작품이다. 일반인들과는 아무런 관련이 없을 것 같은 꽤 오래전에 참치잡이 어선에서 일어났던 일을 소재로 글을 쓴 것은 이 사건을 자본주의의 폐해를 고스란히 드러낸 상징적인 사건으로 읽었기 때문이다.

선상 반란 및 살인 사건은 페스카마15호 사건이 발생하기 이전에도 있었으며 참사 이후에도 이따금 일어난 일이다. 즉 성과급 계약, 노동 착취, 인권유린, 비정규직 문제 같은 이 사건이 표출한 자본주의적 폐해가 변함없이 계속되었다는 얘기다. 특히 페스카마15호를 비롯한 원양어선들은 그 자체가 오직 이윤 극대화를 추구하는 자본주의 체제에 충실한 하나의 회사이며 이 배에서 벌어진 사건은 27년 전의 일이지만 지금 소설화해도 아무런 무리가 없을 만큼 우리 사회는 여전하다.

페스카마15호 사건이 발생하고 지난 30년 가까운 세월 동안 우리나라는 OECD 가입, IMF 사태 발생, 글로벌 금융위기, 코로나 팬데믹 같은 굵직한 경제적 사건을 겪었다. 이 기간 동안에 우리 사회는 문제를 치유하기는커녕 오히려 위에서 언급한 자본주의적 병폐와 경제적 양극화를 더욱 심화하고 확대했다.

    페스카마15호 사건은 사건의 잔혹성과 주범에 관한 미스터리로 인해 지금도 회자 된다. 하지만 이 소설은 그러한 부분보다는 자본주의적 병폐와 그로 인한 인간성 파괴를 그리는 데 초점을 맞추었다.

    필자는 사건을 접한 1996년 무렵부터 소설화를 계획했으나 개인적인 사정으로 미루다가 이제야 스스로 약속을 지키게 되었다. 사건의 의미와 극적인 전개 과정 등 소설화하기에 적합한 소재임에도 그동안 사건이 소설화되지 않은 점도 오래전의 일을 쓴 계기가 되었다.

    이 소설집에 실린 첫 작품 『패밀리 비즈니스』의 앞부분에서 IMF 사태의 발발을 그렸으며 마지막에 수록한 '페스카마'는 IMF 사태가 발발하는 장면으로 끝을 맺는다. IMF 사태의 시작을 담은 두 작품을 소설집의 처음과 끝에 배치한 것은 우리 사회가 여전히 IMF의 소용돌이에 휘말려 있음을 나타내기 위한 의도다. 우리는 국민들의 금 모으기 운동과 강력한 기업 구조조정 등으로 IMF 체제를 조기 졸업했다고 자부한다. 하지만 IMF를 졸업했다는 것은 착각일 뿐이다. 냉정히 말해서 우리는 IMF 체제를 졸업한 것이 아니라 그전에는 경험해 보지 못한 경제적 효율성만을 강조하는 약육강식의 IMF 체제에 본격적으로 편입된 것이다.

    이 어려운 시기에 작품의 콘셉트를 제안하고 이렇게 책으로 만들어주신 도서출판 예미의 황부현 대표께 이 지면을 통해 깊은 감사의 말씀을 드린다.

가족과 내 주변의 모든 분 그리고 이 책을 읽는 독자들께 문학으로써 사랑을 전한다.

2023년 이른 가을

정성문

페스카마